Projekt Zuflucht

Madeleine Wolf

Buchbeschreibung:

Ein neues Gesetz zwingt die kontaktscheue Maja, Flüchtlinge in ihrem Haus aufzunehmen. Trotz ihrer panischen Angst vor Veränderungen übernimmt sie mit Freundin Anne und dem ehrgeizigen Sozialarbeiter Rafael Verantwortung für die fremden Menschen. Erstmals in ihrem Leben spürt sie eine ungewohnte Zugehörigkeit.

Stürzt Maja zurück in die Einsamkeit, als ihre Gefühle zwischen die Fronten von Prestige und Geld geraten?

Über die Autorin:

Madeleine Wolf, ist 1961 in Luxemburg geboren. 1971 Umzug in die Schweiz, seit 1978 Schweizer Bürgerin. Studium der Architektur an der ETH Zürich von 1979-1985. Seit 1986 wohnt sie in Köln. Sie ist verheiratet, hat zwei erwachsene Töchter und führt mit ihrem Mann ein Architekturbüro. Als Mitglied der Schweizer Fechtnationalmannschaft war sie zwanzig Jahre lang in aller Welt unterwegs. Sprachen und Kulturen lassen sie seither nicht mehr los.

Projekt Zuflucht

Madeleine Wolf

De jour en jour chemin faisant.
                Sich von Tag zu Tag auf den Weg machen.

Herstellung und Verlag:
BoD – Books on Demand, Norderstedt

Bibliografische Information der Deutschen Nationalbibliothek:
Die Deutsche Nationalbibliothek verzeichnet diese Publikation in der Deutschen Nationalbibliografie; detaillierte bibliografische Daten sind im Internet über http://dnb.dnb.de abrufbar.

TWENTYSIX – Der Self-Publishing-Verlag
Eine Kooperation zwischen der Verlagsgruppe Random House und BoD – Books on Demand

1. Auflage, 2016
© 2016 Madeleine Wolf – alle Rechte vorbehalten.

Herstellung und Verlag:
BoD – Books on Demand, Norderstedt

ISBN: 9783740725068

Umschlag-Gestaltung: Nicole Sorg, Köln

Maja

»Die Seenothilfe barg letzte Nacht drei vor Griechenland gestrandete Schiffe mit insgesamt achthundert Personen an Bord. Für dreihundertzehn Menschen, darunter siebenundneunzig Kinder, kam jede Hilfe zu spät. Das waren unsere Nachrichten aus aller Welt. Es ist jetzt 06:05 Uhr. Und nun das Wetter für die Kölner Bucht. Der Regen hat aufgehört, es wird sonnig...«

Verärgert bringe ich das Radio mit einer raschen Handbewegung zum Schweigen. Wie blöd von mir, gestern Abend den Nachrichtensender eingestellt zu haben. Nun beginne ich das neue Lebensjahr mit einer Unglücksnachricht.

Durchatmen, einen Kaffee, eine genüsslich heiße Dusche, das hilft meistens.

In einem Schluck trinke ich den doppelten Espresso, schwarz, ohne Zucker, räume die Tasse in die Spülmaschine, verschwinde im Bad. Genau zehn Minuten später rubbele ich mich sorgfältig mit dem vorgewärmten Handtuch ab. Die Kleider liegen bereit: eine olivfarbene weite Leinenhose, ein Seiden-T-Shirt mit V-Ausschnitt, darüber ein dunkelgrauer Kaschmir-Pullover, bequem, doch verbindlich genug, um dem Rektor keine Angriffspunkte zu bieten.

»Die Schulsekretärin ist das Aushängeschild unserer Schule!« Ich drehe meine schulterlangen Haare zu einem Knoten, stecke ihn mit einer kupfernen Spange fest. Der beschlagene Spiegel zeigt ein rotblond umrahmtes weißes Gesicht. Mit zwei Schritten durchquere ich die Diele, greife mir Fahrradkorb und Regencape, gleichzeitig schlüpfe ich in die gefütterten Slipper. Auf der Türschwelle kurz umdrehen – Blick zurück in alle Zimmer. Ich nehme den Schlüsselbund vom Haken, berühre dabei leicht den Rahmen mit Vaters Foto. Leise ziehe ich die Tür ins Schloss, laufe die Stufen hinunter, vorbei an den vier Wohnungstüren meiner schlafenden Nachbarn, durch den Flur und aus dem Haus.

Es ist kalt, aber trocken. Der Schlüssel knirscht im Fahrradschloss. Hinter dem Absperrgitter ist das Wasser in der Baugrube deutlich höher gestiegen. Mit einem Klick rastet der Fahrradkorb am Lenker ein. Energisch trete ich in die Pedale, das rechte scheuert mit rhythmischem Schrapp-Schrapp am Schutzblech. Vor dem S-Bahnhof am Hansaring weiche ich im Zickzack quer geparkten Fahrrädern und morgenmüden Pendlern aus. Die Uhr am Rudolfplatz zeigt halb sieben. Die Mittelstraße ist verlassen, Boutiquen öffnen nie vor zehn oder elf Uhr. Am Apostelkloster steige ich vor meinem Lieblingsmarktstand ab, wie jeden Dienstag und Freitag..
»Ein Bund Porree, ein Kilo Zwiebeln, sechs Eier, bitte. Außerdem nehme ich ein Glas von dem hausgemachten Paté.« Noch den Strauß Blumen fürs Büro, dann hab ich alles.

Ich gehe in Richtung der Kirchenmauer, doch der Standplatz der Blumenfrau ist leer! Heute kniet eine Frau in der Nische, in dicke bunte Röcke gehüllt, vor sich einen Plastikbecher. Den Kopf zum Boden gerichtet, streckt sie mir bittend ihre Hände entgegen. Unangenehm berührt klaube ich den Reserve-Euro aus der Manteltasche, lege ihn in den Becher. Rasch drehe mich um.

Mist, gestern Nachmittag habe ich den alten Blumenstrauß weggeworfen, hatte selbstverständlich damit gerechnet, einen frischen mitzubringen.

Missmutig packe ich die Einkäufe in den Korb. Ich führe meine Fahrt fort, hinter der Apostelkirche diagonal über den Neumarkt, dann am Völkerkundemuseum vorbei. Natürlich stehe ich wieder wie jeden Morgen ewig an der Nord-Südfahrt-Ampel, bevor ich in die Severinstraße einbiege. Bis dreißig Minuten vor Unterrichtsbeginn muss ich im Sekretariat die Krankmeldungen überprüfen und die Stundenplanänderungen am schwarzen Brett im Eingang aufhängen. Die zeitige Anwesenheit gehört zu den Nachteilen des Jobs als Schulsekretärin, doch lieber früh aufstehen, als nächtelang Prüfungsarbeiten korrigieren!

Am Georgsplatz angekommen, kette ich mein Rad an, eile, den Fahrradkorb überm Arm, zum Eingangsportal. Durch das Foyer, die breite Treppe hoch, immer zwei Stufen auf einmal. Um genau zehn nach sieben öffne ich die Tür zum Büro. Nutzlos steht die leere Vase auf der Theke. Der Server summt leise, er ist bereits hochgefahren. Seitdem ich hier arbeite, habe ich Einiges automatisiert. Alle benötigten Anträge können im Intranet heruntergeladen werden, doch trotzdem bleibt, für mich völlig unverständlich, der Formularschrank für manche Lehrer der State of the Art.

Eine rote Fünf blinkt am Anrufbeantworter. Aus dem obersten Fach der Schreibtischschublade nehme ich meinen Montblanc-Füller und den Formularblock für den Stundenausfall heraus. Ich drücke auf die Wiedergabetaste.

Ob ich es erlebe, dass man diese Infos direkt per Computer an ein digitales Pinnbrett durchgeben kann?

Herr Hanneck, der Lateinlehrer, informiert mit heiserer Stimme, er sei zu erkältet zum Unterrichten. Rektor Hansen muss also entscheiden, wer die Vertretung für die erste Stunde der 5b übernimmt.

Frau Hassani, Mutter eines Neuntklässlers, bittet um einen Gesprächstermin mit dem Klassenlehrer. Notiz in sein Brieffach, aber besser, ich spreche ihn in der Pause an.

Frau Wertlin, die Geschichtslehrerin, meldet die Verlängerung ihrer Krankmeldung. Kommt sie wohl noch vor den Osterferien wieder?

Der Vater eines Schülers aus der 7a entschuldigt den Sohn.

Die Sanitärfirma Welfen möchte einen Termin für die überfällige Reparatur der Waschbecken in den Umkleiden vereinbaren.

Mit den ausgefüllten Formularen gehe ich ins Foyer, grüße die eintreffenden Lehrer, bedanke mich für die unvermeidlichen Geburtstagswünsche, öffne den Glaskasten und hänge die Mitteilungen auf. Zurück im Büro atme ich tief durch, ziehe den Ablagekasten mit den Belegen unter der Theke hervor und starte das Computerprogramm für die Abrechnung des letzten Quartals. Aus dem benachbarten Sekretariatszimmer höre ich Stimmengemurmel meiner Bürokollegin Silvia und eines Schülers.

Rafael

Rafael drückt ungestüm die Türklinke zum Versammlungsraum herunter und stürmt hinein. Die tiefstehende Wintersonne flutet durch die sechs hohen Fenster, honigfarben leuchtet der abgetretene Holzboden. Fröhliches, durcheinander fließendes Geplapper einer Gruppe Menschen empfängt ihn. Aufgeregt dreht er an seinem Augenbrauen-Piercing. Lange hat er diesen Augenblick ersehnt!

Vera, seine Chefin und Leiterin der Migrationsberatung, läuft ihm entgegen. Freche graue Locken umringen ihr strenges Gesicht, das heute ungewohnt gute Laune ausstrahlt. »Großartig, ich hätte nie gedacht, dass das so durchläuft.« Sie hält ihm ein Glas Sekt hin: »Es war abzusehen, dass die Änderung im Bau-Gesetzbuch zugunsten der Unterkünfte für Flüchtlinge sich auf die Ratsbeschlüsse auswirkt! Denn die Notunterkünfte platzen schon jetzt aus allen Nähten, die zweieinhalbtausend Asylbewerber, die unsere Stadt dieses Jahr erwartet, gar nicht mitberechnet. Trotzdem, Wahnsinn, dass die Beschlussvorlage ohne Protest durchgewunken wurde.«

Rafael wirft den Winterparka über eine Stuhllehne. Er fischt ein Papier aus der Manteltasche, springt mit einem Satz auf den Stuhl, und schwenkt es über seinem Kopf. »Hört mir mal alle zu! Ich musste mir das Protokoll ausdrucken, um es zu glauben.« Mit leicht zitternder Stimme setzt er an: »Der Rat der Stadt Köln hat am 22. Januar den Antrag zur Einbeziehung von leerstehendem Wohnraum (BELW) in die städtische Wohnraumverwaltung mehrheitlich angenommen. Der Beschluss tritt mit sofortiger Wirkung in Kraft.«

»He, Rafa«, meldet sich eine Frau aus der dritten Reihe,

»Was heißt das denn für uns?«

»Das bedeutet, dass ihr mit offenen Augen durch die Straßen lauft und unbewohnte Häuser bei der Wohnungsverwaltung meldet!«, ruft Rafael mit geröteten Wangen. »Jetzt kann die Stadtverwaltung endlich brachliegenden Wohnraum für fünf Jahre zur Unterbringung von Geflüchteten nutzen. Für die Besitzer gibt's zwar eine ortsübliche Miete, dafür verpflichtet es sie zur Mitwirkung bei der Vermietung. Für das Amt ist das finanziell und organisatorisch ein Glücksfall! Kooperiert ein Eigentümer allerdings nicht ...,«, er grinst verschwörerisch ins Publikum, seine rechte Faust klatscht laut in die offene linke Hand, »dann erwartet ihn eine Zwangsversteigerung mit Vorkaufsrecht der Stadt!« Zufrieden steigt er vom Stuhl hinunter.

»Da fühlt sich unser Spezialist für shareconomy sogar vom Stadtrat verstanden, das ist doch mal etwas Neues!«, lacht Vera Sie stößt mit ihm an.

»Wir brauchen keine Hausbesetzungen mehr, ganz legal können wir Leerstand nun für ›die anderen 90%‹ nutzen.« Energisch streicht er eine Haarsträhne hinter das Ohr. «Ich habe heute bereits eine Meldung gemacht. Elf Wohnungen stehen in dem Kasten leer, schon jahrelang. Die alte Dame, der ich täglich das Essen bringe, lebt alleine dort.«

»Du Idealist verlierst keine Minute.« Die schlanke Frau schüttelt stirnrunzelnd den Kopf. »Aber ich bezweifle, dass jedes gemeldete Haus freigegeben wird.«

Anne

»Tilman, beeil dich, wir wollen Maja nicht warten lassen!« Anne hält ihrem Mann den Wintersakko hin.

»Noch einen Moment, ist doch halb so wild, wenn wir nicht als Erste ankommen!« Unschlüssig wandert sein Blick zwischen dem fruchtigen Dornfelder und dem gehaltvolleren Montepulciano hin und her.

»Du weißt doch, wir werden die Ersten sein, die ersten und *einzigen* Gäste, sie lädt nie jemanden zum Geburtstag ein.«

Tilman schließt die Wohnungstür ab und folgt Anne die Treppe hinab. »Immer noch nicht? Ich dachte, sie hätte wieder mehr Kontakt.« Fragend sieht er seine Frau an. Doch Anne schiebt ihr Fahrrad bereits auf die nasse, spiegelnde Straße.

Maja

Ich folge mit dem Zeigefinger dem Webmuster der Blumen auf der weißen Leinentischdecke, rücke die drei Gedecke ein weiteres Mal zurecht. Am Balkongeländer flackern Kerzen in Windlichtern. Alles ist vorbereitet, die Quiche im Ofen. Ein Blumenstrauß steht exakt im Lichtkegel auf dem Küchenblock. Es fühlt sich warm und freundlich an.

So, mein fünfunddreissigster Geburtstag. Hoffentlich bleibt die Zeit so entspannt wie die letzten paar Jahre. Bloß keine Veränderungen, die Naturkatastrophen mein Leben durcheinander werfen! Mit sieben zum Beispiel, als mein Vater nach der Scheidung meiner Eltern verschwand. Oder mit vierzehn, als Mutter von Monat zu Monat unzugänglicher in ihrer bösartigen Grantigkeit versank. Immer wollte ich helfen, handeln, aber ich war ausgeliefert. Sie tat mir leid, sie schimpfte, lamentierte. Dann entzog ich mich, indem ich sämtliche Austauschprogramme mitmachte, die unsere Schule anbot. Ich fuhr nach Frankreich, England, in die USA. Ich reiste auch während des Studiums und meiner Lehrerinnenjahre, die vielen Ferienwochen waren ein wichtiger Grund für meine Berufswahl.

»Vor allem die Sicherheit«, sagte meine Mutter, »Du musst mich unterstützen, mit dem guten Gehalt.«

Aber für mich waren die Ferien das Ausschlaggebende. Die halfen mir über manches hinweg. Die Schüler waren kein Problem. Ihnen die Logik der Strukturen der Natur oder die fantastischen Welten der Mathematik und Geometrie nahezubringen, inspirierte mich. Nur der starre unabänderliche Lehrplan brachte mich zur Verzweiflung. Jedes Abweichen davon musste begründet werden, als ob Lernen nur nach Plan funktioniert. Von den Kollegen im Lehrerzimmer war kein Verständnis zu erwarten. Auch nicht nach dem großen Knall.

Mein Puls klettert die Halsschlagadern hoch. Ich zwinge meinen Blick auf den Strauß Rosen, wandere mit den Augen von den breiten dunkelgrünen Blättern zum dornigen Stiel. Dort versinke ich in einem gelben Blütenkopf, bis ich wieder ruhig atme.

Vor sieben Jahren explodierte ein Böller in der Hand eines Abiturienten direkt neben meinem Kopf. Mein ganzes Leben, jede Gewissheit, geriet aus der Bahn. Ein Hörsturz und Panikattacken in Menschenmengen folgten, selbst eine monatelange Psychotherapie hatte diese klebrige, eindringliche Angst nicht gebändigt.

Als feststand, dass ich nicht mehr würde unterrichten können, dass ich keine Beamtin mit gutem und sicherem Gehalt mehr sein würde, um Mutter zu unterstützen und ihr pünktlich die Miete für meine Wohnung zu zahlen, da sprach sie erstmals wieder vom Vater: »Genau wie er bist du, trotz all meiner Mühen, dich zu erziehen, keinen Deut besser als dein Vater. Packe deine Sachen und verschwinde aus meinem Haus! Ich will dich hier nicht mehr sehen.«

Das war in einem anderen Leben geschehen, meist ist diese bittere Erinnerung in dicke Watte gepackt und sticht nicht mehr. Ich schüttele mich.

Jazz, leichter Jazz hilft, auf schönere Gedanken zu kommen. Ich lege eine Platte auf. Anne und Tilman treffen gleich ein. Zusammen werden wir den heutigen Geburtstagsabend hinter uns bringen, ohne all jene Ereignisse aufzuwühlen. Anne, meine beste Freundin seit der fünften Klasse, stand mir in jeder Notlage zur Seite. Sie half mir, eine Wohnung zu finden, organisierte den Umzug, brachte der Mutter die Hausschlüssel zurück. Ich flüchtete mich in das neue Zuhause wie in ein Schneckenhaus. Ein ganzes Jahr, in dem ich über Strukturen von Ahornblättern, geometrischen Formen platonischer Körper und der endlos verschlungenen Fläche eines Möbiusbandes meditierte. Anne war es auch, die mir so lange zuredete, bis ich mich für die halbe Stelle einer Schulsekretärin in unserem alten Gymnasium bewarb.

»Mit dem Geld, das du dort verdienst, kannst du wieder reisen. Die Ferienzeiten sind fast wie bei Lehrern, das ist doch nicht schlecht!«

Tatsächlich mag ich die Ordnung, den Stundenplan, das Voraussehbare, das sich Wiederholende am meisten an dem Job. Meine Welt ist klein und übersichtlich, genau das brauche ich. Ein neuer Abschnitt im Leben?

Ein dicker Kloß steigt im Hals auf, ich schließe die Augen, das Möbiusband, mein imaginärer Talisman, es fängt langsam an zu laufen, der Klumpen löst sich auf, ich atme weiter.

Vielleicht würde ich wieder reisen, an Orte, die ich bereits kenne, bestimmt gibt es schöne mir bekannte Gegenden, wohin ich mit dem Auto fahren kann.

Es klingelt, unterbrochen in meinem Gedankenfluss drücke ich auf den Türöffner.

– 2 –

Maja

Klopfgeräusche und eine unaufhörlich bimmelnde Glocke wecken mich aus einem Traum. Es ist stockdunkel im Zimmer, bin hundemüde. Erst spät waren Anne und Tilman aufgebrochen. Das Klopfen, nun höre ich es deutlich, kommt von der Wohnungstür. Ich rappele mich auf, stolpere in den Flur. Durch den Türspion sehe ich einen Helm, darunter einen Mann in Uniform, mit einer Feuerwehr-Aufschrift auf der Jacke.

Wie ist der ins Haus gekommen? Und wieso? Ich kann doch jetzt nicht aufmachen, im Pyjama! Wenn der nicht echt ist, ein Trickbetrüger oder Schlimmeres, was dann? Soll ich so tun, als ob keiner da wäre?

»Frau Sneijder, Sie müssen sofort raus, es besteht Lebensgefahr! Hier ist der Räumungsbefehl. Die Polizei wird Ihnen alles erklären.«

Die Hand streckt einen amtlich aussehenden Zettel vor den Spion. Zögerlich öffne ich die Tür. Aus dem Treppenhaus dringen hektische Stimmen in die Wohnung. Der Mann sieht an meinem gepunkteten Schlafanzug herab: »Ziehen Sie sich etwas über, einen Mantel und Schuhe, nehmen Sie ihre Handtasche mit den Papieren, dann verlassen Sie augenblicklich mit uns das Gebäude. Es besteht akute Einsturzgefahr. Das Wasser aus der Baugrube nebenan hat die Fundamente unterspült. Der Mieter aus der ersten Etage hat frische Risse im Mauerwerk entdeckt. Bitte beeilen Sie sich!«

Erstarrt stehe ich da, versuche, mich zu konzentrieren.

Das träume ich nur, ein Albtraum!

Aber der Mann an der Tür, sieht mich so drängend an, er scheint real zu sein.

Eins nach dem anderen. Laptop und Papiere sind in der Handtasche, dann etwas anziehen, Socken, die Stiefel. Ich kann doch die Hose nicht über den Schlafanzug ziehen!

Ich greife nach der Fahrradtasche, stopfe die für morgen zurechtgelegte Kleidung hinein.

Der Mantel, zum Glück ist er wadenlang, mit den Stiefeln sieht man die Pyjamahose kaum.

Ich nehme das Fotorähmchen von der Wand. Sorgfältig stecke ich es in die Handtasche.

Der Feuerwehrmann räuspert sich: »Das reicht so, schließen Sie die Tür ab und folgen Sie mir.« Er tippt mir leicht auf die Schulter. Ich setze mich in Bewegung, meine Füße laufen zur Treppe, steigen die Stufen hinunter, über die Podeste, durch den Flur, aus der Haustür. Draußen parken ein Feuerwehrwagen, ein Transit und ein Polizeiauto mit stummem Blaulicht. Davor stehen alle vier Hausnachbarn, in graue Decken gepackt. Durcheinander reden sie auf zwei Polizisten ein:

»Wann können wir ins Haus zurück?«

»Und Sie sind sicher, dass es einstürzen kann?«

»Wo bleiben wir die Nacht über?«

»Hören Sie, wichtige Arbeitsunterlagen für ein Meeting liegen in der Wohnung!«

»Muss der Vermieter für unseren Schaden aufkommen?«

Kaum bin ich auf die Straße, verriegeln die Feuerwehrmänner hinter mir die Haustüre. Das Gelände sperren sie großflächig mit Absperrgittern und Flatterband ab. An der Fassade ziehen sich zentimeterbreite Risse von der Hauseingangstür bis zum Fenster im zweiten Obergeschoss. Jemand legt mir eine Decke um die Schultern und reicht mir einen dampfenden Becher Tee. »Trinken Sie erst mal. Können Sie diese Nacht bei Verwandten oder Freunden unterkommen? Sonst bringt Sie der Bus gleich in eine Notunterkunft. Und Morgen sehen wir weiter.«

Der Ford-Transit hält an einem Hotel an der Venloer Straße. Die Rezeptionsdame, aus dem Schlaf geweckt, mit übergeworfenem Bademantel, zeigt uns die Bettplätze. Zwei meiner Nachbarn teilen sich ein Doppelzimmer. Ich möge mich leise ins Zimmer schleichen, das zweite Bett sei an eine andere Frau vergeben. Die Luft riecht verbraucht. Eine Straßenlaterne scheint hell durch die dünnen Vorhänge. Am Fußende, im halbhohen Bord auf der rechten Seite, liegt ein schmutziger Rucksack, daneben, halb ausgerollt, ragt eine grüne Isomatte in den schmalen Gang. Vorsichtig, mit spitzen Fingern, schiebe ich die Matte ins Regal. Eine Mädchenstimme murmelt etwas Unverständliches und geht in säuselndes Schnarchen über.

Viel Zeit zu schlafen bleibt sowieso nicht, ist ja bereits halb vier. Wo war das WC noch mal?

Ich tapse durch den dunklen Flur, biege am Ende nach links ab. Um die WC-Türe aufzustoßen, brauchte ich alle

Kraft. Misstrauisch kontrolliere ich die WC-Schüssel, bevor ich die Klobrille mit meinen Hygienetüchern abwische.

Welch ein Albtraum! Morgen rufe ich Anne an, hier kann ich nicht bleiben.

Zurück im Zimmer lege ich mich im Mantel unter die Bettdecke. Diesmal beschwöre ich eine langsam rotierende Kugel vor meinem inneren Auge, bis ich einschlafe.

Schlagartig bin ich wach. Ein Mädchen mit dunklen Dreads wendet rasch den Kopf ab.

Blaulicht, die Evakuierung, dieses Hotel! Du meine Güte, wie spät ist es?

Ich schlage die Decke zurück, schnappe mir die Fahrradtasche, grabe nach dem Handy.

Zehn nach sieben! Ich muss sofort los!

Schnell tippe ich eine Kurznachricht an Silvia, – bin verhindert, komme um acht – und hoffe, dass sie heute mal pünktlich ist. Seit ich als Halbtagssekretärin eingestellt wurde, nutzt sie dies gerne in den Morgenstunden zur persönlichen Entlastung. Unsicher lege ich meinen Mantel ab. Die junge Frau, Jeanshose, Norwegerpulli, Anfang zwanzig, packt, vor sich hinsummend, ihren Rucksack. Sie mustert mich interessiert: »Wieso landet jemand wie du denn hier? Hast du kein Geld für ein richtiges Hotel? Viel Gepäck hast du auch nicht dabei, musste wohl schnell gehen, gestern Abend!« Unbehaglich ziehe ich meine Kleider aus der

Tasche. Sie lacht. »Kannst dich unbesorgt vor mir umziehen, das stört mich nicht. Ich heiße Lotte. Normalerweise wohne ich in einem Bauwagen, nur ist mir der im Regen abgesoffen. Ziemlich unstylisch hier im Hotel Stadtverwaltung, aber immerhin warm und mit funktionierender Dusche. Frühstück gibt's bis halb acht.«

Fröhlich pfeifend verschwindet sie aus dem Zimmer, mitsamt Rucksack und Isomatte.

Ach was soll's, Duschen fällt heute aus.

Ich kleide mich an, falte sorgfältig den Schlafanzug, stecke ihn in die Tasche und folge ihr. »Guten Morgen, Frau Sneijder«, grüßt mich die Bademantelfrau an der Rezeption, jetzt in Bluse und schwarzer Hose. »Ich hoffe, Sie haben trotz der Umstände ein wenig geschlafen. Für die nächste Nacht sollten Sie sich um eine private Unterkunft kümmern, vielleicht bei Verwandten oder Freunden. Unser Stadthotel ist nur für Notfälle vorgesehen.« Sie schiebt mir ein Blatt mit Namen und Unterschriften über den Tresen. »Bitte unterschreiben Sie hier unten, die Übernachtungsliste müssen wir bei der Stadt einreichen.«

Kaffeegeruch dringt aus dem benachbarten Frühstücksraum. Eine vollgepackte Anrichte mit Cornflakes-Spender, Tassen, Tellerstapeln und Besteck zur Selbstbedienung, Butter und abgepackter Marmelade steht an der Wand. An dem hintersten der sechs mit schlichtem weißen Papier gedeckten Tische erkenne ich meine Wohnungsnachbarn, sie wirken zerknittert nach der kurzen Nacht. Herr Laschak, der Bauingenieur aus der zweiten Etage, erblickt mich, als er sich gerade Kaffeenachschub holen will. Durch den ganzen Frühstücksraum ruft mir zu: »Morgen Frau Sneijder! Es gibt leider keine guten Nachrichten. Wir können vorerst nicht in unsere Wohnungen zurück, das Haus wird erst überprüft. Die Versicherung des Bauunternehmers hat einen Fachmann beauftragt. Es wird wohl ein paar Tage dauern. Wir würden informiert, meinte die Feuerwehr. Was denken die sich denn? Ohne meine Arbeitsunterlagen kann ich mein Meeting vergessen.«

Ich nicke ihm knapp zu, unfähig, zu reden. Sekunden später bin aus der Tür, ich muss dringend in die Schule. Hat Silvia geantwortet? Am Friesenplatz nehme ich mir ein Taxi. Acht Uhr könnte gerade noch klappen.

»Zum Georgsplatz!« Ich rutsche müde auf den Rücksitz, tippe die Kurzwahl 2. Nach dreimaligem Klingeln nimmt meine Freundin ab. »Morgen Anne, ich stecke in Schwierigkeiten, ich kann nicht in meine Wohnung zurück! Ist euer Gästezimmer frei?«

»Mein Gott, Maja, was ist denn passiert?«

Ich schaue auf die vorbeiziehende Straße, im Tunnel färbt die Straßenbeleuchtung die Oberflächen orange, vor der Oper fahren wir an den aufgetürmte Baucontainer vorbei, tauchen mit Blick auf den Schriftzug – Liebe Deine Stadt – in den Tunnel unter der Schildergasse ein.

Ich berichte Anne von der letzten Nacht. Das Taxi biegt in den Blaubach ein. Ich fühle mich seltsam gelassen.

»Gehst du wirklich arbeiten? Nimm dir doch frei! Du kannst sofort zu uns kommen.«

»Nein, nein, ich bin zwar müde, ansonsten geht es mir gut. Im Büro ist ja zum Glück alles wie immer, da bin ich wenigstens bis heute Nachmittag abgelenkt. Könntest du für mich netterweise Informationen bei der Baufirma einholen, wann die Wohnung wieder betreten werden darf? Du bist fachlich ja eher im Thema als ich.«

Das Taxi hält auf dem Georgsplatz. Ich zahle. Erleichtert trete ich durch das Schulportal.

Anne

Anne steckt mit einer energischen Bewegung das Bettuch fest, legt ein frisch bezogenes Deckbett darauf. Ein Stapel mit Handtüchern, zuoberst eine verpackte Zahnbürste, liegt für Maja im Bad bereit. Der Bausachverständige hatte ihr am Nachmittag erklärt, dass die Situation ernster sei als erwartet. Die Überprüfung der Statik von Majas Haus werde mindestens zwei Wochen dauern. Wegen des Absackens der Grundleitungen sei das Gebäude unbewohnbar.

Sie räumt ein Regalbrett in dem schlichten Schrank frei. Auf dem Schreibtisch am Fenster steht eine Aalto-Vase mit gelben Tulpen. Maja wird jedes einzelne Detail zu schätzen wissen, da ist sie sich sicher. Ein warmes Gefühl erfüllt sie, ihre Freude am Bemuttern stößt sonst weder bei ihrem Mann noch bei ihrer Tochter auf Gegenliebe.

Die Türglocke schellt, Kinderschritte rennen durch den Flur.

»Hallo Tante Maja, hast du mir was mitgebracht?« Aufgeregt hüpfend öffnet das zierliche Mädchen die Tür.

»Liebste Sophie, das hätte ich gerne, leider musste ich alles in der Wohnung zurücklassen, auch die Schatzkiste. Aber ein Schokolädchen für mein Patenkind konnte ich noch auftreiben.«

Zufrieden greift das Kind nach der Schokoladentafel. Anne tritt hinzu und nimmt Maja in den Arm. »Du Ärmste, du bist sicher völlig erschlagen. Komm rein, wir kriegen das schon hin. Richte dich häuslich ein, Dein Zimmer ist vorbereitet. Das WLAN-Passwort kennst du ja. In einer Stunde kommt Tilman, dann können wir essen.«

Maja

Anne hat recht, der erste Schritt muss von mir ausgehen. Seltsam, dass mir der Gedanke daran überhaupt möglich ist. Als ob der Wassereinbruch etwas verändert hat!

Wie beginne ich einen Brief an meine Mutter, die mich aus dem Haus geworfen hat, als es mir am schlechtesten ging? Die nichts mehr von mir wissen wollte?

Liebe Mutter – werte Mutter – Gertrud? So fremd sind diese Worte!

Ein paar Mal bin ich in den vergangenen Jahren in der Berger Straße an ihrem riesigen Haus vorbeigefahren. Mutters Wohnzimmerfenster im vierten Stock stand unverändert voller Pflanzen zwischen gemusterten Vorhängen, die Fenster der übrigen Etagen sahen hingegen blind und verlassen aus.

Ich gebe mir einen Ruck, ziehe den Deckel vom Füller, positioniere ihn mittig oben auf meinem Block und beginne zu schreiben.

Mama,

ich sitze am Schreibtisch in Annes Gästezimmer, Du erinnerst Dich doch noch an Anne? Sie hat mir stundenlang ins Gewissen geredet, Stolz und Verletztheit zu überwinden. Es ist mir nicht leicht gefallen. Sind wir in den sieben Jahren andere geworden? Anrufen oder spontan bei Dir vorbeifahren war mir jedenfalls unmöglich. Kontakt per Brief ist einfacher, der Adressat kann ihn lesen, sich abreagieren, später antworten oder es sein lassen.

Ich möchte Dich fragen, ob Du Dir vorstellen kannst, mich zu treffen. Du hast mich aus dem Haus verbannt, weil

Du Angst hattest, dass ich Dich ausnutze, dass ich ohne Gegenleistung in einer Deiner Mietwohnungen wohne. Ehrlich gesagt, dieses Schreiben hat einen aktuellen Hintergrund. Mein Wohnhaus wurde am Dienstag evakuiert. Es sieht so aus, dass ich mir eine neue Bleibe suchen muss. Bei Dir im Haus sind Stockwerke frei, ich habe einen Job und bin in der Lage, Dir eine reelle Miete zu zahlen. Ich verlange nicht, dass Du mich als Dein Kind empfängst, aber vielleicht lebt unser Kontakt auf einer anderen Ebene wieder auf.

Eine Antwort würde mich glücklich machen.

Deine Tochter Maja

Ich lese den Brief durch, falte ihn sorgfältig und stecke ihn in einen Umschlag. Auf dem Weg zu den zwei für heute vereinbarten Wohnungsbesichtigungen werde ich ihn bei der Post aufgeben.

Welche Wahrscheinlichkeit ist wohl geringer? Dass meine Mutter antwortet oder dass ich eine bezahlbare Wohnung in Köln finde?

– 3 –

<u>Rafael</u>

Der weiße Opel Meriva biegt quietschend auf die Berger Straße ein. Nur noch eine Menübox muss Rafael abliefern, dann ist er für heute fertig. Er stoppt bei einem heruntergekommenen vierstöckigen Sechzigerjahre-Schlitten. Im Erdgeschoss schieben sich schräg versetzte Glaskästen bis zum Bürgersteig. Die ehemaligen Werkstätten stehen leer, die Fenster sind mit Papier verklebt, einzig neben dem Hauseingang verkauft ein Büdchen ungerührt von morgens um 8:00 bis abends um 9:00 Uhr Zeitungen, Zigaretten und Süßigkeiten. Rafael steigt aus dem Auto, nimmt die letzte Mittagsessensbox und läuft am stämmigen Kioskbesitzer vorbei zur Haustür. »Hallo Herr Dilian, machen Sie mir einen Mokka, wenn ich wieder runter komme?«

»Tach, Herr Muller, d'r Mokka jeiht klor. D'r ahl Drachen ist hück üvrijens he nit aufgetaucht, un unger uns, ich kann nit sagen, dat ich dat bedaure. Kleene Pause för ming Nerve. Wat servieren Se Frau Knieps dann?«

»Möhrencremesuppe, als Hauptgang Tafelspitz und grüne Bohnen. Ich muss dann mal hoch, eine Lady lässt man nicht warten, vor allem, wenn sie Feuer spucken kann!«

Rafael sucht den Schlüssel mit den Initialen GK im Bund und öffnet die Haustüre. In der Eingangshalle knirschen die hereingetragenen Steinchen unter den Schuhen, er folgt den eigenen Sohlenabdrücken auf der staubigen Wendeltreppe bis zur obersten Etage. Der schrille Klingelton durchschneidet mehrmals die Stille des leeren Hauses, doch die blassblaue Tür mit dem messingfarbenen Drücker bleibt zu. Rafael dreht den ihm anvertrauten Schlüssel im Schloss. »Frau Knieps, sind Sie da? Hallo, Frau Knieps!«

Er durchquert die Diele, vorbei an Zeitungsstapeln, schiebt mit der Box das benutzte Geschirr der letzten drei Tage auf dem Küchentisch zur Seite. Der Fernseher im Wohnzimmer ist aus. Beunruhigt öffnet er die Tür zum Schlafzimmer. Die Überdecke ist zur Hälfte weggezogen, mit zwei Sätzen springt er um das Bett herum. An den Bettpfosten gelehnt, sitzt die alte Frau dort, regungslos. Rafael fühlt den Puls am Handgelenk, dann am Hals, nichts, nur Kälte. Er fröstelt, holt tief Luft, zieht das Handy aus der Hosentasche und wählt den Notruf. Die Zentrale nimmt seine Meldung routiniert auf. Sie bittet ihn, auf den Notarzt zu warten.

Plötzlich durchschießt es ihn heiß. Was, wenn die Stadtverwaltung Frau Knieps nach seiner Leerstands-Meldung geschrieben hat, und sie dadurch einen Herzinfarkt bekam! Er eilt ins Wohnzimmer, dreht sich zur Anrichte mit den grünen Glasschiebetüren um, hier liegt immer die Post. Hastig blättert er den Stapel durch. Werbung, ein paar Rechnungen zum Monatsende, ein Brief mit Kölner Absender. Kein amtliches Schreiben, erleichtert atmet er auf, lässt sich auf das Sofa sinken.

Was geschieht jetzt mit dem Haus? Frau Knieps wollte nie über Angehörige sprechen, an seinem ersten Tag hatte sich Rafael nach ihrer Familie erkundigt und trat damit voll ins Fettnäpfchen.

»Alle wollen mich immer nur ausnutzen, die Mieter, mein Mann, meine Tochter Maja. Ich hab' alle rausgeschmissen. Passen Sie bloß auf, junger Mann!«

Seitdem hat er dieses Thema gemieden. Die alte Dame war paranoid. Es war besser, sie nicht zu reizen. Maja ... den Namen hat er doch eben noch gesehen! Er zieht den handadressierten Briefumschlag aus dem Stoß. Maja Sneijder. Maja, das könnte die Tochter sein, Familiennamen sind heutzutage ja Schall und Rauch. Gedankenverloren dreht er den Brief zwischen den Fingern. Es klingelt, rasch steckt er den Umschlag ein.

Maja

Ich nehme ein weiteres Formularblatt vom Stapel und drücke auf die Wiedergabetaste für die letzte Meldung. »Diese Nachricht ist für Frau Maja Sneijder. Sie möchte sich bitte bei der Polizeidienststelle melden. Es geht um ihre Mutter, Frau Knieps. Die Telefonnummer ist die ... herzlichen Dank, Kramer.« Beunruhigt lasse ich den Füller auf den Block sinken.

Was bedeutet das denn? Funkstille seit dem Rausschmiss vor sieben Jahren, keine Reaktion auf meinen Brief und nun ein Anruf von der Polizei?

Das wird es sein: Mutter bezieht Sozialhilfe, daher recherchiert das Amt nach Angehörigen, die die Kosten übernehmen.

Verärgert schiebe ich den Stuhl beiseite.

Das kann jedenfalls warten. Nach der Arbeit ist immer noch früh genug.

Mit den Zetteln für das Pinnbrett stürme ich aus dem Büro.

Morgen endet die Antragsfrist für die Klassenfahrten der Mittelstufe.

Der Schulnewsletter geht am Freitag online und die Vorschläge des Elternrates für das Frühjahrsfest fehlen bislang.

Ich muss die Möbel aus der Wohnung abholen lassen und einlagern, sobald das Gebäude frei gegeben ist.

Am Donnerstag ist die Karnevalsfete für die Unterstufe, ist alles vorbereitet?

Gedankenfetzen prallen in meinem Kopf aufeinander wie Neutronen im Teilchenbeschleuniger. Wo ist die gewohnte

Routine hin?

Mein Hirn rast, aber erstaunlicherweise bleibt mein Herz völlig ruhig. Selbst die Tatsache, nur noch die am Leib getragenen Kleidungsstücke zu besitzen, ist mir gleichgültig. Unwillkürlich erinnere ich mich an das Mädchen in der Notunterkunft. Sie war bewundernswert gelassen! Ich steige wieder die Treppen hoch, schließe die Bürotür hinter mir.

Ich öffne die Wohnungstür und trete über die Schwelle. »Anne?« Alles bleibt ruhig, Anne wird wohl Sophie vom Hort abholen. Ich deponiere die Fahrradtasche in meinem Zimmer. Die Tulpen sind fast verblüht, die weit abgespreizten Kronblätter bilden einen zusammenhängenden gelben Teppich. Ich drehe die gewellte Vase so lange, bis ihr geometrischer Schwerpunkt und die Tischmitte sich überlagern. Meine verschwitzten Finger lösen sich mit einem leisen Schmatzen vom Glas. Ich brauche sofort eine Dusche!

Zufrieden entnehme ich der Tasche ein paar Plastiktüten. Je drei weiße und schwarze Langarm-T-Shirts, eine schwarze, eine graue Tweethose, ein grau-blauer Cashmere-Pullover sowie Unterwäsche sollen für die nächste Woche reichen. Dann darf ich wohl endlich meine Sachen in der Wohnung abholen.

Ich verstaue die frisch erstandene Kleidung im Wandschrank.

Kaufhäuser! Es war heute nicht zu vermeiden, aber ich

weiß schon, wieso ich nur im Internet bestelle. Da kommen die Klamotten ins Haus, ich kann sie anprobieren, wann ich will und spare mir die Kommentare von aufdringlichen Verkäuferinnen:

›Das steht Ihnen wirklich ausgezeichnet!‹

›Ja, diese Qualität mag ich persönlich auch besonders gern!‹

›Hosen in Überlänge haben wir nur bis Größe 38!‹

›Nein, Stoffhosen führen wir nicht, versuchen Sie es doch mit Jeans, die gibt es auch in Schwarz!‹

Wenn sie dann noch an mir herumzupfen, bekomme ich Atemnot und Schweißausbrüche. Ich schlage die Tüte aus, ein Notizzettel fällt zu Boden.

Ach, die Telefonnummer der Polizei.

Kurz nach 16 Uhr zeigt die Digitalanzeige meines Telefons. Ich zögere, dann wähle ich die angegebene Nummer.

»Kramer, Polizeiwache Ehrenfeld. Was kann ich für Sie tun?«

»Guten Tag, Maja Sneijder, ich hatte heute Morgen eine Nachricht von Ihnen auf Band an meiner Arbeitsstelle. Es geht um meine Mutter, Frau Knieps?«

»Richtig. Danke, dass Sie anrufen, wir wussten nicht, wo wir Sie privat erreichen können. Ihre Wohnung in der Krefelder Straße wurde ja evakuiert!«

»Ich wohne seither bei meiner Freundin Anne Simons. Was ist denn mit meiner Mutter, steckt sie in finanziellen Schwierigkeiten?«

»Nein, nein, nichts dergleichen. Es tut mir sehr leid, Ihnen diese Mitteilung am Telefon zu machen. Ihre Mutter ist am letzten Montag verstorben.«

»Nein, das kann nicht sein, so alt ist sie nicht!«

»Mein Beileid.«

Wie alt war sie eigentlich? Jahrgang 44, Einundsiebzig würde sie dieses Jahr werden. Das war doch nicht alt genug zum Sterben! Mir sacken die Beine weg, ich sinke langsam auf den Stuhl. »Was muss ich denn jetzt machen?«

»Frau Knieps hat für diesen Fall vorgesorgt. Es gibt einen Umschlag mit der Anschrift eines Bestatters. Es sei alles geregelt, habe ich gehört. Im Trauerhaus Mertens an der Aachener Straße hat Ihre Mutter alle Informationen hinterlegt. Die Adresse ist ... Nochmals, mein herzliches Beileid.«

Eine freundliche Stimme, routiniert, solche Nachrichten zu überbringen.

Ich zähle die Staubfäden der Tulpen. Fünf. Die Blütenblätter werden bald abfallen. Meine Mutter ist tot.

Anne

Tröstende Sinnsprüche auf Pastellhintergrund, Strohblumenkränze, an der Wand Mustersärge in Eiche Natur und Klavierlackschwarz mit goldenen Griffen. Durch das offene Regal im Schaufenster hindurch sieht Anne an Urnen vorbei auf die Straßenbahnhaltestelle Melaten.

»Frau Simons, die verstorbene Frau Knieps hat uns den kompletten Ablauf ihres Begräbnisses übertragen und die Kosten per Übertragung der Sterbegeldversicherung gedeckt. Ihre Freundin braucht sich um nichts mehr zu kümmern.« Herr Mertens hat es aufgegeben, Maja direkt anzusprechen. Sie sitzt, seit Anne mit ihr das Beerdigungsinstitut betreten hat, teilnahmslos vor dem Schreibtisch des Bestatters.

»Herr Mertens, können Sie uns etwas von Frau Knieps berichten? Sie hat vor Jahren den Kontakt zu meiner Freundin abgebrochen.«

Mitfühlend sieht er Maja an. »Frau Knieps hat den Vorsorgevertrag mit uns vor fünf Jahren abgeschlossen. Sie war ausgesprochen gründlich und bestand auf einigen Extrawünschen. Wir mussten ihr garantieren, dass drei Ärzte ihren Tod bestätigen, sie befürchtete, lebendig begraben oder verbrannt zu werden. Wir sollten per Vollmacht sämtliche Versicherungen und Abos kündigen. Auch was den Ablauf der Trauerfeier anging, da war sie ... sehr entschieden.« Nachdenklich schüttelt er den Kopf. »Sie wollte von allem NICHTS. Keine Musik, keine Trauerandacht in der Kapelle, kein Leichenkaffee, weder Blumenschmuck noch Kondolenzkarten. Damit wir Sie benachrichtigen durften, haben wir behauptet, das Meldeamt verlange das automatisch.«

Anne klappt die gefütterte Mappe auf, die Herr Mertens ihr reicht. Totenschein, Sterbeurkunde, eine Kopie der Zeitungsanzeige, die Kündigungsschreiben an die Krankenkasse, Rentenversicherung und die Zeitungsabos. Sie schluckt. Herr Mertens senkt die Stimme und fährt in vertraulichem Tonfall fort, diesmal an Maja gewandt. »Manche Menschen werden wunderlich im Alter. Aber Sie, Frau Sneijder, und das sage ich Ihnen zum Trost, können nichts für das Verhalten Ihrer Mutter. Es lag weit jenseits von Altersgrantigkeit. Frau Knieps vermutete in allem absichtliche Bösartigkeit. Sie war furchtbar leicht zu kränken. Kein Argument der Welt konnte sie dann vom Gegenteil überzeugen. Bevor sie bei uns den Vertrag abgeschlossen hat, hatte sie sich mit dreien unserer Mitbewerber verkracht. Wir kennen einander in der Branche, man redet über solche Fälle. Meiner Meinung nach litt die alte Frau an Paranoia.«

Maja

Es ist Karnevalssamstag, frierend trete ich auf einer von Koniferen gesäumten Wiese von einem Fuß auf den anderen. Wolkenfäden ziehen über die alten Bäume hinweg. Eine knappe Handvoll dunkel gekleideter Leute um mich herum hört dem Pfarrer zu. Er hat ein dunkles, indisch anmutendes Gesicht und ist schwer zu verstehen. Er erzählt von einer mir unbekannten Frau, ihre Lebensgeschichte füllt die Atemwolke über seinen Kopf und diffundiert. Niemand erwidert die katholischen Gebetsaufforderungen, selbst das Vaterunser schafft keine Gemeinschaft, auch mir kommen die Worte nicht über die Lippen. Ich halte eine Urne aus poliertem Granit in der Hand, so hatte Mutter es sich gewünscht. Minutiös hatte sie die Zeremonie schon vor Jahren geplant und beim Bestatter hinterlegt. Anne und Tilman sind an meiner Seite, Sophie dazwischen. Eine Blutbuche steht mitten auf der Wiese, licht zu dieser Jahreszeit, bald wird eine Tafel an ihrem Stamm an Frau Knieps erinnern.

Herzinfarkt! Als ob sie mich partout nicht treffen wollte! Regte das Schreiben sie etwa so auf, dass ihr Herz stehenblieb?

Der indische Pfarrer schaut mich an, nickt. Ich gehe fünf Schritte bis zu einem wasserkastengroßen Loch, daneben bildet der Aushub einen Maulwurfhügel, gekrönt von der sorgfältig ausgestochenen Grasnarbe. Ich knie nieder und stelle die Urne auf den Boden des winzigen Grabes. Eine Schaufel wird mir gereicht, ich werfe eine Schippe Maulwurfshügelerde hinein.

Eine Schaufel, um das Ende eines Lebens besiegeln ...

Nacheinander drücken mir die wenigen Anwesenden ihr Beileid aus. Seltsam unbeteiligt schüttle ich Hände. Zwei Trauergäste, einer untersetzt, dunkelhaarig, muskulös, der andere, größer, mit Dreitagebart, Brille, Hut und Augenbrauenpiercing, sind mir völlig unbekannt. Der bärtige Mann gibt mir eine Telefonnummer, er habe Mutter aufgefunden. Im Rot-Kreuz-Büro könne er mir Schlüssel und Unterlagen zurückgeben.

An Annes Arm und mit Sophies kleinen Fingern in meine Hand geschmiegt, verlasse ich den Friedhof. Kein Leichenschmaus für eine einsame alte Frau, aber ein Abendessen mit meiner Ersatzfamilie wartet auf mich.

Anne

Anne bläst die Flammen der herabgebrannten Kerzen aus, das Wachs ist auf dem Esstisch zu Pfützen zusammen gelaufen. Maja hat nach dem Begräbnis kaum etwas gegessen, aber sie saßen alle drei lange am Tisch zusammen, tranken einen Wein, jeder in eigene Gedanken versunken. Maja zeigte kein Bedürfnis, sich auszutauschen, und Anne würde sie nie dazu drängen. Nun hat sie sich leise in ihr Zimmer zurückgezogen und Anne gibt ihrem Redebedürfnis endlich nach.

»Welche Wendung, sich endlich mit der Mutter aussprechen zu wollen, und ausgerechnet dann stirbt diese! Das ist wirklich tragisch!«

Tilman räumt das Besteck in die Spülmaschine ein. »Mich wundert es, wie ruhig Maja das wegsteckt!«

»Ehrlich, diese Ruhe gefällt mir gar nicht. Mir geht nicht aus dem Kopf, was der Bestatter über die Mutter gesagt hat. Paranoide Störung! Das kann erblich sein, und dann braucht es nur einen Auslöser.« Sie füllt die Gläser nach. Gespräche über Maja gehörten nicht zu den Lieblingsthemen ihres Mannes. Er hatte zu Anfang ihrer Beziehung regelrecht eifersüchtig auf ihre Freundin reagiert, sich mit Majas Status als beste Freundin dann aber abgefunden.

Tilman stellt sich hinter sie, sanft kneten seine Hände ihre verspannten Nackenmuskeln. »Was will sie denn jetzt tun? Versteh mich nicht falsch, nicht dass ich sie bei uns rausschmeißen möchte. Was hat sie vor mit dem Gebäude ihrer Mutter? Gibt es Neuigkeiten zu ihrer Wohnung?«

Anne schwenkt das Weinglas, das Kerzenlicht lässt rote

Reflexionen aufleuchten. »Das Haus in der Krefelderstraße ist auf unbestimmte Zeit nicht betretbar, die Möbel werden demnächst von einer Spezialfirma abgeholt und zwischengelagert, die Gebäudeversicherung kümmert sich darum. Maja sucht schnellstmöglich eine neue Wohnung, sie braucht einen privaten Rückzugsort. Sobald sie den Schlüssel für das Wohnhaus der Mutter vom Roten Kreuz bekommt, werden wir sehen, ob sie dort vorübergehend einziehen wird. Das ist frühestens an Aschermittwoch«.

»Wir? Was möchtest du damit sagen? Meinst du nicht, das ist allein Majas Sache?«

»Sie ist meine Freundin! Ich habe ihr angeboten, das Gebäude zu begutachten, einen Renovierungsplan auszuarbeiten. Sie wird wohl das Haus auf Vordermann bringen, um es zu verkaufen. Währenddessen sieht sie sich nach einer schönen Vierzimmerwohnung in einem Altbau um.«

Tilman runzelt skeptisch die Stirn: »Ich gehe davon aus, dass du den Arbeitsaufwand einschätzen kannst. Bitte übernimm dich nicht!«

»Zwei meiner Projekte enden bald, außerdem will Maja mir die Planung ganz regulär vergüten. Und mich reizt es, die Sechzigerjahre wieder aufleben zu lassen!«

Tilman lächelt spöttisch: «Sprichst du von der Idee, eine Urbanität durch Dichte und reine Zweckmäßigkeit zu ermöglichen, oder eher von der Hoffnung auf eine Gesellschaft ohne Konflikt zwischen Individuum und Kollektiv? Diese Gespräche haben wir doch während unseres Studiums geführt, ich dachte, wir seien in der Zwischenzeit in der Realität angekommen!«

»Ach Tilman«, seufzt Anne, »die Sechziger zeigen eine

ästhetische Qualität, die durchaus mit einer Reduktion verbunden ist. Weniger Fläche, mehr Nutzungsmöglichkeiten und somit geringerer Energieverbrauch, da müssen wir heute auch wieder hinkommen!« Annes Augen blitzen. Tilman küsst ihre Hand.

»Meine beste Gattin, ich liebe deinen Enthusiasmus! Bin gespannt, wie Du den künstlerischen Anspruch mit gesellschaftlichen Forderungen verbindest ... und mit der Realität!«

Rafael

Rafael blättert müde in den Bestellformularen seiner Klienten für die kommende Woche. Die Tochter der verstorbenen Frau Knieps hatte ihn um diesen frühen Termin gebeten, dummerweise hatte er sich breitschlagen lassen. Am Friedhof hatte er sie zum ersten Mal gesehen. Sie trug einen teuren schwarzen Mantel mit Pelzkragen und eine flauschige Wollmütze, nichts Besonderes für eine Beerdigung. Ihr außergewöhnlich blasses Gesicht war ihm aufgefallen, es war fast durchsichtig. Seine Visitenkarte hatte sie ohne Regung entgegengenommen und jeglichen Blickkontakt vermieden. Er war unsicher, ob sie die Unterlagen und den Schlüssel abholen würde. Wieso hat sich diese Frau jahrelang nicht um ihre Mutter gekümmert? Er schüttelt den Kopf. Okay, er ruft seine Eltern auch nie an. Das ist allerdings etwas anderes, er wohnt schließlich weit weg. Außerdem, sein Vater braucht keine Hilfe, so stinkreich, wie der ist, mit unzähligen Angestellten, die sich um jeden Furz kümmern. Falls er ihn eines Tages beerben sollte, wird er alles spenden, soviel steht fest. Unverdienter Reichtum gehört verteilt! Beim Gedanken an seinen Vater springt er zornig auf.

Die Bürotür schlägt auf und lässt das Windspiel erklingen. Mit dem tiefen Akkord stürmt eine große Frau Mitte dreißig in den Raum, stolpert über den Fußabtreter, fängt sich aber sofort wieder. Sie trägt exakt dieselbe Kleidung wie am Begräbnis, langer Mantel, Cashmeremütze. Ihr Blick streift kurz durch das Zimmer, dann kommt sie auf ihn zu.

»Guten Morgen, sind Sie Herr Müller? Ich möchte die Unterlagen und Schlüssel meiner Mutter, Frau Knieps, abholen.«

»Muller bitte, mit U. Sie sind Frau Schneider?«

»Bei mir heißt das Sneijder,«, die Frau lächelt unverbindlich, dabei sieht sie über ihn hinweg, »anscheinend stellen die Familiennamen uns vor ähnliche Probleme. Wie haben Sie meine Mutter gefunden?«

Konversation scheint kein Steckenpferd von ihr zu sein. Umso besser, dann geht dieser Termin schnell vorbei, und er kann vor der eigentlichen Arbeit noch ein neu entdecktes Punk-Album anhören.

»Ich brachte ihr in der Woche jeden Mittag ein frisches Menü. Freitags bekam sie noch zusätzlich zwei tiefgekühlte Boxen für das Wochenende, die sie sich in der Mikrowelle aufwärmte. Sie muss am Montagmorgen beim Bettenmachen gestorben sein, die Wochenendboxen standen jedenfalls leer auf dem Küchentisch. Der Notarzt sagte, da wäre nichts mehr zu machen gewesen.« Er versucht, den sachlichen Ton seiner Besucherin beizubehalten.

»War sie denn nicht mehr in der Lage, selber zu kochen, wieso hat sie einen Essenservice bestellt?«

Rafael verschlägt es die Sprache. Kümmert sich nicht und macht dann der eigenen Mutter noch Vorwürfe! »Haben Sie auch nur eine leise Ahnung, wie einsam Ihre Mutter war? Sie kam noch ganz gut zurecht, war kein Pflegefall. Gespräche fehlten ihr, sie ließ mich kaum gehen, wenn ich das Essen vorbeibrachte. Wo waren Sie eigentlich all die Jahre, sie hat nie von Ihnen geredet? Nun gibt es etwas zu holen und Sie sind da!« Rafael unterbricht abrupt, er ist entschieden zu unhöflich geworden. Rote Flecken erscheinen auf den Wangen der Frau, ihre blauen Augen blitzen ihn an.

»Wie bitte? Was geht Sie das an? Geben Sie mir jetzt sofort die Unterlagen und den Schlüssel!«

Rafael zuckt mit den Schultern, nimmt eine vorbereitete A4-Mappe aus der Ablage, kontrolliert den Schlüsselbund mit der Initiale GK und hält beides Frau Sneijder hin. »Bitte unterzeichnen Sie die Empfangsbestätigung hier. Danke. Machen Sie es gut.«

»Auf Wiedersehen.«

Scheppernd fällt die Tür ins Schloss, den Nachhall des Dreiklangs begleitend. Rafael verschluckt sich und beginnt zu husten. Das war mal wieder eine diplomatische Meisterleistung. Und die Meldung des Leerstandes ans Amt hatte er ihr gegenüber noch nicht einmal erwähnt.

Maja

Sofort weg hier, ist ja nicht zum Aushalten, was für ein unmöglicher Typ!

Ich renne fast, knöpfe mir im Laufen den Mantel zu, den Schlüssel fest von meiner Faust umschlossen. Mit großen Schritten eile ich vorbei an dem staubigen Park, wo ich als Kind Fußball spielte und vierblättrige Kleeblätter suchte. Von unserer Wohnung aus konnte Mutter mich beobachten, deshalb erlaubte sie mir, dort zu spielen. Nur mit Vater besuchte ich andere Orte, an denen man sich auch verstecken und Abenteuer erleben durfte.

Auf der gegenüberliegenden Straßenseite kauern die eingeschossigen Alu-Glas-Kisten, die nun mir gehören. Die ehemals glänzenden silberfarbenen Fensterbrüstungen sind matt angelaufen. Unschlüssig bleibe ich stehen, versuche, das unangenehme Kribbeln in meinem Rücken zu ignorieren.

Ich werde im Kiosk einen Kaffee trinken, bis Anne kommt, dann gehen wir gemeinsam ins Haus.

Beim Nähertreten bleibt mein Blick an vergilbten Zeitungen hängen, die den Blick in die toten Räume verhindern.

Ob Vaters Werkstatt noch unberührt ist? Mutter hatte ihr Auskommen aus der Vermietung der Wohnungen und Parkplätze, die Tischlerei aber stand immer leer, des Aufräumens wegen, nehme ich an.

Eine Erinnerung an Holzspanduft steigt mir in die Nase, ich schließe die Augen.

Sofort steht mein Vater vor mir in dem verstaubten Atelier. Mit seinen Restholzstücken erschuf ich Stadtmauern mit Toren und Türmen, die ich stundenlang mit Sandpapier schliff, während er Möbel baute.

In Gedanken versunken überquere ich die Fahrbahn und laufe vor einen Zeitschriftenständer, der die Fußgänger aus der Berger Straße in den Kiosk lenken soll. Bis zu meinem Auszug vor sieben Jahren war ich Stammkundin bei der alten Kioskfrau. Bei ihr versorgte ich mich mit Frühstückskaffee, Zeitungen und Süßkram. Ich stoße die Tür auf, hinter dem Tresen steht ein dunkelhaariger, kräftiger Mann.

»Jode Morje, de Dame. Wat kann ich för Se dun? Moment, Se sin doch de Dochter vun Frau Knieps? Ich han Se op Melaten jesenn.«

Ich nicke, und sofort fährt er in seinem kölsch-türkischen Singsang fort:

»Darf ich mich vorstelle: Mein Name ist Hawar Dilian, mer nennt mich och d'r kölsche Kurde. Diesen Kiosk führe ich zick fünf Johre un do Se vermutlich ming neue Vermieterin sin, möcht ich mich met Ihnen jot stelle. Doher heiße ich Se met däm beste Mokka vun janz Colonia willkomme!«

Er unterbricht kurz seinen Wasserfall an Worten und schiebt mir theatralisch lächelnd ein kleines Glas mit schaumigem Kaffee über die Theke. Unerwartet schießt mir Wasser in die Augen ob des warmen Empfangs, verlegen bedanke ich mich. In dem Moment kommt Anne durch die Tür, nickt mir zu und setzt sich zu mir an den Tisch. »Mir auch einen, bitte. Schwarz und bitter ist genau das Richtige, bevor wir das alte Gebäude besichtigen.«

Wir trinken schweigend den Mokka, ich lege drei Euro auf die Theke und winke dem Kioskbesitzer beim Hinausgehen zu.

Am Hauseingang Nummer 2 bleibe ich stehen. »Als wir

klein waren, war das einfach nur das Haus meiner Freundin«, sagt Anne. »Mit Architektenaugen sieht das Gebäude völlig anders aus.«

Ich fingere nach dem Schlüssel in der Manteltasche, schließe dann das Portal auf. Das Schloss klemmt, bis ich mit einer instinktiven Bewegung leicht den Türgriff anhebe. Anne streicht mit dem Finger über die viereckige Griffplatte: »Fantastisch gut erhaltene Emaille! Diese ineinander verschachtelten Quadrate auf kupfergrünem Grund, von Kirschrot bis Bordeaux, das ist so was von Sechzigerjahre-Style!«

Wir betreten die Eingangshalle, ich bemühe mich, das Haus ebenfalls mit Architektenaugen zu sehen. Auf der linken Seite fängt ein deckenhohes abstraktes Mosaik die Aufmerksamkeit des Eintretenden. Das samtige Rot zieht den Blick an, die oxidgrünen Steinchen reflektieren das Licht des Hoffensters. Mit elegantem Schwung schraubt sich die Treppe ins erste Obergeschoss. Der schwarze Handlauf betont das Oval des Treppenauges.

Als Mädchen bin ich auf diesem Band sämtliche Stockwerke hinuntergerutscht, verbotenerweise!

Wir steigen vier Etagen hoch, der Boden ist staubig, mit Fußspuren übersät. Mutter hat zuoberst gewohnt, so könne ihr niemand auf dem Kopf herumturnen, sagte sie immer.

Ich öffne die Wohnungstür, ihr himmelblau ist grünstichig nach all den Jahren. Gerne lasse ich Anne den Vortritt. Wir betreten die Diele, der kratzige Putz an den Mauern ist angegraut, zwischen den Teppichen sehe ich Würfelmosaik aus Eichenparkett. Nur ein Mittelgang ist frei, entlang der Wände gestapelte Zeitungsbündel. In der Küche hängt der alte Oberschrank mit den geneigten Schiebetüren über der

Spüle. Den Küchentisch bedeckt eine gemusterte klebrige Wachsdecke, er ist vollgestellt mit benutztem Geschirr. Das gemütliche speckige Ledersofa beherrscht das Wohnzimmer, daneben stehen unverändert die Schwanenhalslampe mit den drei pastellfarbenen Lampenschirmchen und der gefliese Nierentisch mit den Messingfüßen. Die Sizilianerin im Schürzenkleid mit Wasserkrug sieht mich aus ihrem schwarz-goldenen Rahmen heraus an. Staub sammelt sich auf den mahagonifarbenen Regalbrettern mit der Reader's Digest Sammlung. Im Gegensatz zu mir scheint Anne tief fasziniert von dieser musealen Ausstattung. Auf der Anrichte liegt Post, ein Bankauszug, Werbung. Ich blättere alles durch.

Mein Brief fehlt. Dann hat sie ihn wohl gelesen.

Wir gehen ins Badezimmer. Es ist in Gelb gehalten, an der Wand die typischen glänzenden Standardfliesen, der Boden in Matt, farblich aufgelockert mit einzelnen hellblauen Kacheln. Die Bakelit-Armaturen in ergrautem Schwarz scheinen bei der leichtesten Berührung zu zerbröckeln.

In der winzigen Badewanne konnte ich die Beine schon als Zwölfjährige nicht mehr ausstrecken.

Ein orangefarbener Seifenrest klebt in der Seifenschale, über dem Duschvorhang hängt ein Frotteetuch. Es riecht nach Puder und Altfrauenparfüm.

Die letzten Manifestationen des Menschen, der meine Mutter war.

Auf der Ablage im Spiegelschrank liegen sorgfältig hingelegt ein Plastikkamm und eine Naturhaarbürste, daneben ein Glas mit Zahnpasta und Zahnbürste. Ein gelbes Frottee-Set bedeckt WC-Deckel, WC-Fuß und den Boden vor dem Waschbecken. Alles ist so akkurat, so exakt an Ort und Stelle!

Deswegen bin ich mit Achtzehn in die eigene Wohnung nach nebenan gezogen. Die Enge und Hässlichkeit schnürt mir wie eine bösartige Erinnerung den Atem ab. In diesem Raum materialisieren sich die ewigen Verbote meiner Mutter.

Ich zwinge mich, ruhig zu atmen, und folge Anne ins Wohnzimmer.

Nur eine Zwischenlösung, bis ich etwas Besseres gefunden habe. Anne soll mir sagen, was ich investieren muss, um das Ganze schnellstens zu verkaufen.

»Maja, du siehst bleich aus, geht es dir gut? Lass uns gehen, ich habe fürs Erste genug gesehen, was meinst du?« Anne drückt mir leicht die Schultern. »Hat deine Mutter vielleicht die Pläne aufbewahrt? Wer war der Architekt?«

»Opa Knieps hat das Gebäude 1961 gebaut. Mutter war siebzehn, als sie mit Eltern und Großeltern hier eingezogen ist. Sie betonte immer, sie habe ihre Kindheit nach dem Krieg in provisorischen Unterkünften verbracht, wie so viele andere in Köln. Ich solle dankbar sein für unser Haus.«

»Na ja, sie hatte ja recht, wenn ich höre, was zurzeit auf der Welt los ist, dann möchte ich nicht tauschen!«

Ich öffne das Sideboard in der Wohnzimmerecke, bücke mich zum untersten Regal. Auf einem verblichenen Ordnerrücken steht handschriftlich ›Berger Straße 2, Bauantrag und Statik‹. Ich strecke Anne den Aktenordner entgegen. Sie blättert kurz darin, nickt. »Damit kann ich etwas anfangen. Nimm doch bitte die Schlüssel der anderen Appartements mit, wir gehen einmal rasch überall durch.«

Bei unserem Blitzdurchgang erleben wir keine Überraschungen. Drei Wohnungen pro Etage, alle unbewohnt. An den Tapeten ist der Geschmack der ehemaligen Bewohner abzulesen, inklusive meiner Fototapete mit dem Bergpanorama im vierten Stock.

Wieso hat die Mutter nie mehr neu vermietet, wo selbst ein unrenoviertes Sechzigerjahrebad in Köln heißbegehrt ist? Hing das mit ihrem Argwohn zusammen? Anscheinend kam sie mit den Mieten von Kiosk und Garagen zurecht, auf dem letzten Bankauszug war ein kleines Plus verzeichnet.

Ich leere den Briefkasten, bevor wir das Haus verlassen, und verstaue ein amtlich aussehendes Schreiben in meiner Handtasche. Anne öffnet derweil die Türen beidseits der Treppe. Der linke Raum ist randvoll zugestellt mit Möbeln, Putzmitteln und Werkzeug, kaum zu betreten. Die Tischlerei hingegen liegt immer noch unberührt im Dornröschenschlaf.

Anne

»Deine Augen leuchten, war das Haus vielversprechend?« Tilman hält seiner Frau die Tür zum Architekturbüro auf.

Anne seufzt. »Es ist ein wunderbar schlichter Bau mit einigen sehr schönen Elementen der frühen Sechziger. Das Treppenhaus zum Beispiel! Die Substanz ist in Ordnung, aber technisch ist es heruntergekommen, seit dem Erstellungsjahr ist nichts daran verändert worden. Großes Potenzial, nur befürchte ich, dass Maja emotional viel zu verstrickt ist, um sich auf irgendetwas einzulassen. Sie ist heute fast in Ohnmacht gefallen, als wir in der Wohnung der Mutter waren. Ich empfehle ihr, nur das Nötigste zu tun, um es schnellstmöglich zu verkaufen. Ein Käufer will das Haus nach eigenem Gusto sanieren, die Grundrisse zeitgemäß verändern und den Energieverbrauch in den Griff kriegen.«

»Du denkst an eine Pinselrenovierung?«

»So leid es mir aus architektonischer Sicht tut, aber ich bin überzeugt, das ist das Beste für Maja. Sie träumt von einer Gründerzeitwohnung mit Stuck und hohen Decken, heute Abend werden wir das besprechen.«

__Maja__

Mit einem Seufzer lasse ich den heißen Duschstrahl auf meinen Rücken prasseln. Die Besichtigung hat mich stärker mitgenommen als erwartet.

Der Essen-auf-Rädern-Typ hat mir vorgeworfen, ich kümmere mich nach dem Tod um die Mutter, weil es etwas zu erben gäbe! Hat er recht? Hätte ich den Kontakt schon vor Jahren erzwingen sollen, nicht erst, als ich Hilfe brauchte?

Ich steige aus der Wanne, wickle mir ein dickes Frotteehandtuch um, dann husche ich auf Zehenspitzen in mein Zimmer. Vor dem Fotorähmchen im Regal bleibe ich stehen. Ein Mann und ein Mädchen mit Schultüte in der Hand, beide rotblond gelockt, strahlen mit hellblauen Augen in die Kamera. Das Foto hatte Mutter von uns aufgenommen, ein Jahr, bevor sie meinen Vater mit schweren Beschuldigungen verjagt hatte. Bis zu meinem Neunzehnten hat er mir noch regelmäßig Briefe zum Geburtstag geschickt, dann war Schluss.

Nun ist auch Mutter tot.

Ich werfe das Handtuch auf das Bett, ziehe mein Pyjama an, darüber einen langen Schlabberpulli. Fürs Abendessen reicht das allemal. Rasch sortiere ich noch meine Handtasche. Die Schlüssel für die Berger Straße und die Unterlagen der Caritas räume ich ins Regal. Aus den Umschlägen und, Werbesendungen fische ich das graue Schreiben der Stadtverwaltung, wiege es in den Fingern. Amtliches Grau bereitet mir Unbehagen, es bringt Unruhe, Unglück. Selbst wenn man solche Briefe aus der eigenen Realität verbannt, sie verbrennt oder in Schachteln vergräbt, der Unfrieden kommt doch und stört. Mit einem Falzbein aus Horn aus dem Bücherbord schlitze ich das Kuvert auf.

»An die Eigentümer Berger Straße 2

Sehr geehrte Frau Knieps,

der Ausschuss für Soziales des Stadtrates hat bezüglich Ihrer Immobilie Berger Straße 2 eine Leerstandsmeldung erhalten. Nach Prüfung durch die Gemeindeverwaltung wurde festgestellt, dass die Voraussetzungen zutreffend sind. Gemäß Verwaltungsbeschluss zur Einbeziehung von leerstehendem Wohnraum (BELW) in die städtische Wohnraumverwaltung, gültig seit dem 22. Januar diesen Jahres, erklären wir daher, dass die in Frage kommenden elf Wohnungen dem Amt für die Unterbringung von Geflüchteten zur Verfügung gestellt werden müssen. Die Vergütung für eine möblierte Vermietung beträgt 10,– Euro pro m². Bezüglich der notwendigen Ausstattung verweisen wir Sie auf die Migrationsberatung und den Kölner Flüchtlingsrat. Die Sachbearbeiter der vorgenannten Institutionen sind bereits informiert und werden Ihnen sachdienlich zur Seite stehen. Die entsprechenden Telefonnummern finden sie unten angefügt. Die Bereitstellung der Wohnungen hat innerhalb eines Zeitraums von drei Monaten zu erfolgen. Bei Zuwiderhandlung oder absichtlicher Verzögerung kann eine Zwangsversteigerung angeordnet werden.

Mit freundlichen Grüßen,

Amt für Wohnraumbewirtschaftung«

Erschrocken lese ich das Schreiben mehrmals hintereinander, ohne die Bedeutung zu begreifen. »Anne, Anne!« Verzweifelt laufe ich in die Küche. Anne sitzt mit Sophie am Küchentisch und würfelt Zwiebeln für Tomatensalat. Die Kleine schaut mich beunruhigt an.

»Tante Maja, was hast du denn?«

Wie kann ich mich nur so dämlich vor einem Kind aufführen, wegen eines Schreibens, das nicht einmal direkt an mich adressiert ist? »Es ist nichts Schlimmes, Sophie, nur ein seltsamer Brief aus dem Briefkasten meiner Mutter. Anne, kannst du dir den später mal durchlesen?«

Düster und feuchtkalt spiegelt das Wetter exakt meine Stimmung, als ich das Schulhaus verlasse. Ich schließe das Fahrrad auf und schiebe es Richtung Severinstraße. Eine Ader an meiner Schläfe pocht zornig.

Bis heute Mittag bin ich noch davon ausgegangen, für ein paar Monate in die Berger Straße einzuziehen, einen guten Deal zu machen und mir eine schicke Wohnung im Belgischen Viertel oder an der Agneskirche zu kaufen. Aber nein, alle Pläne futsch! Unter diesen Voraussetzungen kann ich den Verkauf des Hauses knicken. Wie Anne es mir empfohlen hatte, rief ich das Amt an, fragte, ob sich durch den Tod meiner Mutter etwas ändere. Die Frau bekundete mir freundlich ihr Beileid, dann erklärte sie, die Verfügung gelte auch für Erben.

Mein Hirn rattert und versucht, alles zu einem sinnvollen Ganzen zu verknüpfen. Mein Arm, wie abgetrennt, bewegt Stift und Maus, doch mein Körper gleitet in eine resignierte Untätigkeit.

Jetzt muss ich den Vermieter für Flüchtlinge machen, sonst nehmen die mir das Haus ab! Wie soll das gehen, neben der Arbeit? Wie spricht man mit den Leuten denn, um einen Mietvertrag abzuschließen? Vom desolaten Zustand der Wohnungen mal abgesehen, dort zu leben, ist niemandem zumutbar!

In meinem Innern wächst ein trauriges leeres Loch, das Selbstmitleid will mich verschlingen, und mein Kopf möchte explodieren.

Bloß nicht heulen! Ich brauche dringend Annes Rat.

Ein nussiger Pfefferminzgeruch steigt auf, als ein Strahl grasgrüner Flüssigkeit in das Glas mit Pinienkernen trifft. »Jetzt setz dich, trink erstmal eine Tasse Tee. Ist doch alles halb so wild.«

Ich nehme den Becher und halte ihn mit beiden Händen fest umschlossen.

Anne lässt sich aufs Sofa fallen, zieht die Beine in den Schneidersitz und betrachtet mich. »Sieh das mal so, meine Liebe. Du hast ein Angebot bekommen, das du nicht ablehnen kannst. Du wirst sehen, es ist gar nicht so übel. Du wirst die Wohnungen problemlos vermieten können, mit Einnahmengarantie der Stadt! Mehr als 5000,–Euro netto im Monat sind das, grob geschätzt. Damit bedienst du locker ein Darlehen. Wenn du dir eine Wohnung kaufen willst, kann sich deine Bank keine bessere Sicherheit wünschen. Meiner Meinung nach hast du Glück gehabt!«

Ich nicke, eine Falte zwischen den Augenbrauen, noch

nicht überzeugt. Anne setzt wieder an: »Sogar der Zustand der Bausubstanz ist akzeptabel. Dein Opa hat in den Sechzigern eine solide Wohnmaschine gebaut. In unserem Individualismus von heute finden wir das zu eng und meinen, wir könnten uns nur in großbürgerlicher Gründerzeit wohl fühlen. Weißt du eigentlich, dass die beanspruchte Wohnfläche pro Person seit den Sechzigern von 35 m² auf 50 m² gestiegen ist? Kein Wunder, dass trotz aller Bemühungen, Energie und Ressourcen einzusparen, und einer erstaunlichen Effizienzsteigerung im technischen Bereich, unter dem Strich die Verschwendung dieselbe bleibt! Nein, das stimmt so nicht, nur für diejenigen, die die Mittel haben. Die anderen schauen in die Röhre!« Anne nimmt einen Schluck Tee.»Es geht um eine gerechte Verteilung, um ein gutes Leben für alle! In unseren Breitengraden müssen wir auf den Stand der Sechzigerjahre zurück. Wir besitzen nämlich nicht genug, sondern zu viel an Dingen und zu wenig an Zeit und an Erfüllung im Immateriellen. So darf es nicht weitergehen.«

Ich stöhne: »Anne, hör auf! Das ist mir jetzt zu philosophisch, komm zum Punkt!«

»Hör zu. Ein durchschnittlicher Kölner möchte nicht in einem 35 m²-Appartement leben, zu wenig repräsentativ, zu klein für die vielen Dinge, die man so besitzt. In New York, Paris und London sieht das anders aus, dort wohnen die Leute auf engstem Raum. Mit geschicktem Ausbau wird ein Zimmer mehrfach genutzt, ohne die Quadratmeterzahl zu erhöhen. Wozu brauche ich ein Wohnzimmer und ein Schlafzimmer, wenn ich durch einfaches Umstellen beides in einem erhalte? Und wieso braucht jeder eine eigene Waschmaschine, Trockner, Tiefkühlgerät? Das kann doch allen gemeinsam im

Keller zur Verfügung stehen! Keine Nachteile, nur geteilte Kosten und weniger Anschaffungen. Für Flüchtlingswohnungen sind scharfe Obergrenzen, was die Quadratmeterpreise angeht, gesetzt. Die können wir mit einer guten Grundrissplanung und mit gemeinschaftlichen Geräten verringern.«

Interessiert schaue ich zu Anne: »So etwas schwebt dir mit Mutters Haus vor? Meinst du, das funktioniert? Und die Läden im Erdgeschoss?«

»Ich skizziere ein paar Grundrissvarianten und du klärst mit der Behörde die Auflagen. Sorgen bereitet mir allerdings die Dreimonatsfrist!«

Maja

Ich betrete das Büro der Leiterin der Beratungsstelle, Frau Grünbaum. Ein hohes zweiflügeliges Holzfenster, diffuses Morgenlicht durchlassend, davor ein Schreibtisch mit zwei beeindruckenden Aktenstapeln, hinter denen ich die schlanke graugelockte Frau kaum sehen kann. Die Schreibtischleuchte wirft einen hellen Kegel auf ihren Schreibblock, ab und zu notiert sie Stichwörter, während sie in einer Akte blättert. Sie scheint überarbeitet, seufzt unmerklich.

Ich räuspere mich. Frau Grünbaum blickt zu mir auf. »Guten Morgen, mein Name ist Maja Sneijder, entschuldigen Sie, ich habe an der Tür geklopft, aber keine Antwort erhalten. Sie baten mich, vorbeizukommen, es geht um die Wohnungszuteilung für Flüchtlinge. Gestern erhielt ich ein Schreiben von der Wohnungsverwaltung, es betrifft ein Wohnhaus an der Berger Straße. Das Aktenkennzeichen ist wie folgt ...«

Freundlich und offen ruhen ihre Augen auf mir. Ich spüre ihre volle Aufmerksamkeit. Dieser Frau möchte man nichts abschlagen. »Frau Sneijder, danke für Ihr Kommen. Setzen Sie sich doch. Zuerst möchte ich Ihnen kurz erläutern, weswegen wir auf jede Wohnung angewiesen sind. Aus den Nachrichten wissen Sie, dass sehr zahlreiche Menschen aus Katastrophengebieten zu uns flüchten. In Deutschland angekommen, bleiben sie eine gewisse Zeit in Auffanglagern, wo sie engmaschig betreut werden, denn viele sind durch die Flucht traumatisiert. Wir unterstützen sie dabei, wieder ein normales Leben zu führen, einen Beruf auszuüben, dass ihre Kinder die Schule besuchen können. Die Menschen brauchen dafür in erster Linie eine eigene Wohnung. Und Vermieter, die diese zur Verfügung stellen. Hier hilft der Verwaltungsbeschluss etwas nach. So viel vorab.«

Prüfend schaut Frau Grünbaum mich an. Jeglichen Protest, Zweifel und Ängste scheint dieser Blick aufzulösen. Eine Zuversicht erfüllt mich, ich möchte dieses Augenpaar nicht loslassen. »Ich habe Ihre Unterlagen aufgerufen, es handelt sich also um ein Gebäude mit elf freien Wohnungen. Wir werden die benötigten Wohnungsgrößen für die Belegung mit den Grundrissen gemeinsam abgleichen. Unser Sachbearbeiter wird sie auch unterstützen, wenn es um Ausstattung und Förderprogramme für diese Maßnahmen geht. Ich schicke Ihnen eine PDF-Datei mit allen Informationen. Seien Sie versichert, dass Sie sich finanziell nicht schlechter stellen, wenn Sie an Geflüchtete statt auf dem freien Wohnungsmarkt vermieten. Denken Sie immer daran, Migranten sind Spiegelbilder unserer eigenen Existenz, nur mit deutlich weniger Glück bezogen auf die geografische Herkunft.«

Ich setze mich gerade auf, möchte ihren Blick für einen Moment abschütteln. »Danke für Ihre Ausführungen. Die Notwendigkeit verstehe ich und Widerstand scheint sowieso zwecklos zu sein. Aber ich habe noch viele Fragen. Die Appartements sind total verwohnt und in einem üblen Zustand. Wie soll ich denn eine Renovierung organisieren, ich muss tagsüber arbeiten!«

»Keine Sorge, die Stadt hat einen Pool an Bauleitern, um die Eigentümer zu unterstützen. Sie werden sehen, es wird nicht zu Ihrem Nachteil sein. Unser Sachbearbeiter wird sich bei Ihnen melden, um einen Termin zu vereinbaren. Er wird Sie durch alle bürokratischen Hindernisse lotsen. Im Alltag stehen Sozialarbeiter zur Verfügung, als Brücke zwischen Vermietern und Flüchtlingen, bis Sie miteinander vertraut sind.«

So einfach soll das sein? Immer noch warm eingehüllt von ihrer Zuversicht verabschiede ich mich von Frau Grünbaum.

Rafael

Es klopft an die Tür, die angemeldete Besucherin tritt ein. Zusammenreißen, denkt Rafael. Als seine Chefin gestern das Beratungsgespräch mit ihm durchgegangen ist, spürte sie sofort, dass er Maja Sneijder auf dem Kieker hatte, und befragte ihn, bis er jedes Detail vom Zusammentreffen im Rot-Kreuz-Büro erzählte. Vera hatte ihn mit diesem Mutterblick angesehen, der ihm klarmachte, dass er wieder einmal Mist gebaut hatte. Als ob er das nicht bereits wüsste! Jedenfalls bat sie ihn, endlich nach der Maxime zu handeln, wonach man sich im Leben immer zweimal sieht.

»Frau Sneijder, schön Sie wiederzusehen!« Rafaels Stimme ist ausnehmend freundlich. Er steht auf, um ihr den Mantel abzunehmen. Das graublaue Strickkleid betont ihre rötlichen Haare, denkt er. Wasserblaue Augen unter hochgezogenen Augenbrauen sehen ihn kurz zweifelnd an, bevor sie den Blick schnell senkt.

»Ich weiß nicht, ob ich das glauben soll, Herr Muller. Wieso treffe ich eigentlich auch hier auf Sie?«

Rafael räuspert sich verlegen. »Reiner Zufall, nehme ich an. Ich arbeite vormittags als Essensausfahrer und nachmittags in der Migrantenberatung. Ich bedaure ... beim letzten Mal ... das war mein Fehler.« Die großgewachsene Frau verwirrt ihn. Beim Sprechen nimmt sie kein Blatt vor den Mund, was seinen Widerspruchsgeist sofort weckt, doch ihre körperliche Präsenz ist unsicher und verletzlich. Er zieht sich hinter den Schreibtisch zurück und beginnt unbehaglich ein paar Kugelschreiber von links nach rechts zu sortieren. »Bitte setzen Sie sich doch.«

»Ja, Sie waren in der Tat sehr unhöflich! Ihre Vorwürfe haben mich sehr getroffen. Ich hatte doch nichts getan!«

»Ja, das ist es ja!« Rafael presst die Lippen aufeinander. Vera hat ja Recht, wenn er seine Zunge im Zaum halten könnte, bliebe ihm manche Entschuldigung erspart. »Bitte entschuldigen Sie.«

»Ist schon in Ordnung. Frau Grünbaum sagte, dass Sie sich mit der Beantragung von Fördermitteln am besten auskennen. Wissen Sie, ich möchte das Haus so schnell wie möglich wieder bewohnbar machen, daher bin ich froh über jede fachkundige Unterstützung.«

Zum Glück scheint sie sich rasch beschwichtigen zu lassen. Erleichtert streckt ihr Rafael seine Hand hin: »Da sind Sie bei mir richtig. Auf eine gute Zusammenarbeit.«

Mit einem unerwartet kräftigen Händedruck akzeptiert Frau Sneijder sein Angebot.

»Sehen wir uns zuerst die Grundrisse durch. Hier ist die Aufstellung, welche Wohnungsgrößen für die Geflüchteten gesucht werden. Pro Person rechnet das Amt mit 15m². In den Übergangsheimen hausen die Migranten teilweise zu viert in einem solchen Raum. Versuchen Sie, sich vorzustellen, was da an Privatsphäre bleibt!«

Vorsichtig beobachtet er Maja Sneijder, bevor er weiterspricht. Sie hört aufmerksam zu. Die Zusammenarbeit kann sich nach dem holperigen Start doch noch gut entwickeln. Veras Sorgen waren unbegründet. »Nur mit den eigenen vier Wänden organisieren die Menschen ihr neues Leben, finden eine Arbeit, knüpfen Kontakte. Wir suchen Unterkünfte für ein bis zwei Personen, aber auch für einige Familien. Ein Mix ist optimal. Für die Instandsetzung und Anpassung an die

Nutzung stehen Fördermittel zur Verfügung. Es gibt außerdem sehr günstige Kredite. Bei den Anträgen bin ich gerne behilflich ...«

Maja

Entrümpeln, das konnte ich schon immer gut. Ich kann es kaum erwarten, den Keller in Mutters Haus leer zu bekommen. Bevor ich den Container bestelle, wollte Anne erst vorsortieren, viele Gegenstände könne man verschenken, statt sie zu entsorgen. Also sammle ich auf einem Notizblock die Schätze, die hier unten vergraben sind, damit sie eine Auswahl trifft.

In dieser staubigen Zwischenwelt des Kellers dämmern die Objekte vor sich hin, aus der Gegenwart verbannt, in einem Fegefeuer der Dinge. Sämtlicher Hausrat meiner Großeltern ist hier versammelt. Auf den Regalen finde ich, neben dicht an dicht stehenden Weckgläsern mit Apfelkompott und eingelegten gelben Bohnen, Schubkästen mit Besteck und mit blauen Mustern bemalte Teller und Tassen. Ich habe sie nie in Gebrauch gesehen. Auch ein komplettes Esszimmer mit Tisch und acht Stühlen, eine Anrichte, ein Wohnzimmerschrank, vier Bettgestelle aus diversen Hölzern mit geschnitzten Kopfteilen, ineinander gestapelt, standen nie oben in einer Wohnung. Wurden sie beim Einzug in das Haus durch Modernes ersetzt? Eine Lampensammlung aus Stehlampen mit Porzellansteckern, Kronleuchtern und Deckenlampen mit floralen Glasschirmchen füllt ein weiteres Abteil.

Von einem Raum zum anderen streife ich, notiere auf meinem Block jede Entdeckung. Den nächsten Keller füllen unzählige Teppiche, sorgfältig zusammengerollt. Wer will die heute noch? Wir brauchen einen Container in XL!

In einem weiteren Kellerabteil parken Fahrräder, manche bestimmt seit fünfzig Jahren. Die Mantelreifen aller Räder sind zerbröckelt. Die verschnörkelten Schalthebel am Rahmen sehen antiquiert und wertvoll aus. Plötzlich macht mein Herz einen Sprung, ich erkenne ein rotes Mädchenfahrrad. Fast hatte ich vergessen, wie glücklich ich war, als ich es zum neunten Geburtstag geschenkt bekam. Ich liebte den Klang der Fahrradglocke, hörte erst auf, zu klingeln, wenn Großmutter mich um Erbarmen bat. Doch nun lässt sich der Hebel nur schwer gegen den Rost an den Zahnrädchen bewegen, das Federwerk knarzt. Enttäuscht wende ich mich ab.

Auf dem Gestell an der Wand verstauben lederne Werkzeugkisten neben einer schwarzen Singer-Nähmaschine mit goldenem Firmenlogo. Unter dem Kellerfenster lauert ein riesiges Insekt mit vier dünnen Beinen und Fühlern, es entpuppt sich beim Näherkommen als zwei Radiomöbel, kopfüber aufeinander gestellt.

Dieses Gerümpel macht mich nervös. Wie will Anne das alles loswerden?

Hinter dem nächsten Verschlag entdecke ich einen Schrank mit grünen Glasschiebetüren in der Mitte, sofort erkenne ich ihn. Vater hatte ihn für Großmutter getischlert, eher eine halbhohe Anrichte als ein Geschirrschrank. Mit seinen unzähligen verschlossenen Türen und Schubfächern hat er meine kindliche Neugier arg gequält. Oma erlaubte mir nämlich nie, auch nur eins der Fächer zu öffnen. Ich spüre es zwischen den Schulterblättern prickeln. Was da bloß drin sein mag?

Gespannt ziehe ich die erstbeste Schublade auf, dann die anderen drei, enttäuschenderweise sind alle leer. Auch in den Unterschränken finde ich nichts. Hinter der seitlichen oberen Tür entdecke ich ein Fach mit Glasböden. Die Wände sind mit rotem Samt ausgeschlagen, den Boden bildet ein herausziehbares Tablett mit schwarz-weißem Glas im Messingrahmen. Es ist ein Schachbrett, in einem Kistchen darunter liegen die passenden handgeschnitzten Holzfiguren.

Als kleines Mädchen habe ich gerne Oma und meinen Vater beobachtet, wie sie in der Küche im Lampenschein über das Schachspiel gebeugt waren, verbunden durch ein behagliches Schweigen.

Ich finde nichts mehr hinter all den Türen, der Schrank ist leer bis auf ein paar alte Zeitungen und ein mit Bindfaden zusammengeschnürtes Papierbündel. Was war so wichtig, als Einziges aufbewahrt zu werden?

Neugierig blättere ich die Unterlagen durch. Ein Wochenblatt der »Kölnischen illustrierten Zeitung« von März 1944 ist dabei. Auf den vorderen Seiten heftige Nazipropaganda, mitten im Heft eine Berichterstattung über Behelfsheime für Bombengeschädigte, mit Markierungsreitern versehen. Ein Blatt aus einem Familienstammbuch mit der Geburtsmeldung meiner Mutter und einer Bescheinigung zum Bezug einer Wohnung für Bombenopfer auf den Namen Knieps sind zusammengeheftet. Dazwischen steckt ein Foto meiner Großeltern. Sie sind sehr jung, Oma hält ein Baby im Taufkleid auf dem Arm, vor einer kleinen Kapelle. Taufe von Gertrud auf Melaten steht in schnörkeliger Schrift auf der Rückseite. Eine Taufe in der Friedhofskapelle? Über die Lebenssituation meiner Familie während der Nazi-Zeit habe ich nie viel erfahren. Oma starb, als ich vierzehn war und Mutter hasste solche Fragen. Großmutter zog mit dem Säugling am Ende des Krieges zu Verwandten in den Westerwald. Sie erzählte, dass sie in Köln in Grüften geschlafen hätten, weil alle Häuser brannten. Es gruselte mich, ich wollte an einen wahren Kern dieser Geschichten nie glauben.

Vor meinem inneren Auge erscheint ein in Sepia getauchtes Trümmerfeld, flankiert von kariösen Hausruinen, davor ein Tross von Frauen, Bollerwagen hinter sich herziehend, auf einem Arm ein Kleinkind. Ich weiß nicht, ob diese Bilder aus einem Kriegsende-Gedenkfilm oder von einer der täglichen Berichterstattungen aus einem dieser austauschbaren Krisengebiete sind.

Nach dem Krieg kamen die Großeltern bald zurück in die Stadt, Opas Bauunternehmung hatte viele Aufträge. So viele, dass er in zwölf Jahren nicht dazu kam, für die eigene Familie ein Heim zu bauen. Meine Mutter ist als Kind von einem Provisorium ins andere umgezogen, bis das Haus in der Berger Straße fertig wurde, da war sie sechzehn. Bis zu ihrem Tod ist sie nie wieder weggegangen, aus ihrem Hort, ihrer Sicherheit.

Hort, welch seltsames Wort, ein umfriedeter Garten, ein Ort des Rückzuges, an dem man nichts zu befürchten braucht und zugleich ein Schatz, den man gehortet, angehäuft hat, mehr als man benötigt! Das Entrümpeln ist die Aufgabe!

Ich lächle, Anne hat recht, wir bringen alles, was wir hier vorfinden, wieder in Umlauf. Für die Fahrräder, das Geschirr, und auch ein paar Teppiche gibt es vielleicht noch Verwendung. Ich rufe Frau Grünbaum an, sie wird mir sagen, wo ich das Zeugs abgeben kann.

An das Geländer zum tiefergelegten Stadtautobahnzubringer gelehnt, beobachte ich in der Dämmerung, in sicherer Distanz und vom Haus her unsichtbar, den Eingang des Übergangsheimes. Neben mir steht das von Tilman ausgeliehene Auto, bis an die Windschutzscheibe ragen die auf dem Beifahrersitz eingeklemmten Teppichrollen. Im Fond des Vans liegen mehrere Fahrräder übereinandergestapelt. Die an- und abschwellenden Bässe der in den Tunnel einfahrenden Fahrzeuge, dazu die dröhnenden Höhen der Motorräder, bilden die passende Klangkulisse zur verlotterten Fassade der Unterkunft. Vor den Fensteröffnungen hängen verbogene beigegraue Jalousien. Mit dunklen Tüchern versuchen manche Bewohner, das Licht der Quecksilberdampflampen auszusperren.

Frau Grünbaum hatte mich an Herrn Muller verwiesen. So verabredete ich mich hier mit diesem seltsamen Mann, der bei unserem Treffen im Caritasbüro so unhöflich war, und dann bei der Besprechung für die Asylbewerberunterbringung die Freundlichkeit in Person.

In dem Moment erscheint links am Hauseingang ein Rad, klingelnd. Der Fahrer springt ab, noch im Rollen. Es ist Rafael Muller. Als ob er das Signal erwartet hat, tritt ein dunkelhäutiger Mann vor das Haus, muskulös wie ein Türsteher. Muller läuft auf ihn zu, sie umarmen sich, ich höre ihre Stimmen:

»Malik, schön dich zu sehen! Super, dass du gekommen bist!«

»Rafa, merci für deinen Anruf, ein willkommener Anlass, mal rauszukommen. Zurzeit dolmetsche ich sechs

Stunden am Tag bei Verhandlungen ohne ein Ende in Sicht. Was die Menschen berichten, geht sogar mir auf die Nieren, obwohl ich schon einiges erlebt habe, vraiment. Was bringst du mit für unsere Leute?«

»Gleich kommt eine Frau mit Sachen aus einer Haushaltsauflösung, mit Fahrrädern und Geschirr. Du wirst wissen, wer das am nötigsten braucht.«

Ich gebe mir einen Ruck, verlasse meine Deckung und gehe mit entschlossenen Schritten auf die beiden zu. Die Männer schauen sich zu mir um. Rafael Muller begrüßt mich. »Guten Abend Frau Sneijder, darf ich Ihnen Herrn Said vorstellen, unseren Dolmetscher?« Mit einer Geste zeigt er auf den neben ihm stehenden Mann.

»Guten Abend, Herr Muller, Herr Said! Soll ich die Sachen schon mal aus dem Auto laden?« Ich drehe mich bereits zum Van hin. Mit einem leichten Kopfschütteln und einem Lächeln in den Augen wehrt Malik Said ab: »Einen Moment, Madame, kommen Sie doch erst ins Haus. Wissen Sie, ein Fahrrad ist ein grandioses Geschenk, eine fantastische Erweiterung der Möglichkeiten, die Menschen küssen Ihnen die Füße dafür.«

Der französische Akzent gemischt mit rauen arabischen Rs und der blumigen Ausdrucksweise lässt mich schmunzeln. Charmant bietet mir Herr Said den Arm. Das ist mir noch nie passiert. Leicht perplex hänge ich mich ein. »Ich führe eine hübsche Dame wie Sie gerne herum. Sie bringen Geschenke mit, die Leute freuen sich, jemandem aus dieser gastfreundlichen Stadt zu begegnen. Ich übersetze für die Flüchtlinge bei den Behörden, daher kenne ich einige von ihnen. Sie sind herzlich eingeladen, es gibt Tee in der Küche.«

Überrascht und gleichzeitig neugierig verschließe ich mit einem Klick den Wagen und begleite die beiden Richtung Haus. Wir betreten einen langen Büroflur mit grauschlierigem Linoleum unter greller Neonbeleuchtung. Malik Said, der vorausgegangen ist, öffnet die dritte Tür rechts, und hält sie galant auf. Mit einer einladenden Geste komplimentiert er uns hinein. An einem Esstisch sitzen fünf Männer und ein Mädchen, erwartungsvoll schauen sie uns entgegen. Zwei Stühle am Kopfende sind frei, einer an der Längsseite, neben der jungen Frau. Der Tisch ist eingedeckt mit Tassen und Tellern, eine Platte mit weiß bestäubten Keksen genau in der Mitte. Links an der Wand steht eine Küchenzeile mit Herd, Spüle und einigen Schränken. Es riecht nach Gebackenem, warm und familiär, nur die alte Bürobeleuchtung setzt einen kalten Kontrast.

»Dies ist die kleine Küche, es gibt auch noch ein Refectoire, wo viel mehr Leute essen können. Aber hier ist es ein bisschen privater. Madame, darf ich Ihnen aus dem Mantel helfen?« Said nimmt mir den Mantel ab und hängt ihn an der Garderobe neben der Tür an einen Haken. Am Tisch stellt er uns den Anwesenden vor, erst auf Französisch, darauf in einer anderen Sprache, vermutlich Arabisch. Zu uns sagt er: »Mein Freund Rafa, geschätzte Frau Sneijder, bitte nehmen Sie Platz. Ich stelle Ihnen die angenehme Runde vor, die sich heute Abend zusammengefunden hat.«

Ein junger Bursche, fast noch ein Teenager mit Kinderaugen, füllt unsere Tassen, nachdem wir uns gesetzt haben. Ich nippe vorsichtig, der Tee ist heiß, er schmeckt stark und süß. Said deutet auf einen großen Mann mit randloser Brille. Ich schätze ihn auf vierzig bis fünfzig Jahre, er trägt ein dunkles Jackett, weißes Hemd und dunkelrote Krawatte, elegant, aber alles scheint an ihm zu schlottern.»Voilà: Monsieur Mojo Boukari, aus Agadez in Niger. Er ist Schreiner von Beruf, arbeitete einige Zeit in Libyen. Nach dem Krieg gegen Gaddafi flüchtete er, weil die Volksmeinung sämtliche Schwarzen pauschal verdächtigt, zu den Söldnern zu gehören. Dabei ist Boukaris Hautfarbe definitiv eher café-au-lait. Egal, als Targi, oder Tuareg, ist er in den Augen der libyschen Berber der ewige Feind. Ausreichend, um diese Menschen zu erschlagen. Mojo Boukari schaffte es mit viel Glück, sich über Lampedusa nach Deutschland durchzuschlagen. Eine dreifache Herausforderung: auf ein Schiff zu kommen, zu überleben und von dieser unglückseligen Insel weg zu sein!«

Er stockt, trinkt einen Schluck Tee, zeigt auf die Kuchenplatte:»Probieren Sie unbedingt Maamoul, das ist ein köstliches Dattelgebäck, Nouria, die Frau von unserm Rafik Gamal hat es gebacken.« Er nickt dem arabisch aussehenden Mann am anderen Ende des Tisches zu.»Nouria bringt die Kinder ins Bett, deshalb kann sie leider nicht bei uns sein. Rafik Gamal ist Elektriker, die Familie stammt aus Aleppo in Syrien. Die Bombardements haben ihr Haus und das Geschäft zerstört, vraiment tout. Sie sind in einem Lager im Libanon untergekommen, aber dort dürfen sie nirgendwo arbeiten. Nachts sind die Frauen und Mädchen nicht sicher vor Vergewaltigung oder Entführung. Viele Familien verheiraten ihre Töchter nur des blanken Überlebens willen. Familie Gamal flüchtete mit dem Boot, um ihre Kinder Take, Niza und Mala vor diesem Schicksal zu retten. Sie danken Allah, dass ein Fischkutter den Kahn entdeckte, bevor er unterging.«

Ich betrachte die zwei Männer, deren Kurzfassung ihrer

Odyssee ich nun kenne. Wie unendlich peinlich, diesen Menschen ein Auto voll kaputter Fahrräder vorbeizubringen!

Verlegen beiße ich in ein Stück Dattelgebäck. Es zerschmilzt butterig auf der Zunge, die angenehme Süße der Füllung verbreitet sich in meinem Mund. Ich höre Said weitersprechen, er greift die auffällig großen Hände der beiden anderen Männer. Es scheinen Zwillinge zu sein, die Ähnlichkeit ist enorm. Kräftige Arbeitertypen, schwarze Augenbrauen, die sich fast in der Mitte treffe. Die Haare stehen ihnen wie Igelstacheln wirr vom Kopf ab.

»Das sind die Brüder Momo und Elias Yatim. Sie wohnten in Homs in Syrien. Bei der Belagerung und Vertreibung haben sie alles verloren, ihre Familie hat zusammengelegt, damit sie ins Ausland flüchten konnten. Zweieinhalb Jahre waren sie unterwegs, zu Fuß in den Libanon, von dort weiter im LKW, zusammengepfercht mit vielen anderen. Sie wurden vom Clan ausgesucht, in der Hoffnung, als Maurer schnell eine Arbeit zu finden, um die Zurückgebliebenen zu unterstützen. Malheureusement, das ist schwer, ohne Sprachkenntnisse und Aufenthaltsstatus. Sie sind nun fast zwei Jahre hier, und außer mit Flaschensammeln oder einem Putzjob ab und an verdienen sie kein Geld. Das ist schlecht für die Familie, aber schlimmer noch für ihren Stolz.«

Malik Said reicht seine Tasse über den Tisch, der junge Mann schenkt ihm Tee nach. Das Mädchen sitzt dicht an ihn gerückt, mit etwas Distanz zu mir. Sie ist wie er klein, ohne zerbrechlich zu wirken. Die schwarzen Haare, eng am Kopf zu Zöpfen geflochten, bilden ein grafisches Muster, das zum Nacken zuläuft. Eine Wolke aus Silberdraht hängt an ihren Ohren. »Hier neben Ihnen sitzen Tizita und Tayé Abdul Yeshi. Die beiden sind Geschwister, aus Äthiopien geflüchtet, nachdem ihre Verwandten umgebracht wurden, weil sie zur christlichen Minderheit gehören. Sie studierten zu dem Zeitpunkt in Addis Abeba, Mademoiselle hatte gerade ihr Kunststudium begonnen und Tayé war angehender Journalist. Sie sprechen Amharisch, außerdem Englisch und Französisch, Sie können sich bestimmt mit ihnen unterhalten. Auch sie kamen mit einem Seelenverkäufer übers Meer, so nennt man diese Boote, n'est-ce-pas?«

Ich spüre einen Kloß im Hals, möchte etwas sagen. Nur fällt mir nichts Richtiges ein. Alle Augenpaare sehen zu mir hin. Herr Said erlöst mich:

»Madame, Sie kennen jetzt die kurzen Geschichten der Anwesenden, was wollen Sie uns denn von Ihnen erzählen? Bitte entschuldigen Sie unsere Neugier.« Aufmunternd lächelt er mir zu. Ich atme tief ein.

»Da gibt es wenig zu berichten. Ich heiße Maja Sneijder, bin in Köln geboren, habe immer hier gelebt. In den Ferien bin ich oft und gerne in andere Länder gereist, doch in Ihren Heimatländern war ich nie. Ich arbeite als Sekretärin in einer Schule. Meine Mutter ist vor zwei Wochen gestorben. Sie hat mir ihr Haus hinterlassen, beim Aufräumen im Keller stieß ich auf Sachen, die vielleicht noch gebraucht werden. Deshalb bin ich hier.«

Malik Said übersetzt auf Französisch und Arabisch. Sofort erhebt sich ein Stimmengewirr, alle sprechen gleichzeitig. Das Mädchen neben mir streckt vorsichtig seine Hand aus und streicht über meine Finger. Fragend sehe ich Said an.

»Wir möchten Ihnen unser Beileid zu ihrem Verlust ausdrücken. Es ist traurig, wenn die Mutter stirbt. Haben Sie zusammengewohnt?«

Ich bemerke einen kurzen Blick von Rafael Muller, den silbernen Augenbrauen-Ring leicht hochgezogen. Er soll bloß keinen Spruch dazu loswerden. Bei uns ist es eben nicht so intensiv mit den Familienbanden. »Früher schon, aber vor sieben Jahren haben wir uns heftig zerstritten und brachen den Kontakt ab. Vor zwei Wochen erst habe ich meiner Mutter einen Brief geschrieben, leider ... ohne Antwort. Es war wohl zu spät.« Ich sehe Fragen in den Augen der Zuhörer, also fahre ich fort: »Sonst gibt es niemanden, ich war das einzige Kind. Mein Vater ist verschwunden, als ich sieben war. Ich habe seit Jahren nichts mehr von ihm gehört.«

Said übersetzt, ein Schweigen breitet sich aus, als ob meine Situation auch nur annähernd so dramatisch sei wie die dieser Flüchtlinge. Ich schüttle energisch den Kopf: »Machen Sie sich um Gottes willen keine Gedanken. Ich bin es so gewohnt, es ist nicht schlimm.« Diesmal erhasche ich einen skeptischen Blick von Said. Hastig fahre ich fort: »Ich habe Geschirr meiner Großeltern mitgebracht, es ist sechzig oder siebzig Jahre alt, vielleicht können Sie es brauchen. Nehmen Sie nur, was Ihnen gefällt, ich möchte niemandem etwas aufdrängen. Und bitte entschuldigen Sie, dass bei allen Fahrrädern die Reifen platt sind. Am Montag kümmere ich mich gern um neue Schläuche und Mäntel. Wollen Sie mir helfen, die Sachen aus dem Auto zu holen?«

Rafael meldet sich: »Das Reparieren kriegen wir hin. Ich kenne einen Quartierstreff mit Fahrradwerkstatt. Die Werkzeuge darf man gratis benutzen, dort können wir die Räder wieder in Schuss bringen. Am Montagnachmittag hätte ich Zeit dafür.«

Dankbar lächle ich ihm zu, anscheinend ist er auch heute freundlich gesinnt. Said übersetzt leise, ein perfekter Dolmetscher. Wie er es schafft, unbemerkt zu bleiben, mit dieser massigen Statur! Sein arabisch gefärbtes Französisch verstehe ich nur teilweise – bin doch länger aus der Übung. Er erklärt, dass wir jetzt die Fahrräder aus dem Wagen holen. Alle stehen auf, ich nehme meine Tasche und gehe voran zur Tür. Mit einer behänden Bewegung steht Said da und hält mir – voilà Madame – den Mantel auf. Wieder bin ich überrascht, ich kann nicht sagen, ob es mir gefällt oder peinlich ist.

Auf dem Weg nach draußen schließt die junge Frau zu mir auf. Trotz der hohen Stiefelabsätze geht sie mir nur knapp bis zur Schulter. Ihre Kleider stammen vermutlich aus der Kleiderkammer, aber jedes Teil ergänzt das andere und hebt es hervor. Zu der dunkelblauen körperbetonten Steppjacke trägt sie eine weiße Flanellhose mit Schlag, die die Schnürstiefel gut zur Geltung bringen. Ich suche ihren Blick, zeige auf die Silberwolken und sage auf Französisch: »Das sind hübsche Ohrringe.« Sie lächelt und antwortet mit melodischem Akzent: »Danke schön, ich habe sie selbst gemacht, ich liebe es, Schmuck zu entwerfen. Sonst bleibt mir hier nicht viel zu tun.«

Am Van angekommen, laden die Männer die Fahrräder aus dem Fond, jeder der Zwillinge schultert zwei Stück. Gamal und Boukari tragen die Geschirrkartons. Während die Yeshi-Geschwister sich zu zweit mit einer Teppichrolle abplagen, trägt Said mühelos eine allein unter dem Arm. Die dritte schleppen Muller und ich ins Haus zurück. In der Küche wird alles ausgebreitet und gemustert. Das Kinderrad treibt Rafik Gamal Tränen in die Augen. Natürlich schildere ich ihm, wie ich als Mädchen vor Begeisterung mit dem Klingeln nicht aufhören wollte. Das Porzellan wird ausgepackt, der Esstisch probeweise damit gedeckt. Arabisch und Französisch schwirrt durcheinander. Tizita ist begeistert von einem bordeauxroten Teppich mit grünen geometrischen Mustern. Ein paar Kissen darauf, sagt sie, dann bräuchte sie kein Sofa. Erneut sitzen wir am Tisch, trinken Tee, ich höre den fröhlichen Stimmen zu, während meine neuen Bekannten aushandeln, wem welches Teil zugesprochen wird. Als ich zu Annes Wohnung aufbreche, ist es bereits nach 22 Uhr, und ich muss allen versprechen, wieder vorbeizuschauen.

Zahllose Körper pressen mich mit dem Rücken an eine profilierte Blechwand. Keine Geräusche. Durch ein Loch unter der Decke sticht ein scharfer Lichtstrahl. Panisch ringe ich nach Atem. Da, plötzlich, Luft! Ich stehe vor dem Haus in der Berger Straße. Sternschnuppen sinken an Fallschirmen herab, erhellen die Nacht. Das Gebäude ist mittig zusammengeknickt wie durch einen gigantischen Handkantenschlag. Soldaten mit Ferngläsern stürmen heraus. Ich renne vor ihnen weg, verstecke mich auf dem Friedhof, hinter Grabstätten und Bäumen. Als ich weitergehen will, halte ich an jeder Hand ein Kind, wir bewegen uns zusammen nur sehr langsam vorwärts. Wir ersteigen mühselig eine hohe Treppe, können kaum die Füße so hochheben. Endlich kommen wir auf dem Podest an, eine Tür öffnet sich zu einem Saal voller Kajütenbetten. Ein

Mann führt uns in den Raum. Er streichelt über die Köpfe der Kleinen. Sie verschwinden. Ich bin gelähmt, kann weder schreien noch weglaufen. Die Betten drängen mich an die Wand, die Bettpfosten klackern auf dem harten Boden in schnellem Stakkato. Plötzlich stehe ich wieder auf der Straße, sehe meine Mutter einen Bollerwagen mit Teppichen hinter sich herziehen. Ich schreie ich ihren Namen, bis sie aus meinem Blick verschwindet.

Schweißgebadet fahre ich aus dem Schlaf auf, nach kurzer Verwirrung erleichtert, in Annes Gästezimmer gelandet zu sein.

6 –

Maja

Anne legt eine weitere Lage Skizzenpapier über die Pläne. »Am einfachsten, wir lassen das Haus unverändert, vier Etagen mit je zwei Dreizimmerwohnungen und einem Einzimmerappartement.«

Gedankenverloren mustere ich die auf dem Besprechungstisch herumliegenden Buntstifte, Annes Stimme höre ich nur aus weiter Ferne.

»Die verlangte Belegungsdichte ist doppelt so hoch wie üblich. Also doch besser die großen Wohnungen aufteilen.« Sie unterstreicht ein paar Zahlen. »Wir brauchen in diesem Fall zwei neue Bäder pro Etage, à 6.000,– Euro. Die Raumaufteilung will ich dann so optimieren, ...«

Wie aus einem Traum aufwachend, rufe ich dazwischen: »Optimieren – optimieren! Die Flüchtlinge bleiben länger in Köln. Ich möchte, dass sie in schönen Räumen leben können. Sie verbringen viel Zeit in den Zimmern, sind ja nicht berufstätig. Wir müssen dafür sorgen, dass es angenehmer Wohnraum wird. Bitte Anne, stell mir die Kosten zusammen für eine großzügige Gesamtrenovierung. Und vergiss nicht die Gemeinschaftsräume!« Ich spüre rote Flecken auf meinen Wangen aufflackern, wippe hektisch mit den Fußspitzen auf und ab und blicke Anne entschlossen direkt in die Augen. Meine Freundin erwidert erstaunt den Blick, dann seufzt sie und schüttelt leicht den Kopf.

»Maja, nicht verkomplizieren. Wir richten die Wohnungen ein, nach amtlicher Vorgabe, 15 m² pro Person, gestaffelt in verschiedene Raumkombinationen und basta. Selbst das ist schwer in drei Monaten über die Bühne zu bringen. Ich will nicht schuld sein, dass das Haus zwangsversteigert wird! Und keine Sorge, an den Gemeinschaftsräumen bin ich dran, im Erdgeschoss ist ausreichend Platz. Doch zuallererst stelle ich die Kostenschätzung zusammen, damit du sie am Montag Herrn Muller übergeben kannst. Hoffentlich klappt das mit den Fördermitteln. In der Zwischenzeit gehst du zum Haus und suchst dir die Wohnung aus, in die du einziehen möchtest.«

Froh, einen Grund zu haben, das Büro zu verlassen, springe ich auf, schlüpfe in meinen Mantel. »Danke, meine Liebe, ich wusste, du lässt mich nicht hängen! Und jetzt lasse ich dich arbeiten. Tschüss!« Mit energischen Schritten stürme ich aus den Raum.

Mit dem Rad fahre ich in einer knappen Viertelstunde aus der Südstadt bis nach Ehrenfeld. Anders als in meinem Traum ist nichts zerbrochen, nur schmuddelig und verlassen liegt das Erdgeschoss da, der Kiosk setzt einen bunten Kontrapunkt dazu. Laub vermischt mit Zeitungspapier versperrt, vom Wind aufgeschichtet, die Eingänge der Läden. Das triste Februargrau des rheinischen Himmels verschmilzt ansatzlos mit dem Beton-Ton der Giebelwand. Einen Häuserblock weiter, zur Aachener hin, bauen sie ein elegantes Wohnviertel, mit viel Grün drum herum, auch stadtauswärts entstehen überall ansehnliche Wohnbauten. Wie kann dieser Kasten damit konkurrieren? Ein Dach über dem Kopf ist ein erster Schritt, aber es braucht mehr, Seelenfutter ... Blumen vor dem Fenster, zum Beispiel. Hier dagegen bietet sich der Blick auf einen asphaltierten Garagenhof. Großartig!

Der Kiosk ist hell erleuchtet, ein Glöckchen bimmelt, als ich eintrete. Herr Dilian kommt zur Begrüßung mit ausgestreckten Händen hinter dem Tresen hervor: »Frau Sneijder, welch Freude am Samstag, Se en Hawars Büdche ze empfange. Darf ich Ihnen ein Mokka presenteere un en Kleinigkeit ze esse? Hück jit et frische Kutilk met Jogurtsauce, vun minger Schwester gekocht.« Auf einer Wandtafel steht ›Kutilk, kurdische Grießklöße mit Rindfleischfüllung‹. Mein Magen knurrt vernehmlich, seine Antwort auf die Perspektive einer Mahlzeit, also nicke ich lächelnd.

»Kütt sofort!« Der Kioskbesitzer stellt mir ein Glas schaumigen Kaffees und ein Schälchen mit Zucker auf die Theke. Ich sehe mich um. In diesem Supermarkt en miniature gibt es Obst, Gemüse, Dosenregale, Drogerieartikel, die Süßigkeitenecke, Zigaretten, Getränke mit und ohne Alkohol und die Vitrine mit dem frisch Zubereiteten. Es erinnert an den Tante Emma-Laden im Kinderpuzzle, alles sorgfältig sortiert. Herr Dilian wuselt hinter dem Tresen herum, dann reicht er mir einen Teller mit Klößen, wunderbar nach Oregano und Petersilie duftend. »Jode Appetit, loße Se et sich schmecke.«

»Danke sehr, es riecht köstlich!«

»Darf ich Se jet froge?«

»Ja, natürlich.«

»Wat han Se vör met däm Huus? Wäde Se et verkaufe?«

Unsicher sieht mich der Kioskbesitzer an.

»Das ist kompliziert! Aber Sie brauchen nichts zu befürchten, Mieterhöhung oder Ähnliches. Haben Sie von dem neuen Gesetz gegen Leerstand gehört? Das Wohnungsamt beansprucht dieses Gebäude zur Vermietung an Asylanten. Mir bleiben drei Monate, um alles herzurichten. Dazu kommt, dass ich vor Kurzem mein eigenes Haus wegen Baufälligkeit verlassen musste, so dass auch ich zumindest vorübergehend hier einziehen werde.«

Aufmerksam hört mir der stämmige Mann zu. »Geehrte Frau Sneijder, daat es nit schläch! En Hus voller Minsche, de dat een oder andere bei mir kaufen, wat Besseres kann enem Kioskbesitzer nit passiere!« Dilian deutet mit einer Bewegung zu dem Gebäudeteil neben dem Kiosk: »Wat passeet met d'r Läden?«

»Wissen Sie, Herr Dilian, ich habe mir immer gewünscht, dass die Schreinerei wieder genutzt würde, als Kind war es mein Lieblingsraum. Möchten Sie vielleicht Ihren Kiosk zu einem Café erweitern? Ich könnte eine Pension auf der ersten Etage eröffnen, und Sie liefern das Frühstück dazu!«

»Mol janz höösch, liebe Frau Sneijder, eins noh däm anderen! Ävver de Idee met d'r Werkstatt künnt mir och gefalle.«

Ich stehe auf, es tut mir leid, unser Gespräch zu unterbrechen, doch es hilft nichts, heute muss ich mir das Haus gründlich ansehen. Diesmal benutze ich die Tür, die vom Kiosk direkt in den Hausflur geht. Links die Briefkästen, nach Etagen angeordnet, rechts von mir die Tür zur Schreinerei. Ich kann nicht widerstehen und öffne sie. Ein hellbrauner Staub, gleich einer Sepia-Schicht auf alten Fotos, bedeckt Boden und Werkbänke, dämpft wie Schnee die Geräusche. Die Zeit steht still. An der Wand hängen die Zangen und Hämmer, Hobel, Stechbeitel und Sägen.

Den Umgang mit jedem einzelnen Werkzeug hatte Vater mir gezeigt. Leider war ich furchtbar ungeschickt beim Fügen kunstvoller Holzverbindungen, doch schöne Details an Möbeln lassen seither mein Herz schneller schlagen, ein prägendes Überbleibsel unserer Beziehung. Mein Vater stellte aus einer flachen Holzplatte die wunderbarsten Gegenstände her, er schraubte, sägte, leimte, um am Ende ein Schatzkästchen zu präsentieren.

Dinge zum Leben zu erwecken, zu etwas Neuem umzugestalten, diesem Anspruch fühlte ich mich nicht gewachsen. Und obwohl ich den Geruch des Holzes ebenso wie das Material liebe, habe ich aus diesem Grund keinen handwerklichen Beruf gewählt.

Ich schweife ab, die Wohnungen soll ich mir ansehen. Vielleicht ziehe ich wieder in mein kleines Einzimmerappartement, nach mir hat es anscheinend niemand mehr bewohnt. Ein Umzug ginge rasch, Wände streichen, ein Bett, einen Tisch, einen Schrank, ein paar Regale aufstellen, fertig! Viele Möbel besitze ich im Moment ja ohnehin nicht. Ein Provisorium halt.

Ich verlasse die Schreinerei, verkneife den Impuls, mir die anderen Erdgeschossläden anzusehen, dann steige ich die Stufen hoch. Auf jeder Etage gehe ich systematisch durch die Räume. Ob sie Monate oder Jahre leer stehen? Der muffige Geruch hat eine maximale Sättigung erreicht. Das Grau des Spannteppichbodens ist durch den gesammelten Staub etwas aufgehellt, weiße Rechtecke an den Wänden zeigen, dass hier Bilder hingen.

Mein früheres Appartement liegt gegenüber der Treppe, mit vier Fenstern zur Straße. Es besteht aus einer Diele mit Zugang zu Bad, einer winzigen Küche und dem Zimmer. Als Studentin kam ich mit dem Platz wunderbar aus, lernen konnte ich überall, am Esstisch, im Bett, auf dem Sofa.

Anne wird mir ein bewegliches Podest entwerfen, das tagsüber ein Regal und nachts das Bett in den Raum dreht! Ach Anne – was würde ich ohne sie nur tun? Auf dem Rückweg kaufe ich für sie und Tilman einen Tagesgutschein fürs Neptunbad, und mit meinem Patenkind gehe ich dann in den Zoo.

Für Pärchen oder Einzelpersonen unterteilen wir die Dreizimmerwohnungen. Wir richten ein neues Bad ein und bauen eine Trennwand, sagte Anne. Natürlich mit eigener Wohnungstür zum Treppenhaus. Ich frage Muller am Montag, wie exakt die Größenvorgaben des Amtes einzuhalten sind. Und, ob die Appartements möbliert vermietet werden. Wenn es mir bloß leichter fiele, Leute anzusprechen.

Rafael

Rafael springt mit seinem BMX-Rad über das Mäuerchen zwischen Grüngürtel und dem Sandplatz am Quäkerheim. Wenn sich in der Stadt eine solche Off-Road-Möglichkeit bietet, dann nutzt er die auch. Gekonnt setzt er mit dem Hinterrad auf und rollt langsam aus.

Die roten Haare über dem schwarzen Mantel inmitten der Gruppe am Holzhäuschen fallen ihm sofort auf. Maja Sneijder hat es tatsächlich geschafft, alle pünktlich mitsamt der Fahrräder herzubringen. Tizita Yeshi, die Yatim-Zwillinge und Rafik Gamal trotzen mit dicken Mützen, Schals und Handschuhen der Kälte. Genervt lehnt er sein Rad an die kahle Hecke und schlendert betont lässig zu den Wartenden hinüber. Was kümmert sich eine verwöhnte Spießerin so plötzlich um Wildfremde? Gutmenschentum, ein schlechtes Gewissen, das beruhigt werden muss!

Ein Mann mit grauem Pferdeschwanz, in gefärbten Jeans und selbstgenähter Jacke, die Arme vollgepackt mit Fahrradschläuchen und Mänteln, tritt aus der Tür des Schuppens.

»Hallo Wolfgang!«, ruft er ihm zu. Alle drehen sich zu ihm um.

»Tag, Herr Muller« grüßt ihn Frau Sneijder gut gelaunt. «Wir haben gerade angefangen. Wolfgang hat uns die benötigten Ersatzteile in den richtigen Größen herausgesucht. Die Arbeit kann losgehen!« Sie klatscht mit gut sitzenden Lederhandschuhen in die Hände. *Sie geht mir auf die Nerven*, denkt Rafael. *Jetzt ist sie mit dem alten Achtundsechziger schon per Du. Hätt' ich das Haus doch bloß nicht gemeldet ...*

»Tach auch, Frau Sneijder.« Fröstelnd steckt er die

Hände in die Hosentaschen, dann wendet er sich den anderen zu: »Hallo Tizita, wie – geht – es – dir – how are you? Wo – ist – dein – Bruder? Where is your brother? Hallo Rafik, hast – du – deinen – Kindern – schon – vom – Fahrrad – erzählt? Have you told your children about the bike? Hallo Jungs, kommt mal mit, das Werkzeug holen!« – Englisch kann ich mir bei den beiden sparen!

Er deutet Momo und Elias, mitzukommen, und verschwindet im Schuppen. Nach einem Moment, um seine Augen an die Dunkelheit zu gewöhnen, zeigt er auf die Fahrradständer in der hinteren Ecke: »Bringt diese nach draußen und montiert die Fahrräder daran.« Dazu macht er die Handbewegung des Hochhebens und Festschraubens. Die Zwillinge sehen ihn erst fragend an, dann verstehen sie und tragen die Geräte aus der Werkstatt.

Mit klammen Fingern wühlt er in mehreren Kisten und Eimern, ohne Erfolg. »Wolfgang, wo ist das Werkzeug?«

Durch die dünne Holzwand kommt die Antwort: »Unter der Werkbank in der dritten Schublade.«

Rafael öffnet die entsprechende Lade. »Gefunden, danke.« Mit dem Flickwerkzeug geht er nach draußen.

Die beiden Frauen haben ein Fahrrad auf Lenker und Sattel gestellt. Gemeinsam entfernen sie die spröden Mäntel und Schläuche. Weiße Atemwölkchen steigen über ihnen hoch, ununterbrochen plappern sie auf Französisch, verstehen sich anscheinend blendend. So wird das nichts, denkt Rafael kopfschüttelnd, so lernen die Migranten nie Deutsch. Die Männer kümmern sich um die vier anderen Räder. Hilfestellung braucht er kaum zu geben, im Handumdrehen sind die Reifen erneuert und aufgepumpt. Aufgeregt testen alle die nun fahrtüchtigen Bikes. Gerade als Rafael zur Probefahrt auf die Straße bitten will, zieht Frau Sneijder mit dem Fuß eine Linie in den Sand und ruft auf Französisch und Englisch: »Wir fahren eine Acht auf diesem Platz, mal sehen, ob das klappt!« Schon schwingt sie sich in den Sattel und fährt zur gegenüberliegenden Ecke, dann einen Bogen der kurzen Seite entlang und in einer weiteren Diagonale zurück. Am Ausgangspunkt bremst sie abrupt, schleudert und steigt ab. »So, die Bremsen funktionieren auch, wunderbar!«

Tizita kichert, während sie losfährt. Momo und Elias folgen ihr vorsichtig. Rafik begibt sich als Letzter auf die Runde, fröhlich klingelnd auf dem roten Mädchenfahrrad, wie ein zu groß gewachsener Junge.

Rafael sieht, wie Maja Sneijder zögernd auf ihn zu kommt, einen Umschlag in der Hand. Sie trippelt von einem Fuß auf den anderen, vor Kälte vielleicht, und murmelt, natürlich, ohne ihn anzusehen: »Wir müssen uns bezüglich der Fördermöglichkeiten der Wohnungen zusammensetzen. Pläne und Kostenaufstellung für eine Renovierung sind hier drin. Meine Architektin hat sich bemüht, die amtlichen Vorgaben umzusetzen. Es wird teurer, als ich dachte.«

– Meine Architektin – wenn ich das schon höre! Es gelingt ihm eben noch, die Augen zu schließen, bevor er sie verdreht. Denk an Vera, immer schön höflich bleiben! »Ich muss im Terminplan nachschauen, nachmittags könnte es diese Woche klappen. Mittwoch oder Donnerstag, ich rufe Sie an, sobald ich mir die Unterlagen durchgesehen und die Programme geklärt habe. Aber denken Sie bloß nicht, das Amt zahle eine Luxussanierung! Die Wohnungsverwaltung sieht sich die Objekte im Vorfeld genau an.«

Kurz fixiert sie ihn, eine senkrechte Falte entsteht zwischen ihren Augenbrauen. Schließlich schweift ihr Blicke wieder über ihn hinweg: »Davon spricht niemand. Aber eine sauber gestrichene Wohnung mit einer vernünftigen Ausstattung sollte es schon sein. Sehen sie die Pläne durch, wir sprechen in ein paar Tagen darüber.« Abrupt dreht sie sich um und geht zum Sandplatz zurück, wo die vier auf den Fahrrädern immer noch Runden drehen.

Wie meint sie das denn? Dass er die Leute in Bruchbuden unterbringen will? So eine Schnepfe, erwidert Blicke nur, wenn sie wütend ist! Wieso plaudert sie eigentlich schon wieder mit Tizita und Rafik? Heftig stampft er mit dem Fuß auf. Das kann ihm doch wirklich egal sein. Hauptsache, er hat dafür gesorgt, dass die Wohnungen für die Flüchtlinge zur Verfügung gestellt werden. Die Tussi wird einen Kredit aufnehmen müssen.

Rafik und Tizita winken ihm zu, Elias und Momo rufen im Chor: »Auf Wiedersehen«, bevor sie, Maja Sneijder mittendrin, auf den Fahrrädern in Richtung Fernsehturm davonrollen.

Rafael zuckt mit den Schultern. Die Fahrradgriffe sind eisig. Er steigt auf sein Rad und lenkt zur Widdersdorfer Straße. Heute wird er keinen Verspätungseuro in die Bandkasse einzahlen, das erste Mal seit Wochen. Im Proberaum wird es kalt sein, hoffentlich sind noch genug Holzbriketts da.

Die offenen Haare stehen ihr gut! – Was ärgert mich so an ihr? Rafael versucht, sich das Gespräch in Erinnerung zu rufen. Sie sieht ihm nicht in die Augen! Kein Augenkontakt, kein Respekt, das hatte er verinnerlicht. Er fühlt den grauen Blick seines Vaters, der ihn von oben bis unten mustert, um kurz vor dem Gesicht abzuschwenken. Üblicherweise folgt danach eine Litanei über Verantwortungsbewusstsein, Leistungswille und Berufe mit gesellschaftlicher Bedeutung, zu denen Sozialarbeiter oder gar Musiker ganz sicher nicht gehören.

Plötzlich rutscht das Vorderrad über einen Stock, gerade noch kann er das Umschlagen des Lenkers verhindern. Das war knapp. Er biegt in die innere Kanalstraße ein. Leise summt er eine harmonische Basslinie, spitze hohe Töne mischen sich in seinen Gedanken dazwischen, roten Klecksen gleich.

Maja

Gestern rief mich der Vertreter des Wohnungsverwaltungsamtes an und bat um einen kurzfristigen Besichtigungstermin. Er müsse das Objekt für die Wohnungsvergabe in Augenschein nehmen, um gegebenenfalls Auflagen festzulegen. Nun knipst ein dicklicher Mann in etwas zu legerer Hose und Fahrkartenkontrolleurjacke per Handy die Fassade meines Hauses ab. *Wie seltsam es klingt, ›mein Haus‹ zu sagen!* Die durchgescheuerten Ecken seiner schwarzen Aktentasche aus Lederimitat, unterstreichen seinen ungepflegten Auftritt.

Nach dem Anruf habe ich eilig eine Mappe mit Annes Vorschlägen für die neue Aufteilung in Zweipersonenwohnungen und eine Etage für Einzelpersonen zusammengestellt. Hoffentlich wird dadurch die Begutachtung überflüssig oder wenigstens abgekürzt. Frau Grünbaum hat gut reden, wenn sie behauptet, man würde als Hausbesitzer in dieser Situation unterstützt. Bis jetzt merke ich nicht allzu viel davon. Ich fühle mich eher wie in einen Eiskanal geschmissen, und nun muss ich die ganze Strecke schwimmen.

Der Mann kommt mir entgegen, sein grauer Schnauzbart hängt traurig herunter. »Franzel mein Name, wir haben telefoniert. Schon älter das Häuschen! Dann gehen wir mal rein. Wenn Sie bitte aufschließen könnten.«

Ich öffne die Haustüre auf, überreiche ihm die Mappe, will gerade mit Erklärungen loslegen, da winkt er abrupt ab: »Zuerst in den Heizungskeller. Es sei denn, jede Etage hätte eine eigene Heizung? Wir verfahren genau nach der Checkliste.« Er klopft mit der Linken auf seine Tasche, entriegelt umständlich die Verschlüsse und zieht ein Klemmbrett hervor.

Ich führe ihn die Stufen hinunter zum Keller. Hinter einer dunkelrot gestrichenen Stahltür belegt der Kessel, ein bollernder Dinosaurier, einen Raum, so groß wie ein Appartement. Mürrisch umrundet der Kontrolleur die Anlage, fotografiert jedes Typenschild, das er finden kann. Schweißperlen stehen ihm auf der Stirn, er öffnet die Jacke. »1978, alt, viel zu alt. Nach EnEV muss das Ding raus.« Kopfschüttelnd und grummelnd verfolgt er anschließend die eingegipsten Leitungen, die sich der Decke entlang in alle Richtungen winden.

»Entschuldigen Sie, ich verstehe Ihre Fachausdrücke nicht. Können Sie das etwas einfacher formulieren?«

»Sie bekommen eine Zusammenfassung, nur Geduld. Jetzt zeigen Sie mir bitte das oberste Geschoss.«

Verärgert laufe ich die Treppen hoch, den dicken Mann im Schlepptau. Bereits auf der ersten Etage stöhnt er, was meinen Schritt noch ein wenig beschleunigt. Dafür hat sich das regelmäßige Fahrradfahren durchaus gelohnt.

Auf dem vierten Stock zieht er keuchend die Leiter des Dachausstiegs hinunter und steigt mühsam atmend hinauf. Mit dem Zollstock misst er die Deckenstärke, klopft an Decke und Dach, andauernd den Kopf schüttelnd. Er notiert einige Zahlen auf seine Checkliste und wendet sich mir wieder zu. »Und jetzt die Wohnungen.«

Schweigend führe ich ihn durch sämtliche Räume und Stockwerke. Immerhin wirft er einen Blick auf Annes Pläne und vergleicht sie mit dem, was er vorfindet. Mir ist schleierhaft, was er eigentlich sucht oder finden will. Zurück in der Eingangshalle, durchblättert er noch einmal alle Papiere, sieht mich an und sagt mit einem Räuspern: »Tja, Frau Schneider, meinen Bericht erhalten Sie schriftlich. Was ich Ihnen aber schon versichern kann, ist, dass Sie zwingend vor einer Vermietung die aktuellen Bedingungen der Energieeinsparverordnung erfüllen müssen. Erstens: Die Heizung nicht älter als 1985, und zweitens: Dach nach neuestem Standard gedämmt. Ohne diese Voraussetzung wird das Amt die Wohnungen nicht mieten. Null Verhandlungsspielraum. Brüsseler Vorgaben«

Erschrocken sehe ich ihn an. »Verstehe ich Sie recht, dass ich an die Stadt vermieten muss, die Wohnungsverwaltung das Haus aber so nicht anmieten darf? Das heißt, das Gebäude geht auf jeden Fall in die Zwangsversteigerung über! Das ist doch ein ganz übler Trick!« Wütend starre ich ihn an. Er zieht in aller Ruhe den Reißverschluss seinen Bauch entlang bis an den Hals.

»Ich fertige nur den Bestandsbericht. Das Weitere werden Sie von den entsprechenden Stellen erfahren. Sie haben halt Pech gehabt, dass Ihr Haus dem Amt gemeldet wurde. Mein Tipp: Lassen sie die Heizung und das Dach als Erstes erledigen. Wenn Sie einen Handwerkerauftrag vorzeigen, drückt die Behörde ein Auge zu. Sparen Sie bei der Wohnungseinrichtung! Ein paar Betten in die Zimmer, ein Herd in die Küche! Kein Hahn kräht danach. Amortisiert hat sich das dann schnell.«

Er stopft die Papiere in die Aktentasche, stellt den Jackenkragen hoch und schlurft mit einem Nicken in meine Richtung aus der Haustür.

Ein Ball gleißenden Zornes steigt in mir hoch. Bevor ich explodiere, renne ich auf die Straße. Hinter mir knallt die Tür ins Schloss. Hauptsache weg, ob nach rechts oder links, durch Unterführungen, an Parkplätzen vorbei. Aus dem Laufschritt verfalle ich in ein zügiges Gehen. Langsam beruhigt sich mein Puls.

So ein Möchtegern-Weltretter! Da schlägt dieser Stadt-Kontrolletti tatsächlich vor, in jedes verfügbare Zimmer Kajütenbetten zu stellen und Geld von der Wohnverwaltung einzusacken! Eine Wohnung, ein Zuhause ... das ist doch mehr als nur ein Bett. Wie sehr ich selbst die Tür vermisse, die ich zwischen mir und der Welt schließen kann. Verdammt noch mal, das muss in irgendeiner Form hinzukriegen sein.

Allmählich wache ich aus meiner Wuttrance auf, erstaunt finde ich mich am Grüngürtel wieder. Trotz der winterlichen Temperaturen parkt ein Espressomobil an der Ecke und bedient einige Kunden. Als ich, dem verführerischen Duft widerstehend, vorbeigehen will, ruft eine junge Stimme: »He du, möchtest du 'n Kaffee?«

Ich drehe mich um, am Kaffeestand winkt mir eine schmale Frau mit Dreads zu, in der Hand einen dampfenden Becher.

Das Mädchen aus der Notunterkunft. Wie hieß sie denn nochmal? Charlotte?

»Kennst mich noch? Im Stadthotel haben wir im gleichen Zimmer gepennt. Du siehst aus, als könntest du etwas Warmes vertragen, ich lad' dich auf eine Tasse ein. Hab' sofort die Kombi aus langem schwarzen Mantel mit Pelz und den roten Haaren erkannt. Deinen Namen hab' ich vergessen.«

»Ich heiße Maja, Maja Sneijder. Dein Name ist Charlotte?«

»Nicht schlecht, gutes Namensgedächtnis. Aber es ist noch einfacher, nur Lotte.« Sie überreicht mir einen Cappuccino und wehrt ab, als ich das Portemonnaie zücke. »Bist eingeladen, sagte ich doch. Ich frühstücke hier, mein Bauwagen steht dort hinten, am Aachener Glacis. Gestern haben wir ein Konzert organisiert, wurde spät. Wie geht's deiner Wohnung?«

Ohne darüber nachzudenken, keine Ahnung, was mich dazu bewegt, erzähle ich ihr die ganze Geschichte. Vom geerbten Haus, dem Brief der Stadtverwaltung, dem Übergangsheim, Annes Idee eines Gebäudes mit gemeinschaftlichen Nutzungen, und vom Besuch des amtlichen Kontrolleurs, der seine Checkliste ausfüllt, als ob mit Kreuzchen auf einem Block die Welt in den Fugen gehalten würde.

»Und das nervt dich so sehr, dass du stundenlang durch die Kälte läufst? – Irre. Aber Hilfe brauchst du, das ist klar.« Sie wühlt im Deckelfach des Rucksacks. Nach einer Weile findet Sie ein Stück Papier und einen Bleistift, notiert eine Nummer. »Ruf hier an, der Typ wird dir helfen, kennt sich bei Projekten aus, vor allem mit den ›Unmöglichen‹. Ich muss los, bin verabredet. Besuch mich auf dem Bauwagenplatz!« Sie drückt mir den Zettel in die Hand, schon entschwindet sie im leichten Laufschritt über die Wiese. Das Koffein oder die Wärme wirken, spürbar schmilzt der Ärger wie ein Häufchen Schnee im Frühling. Nettes Mädchen. Auf dem Blatt lese ich die Initiale L. vor einer Handynummer.

Irgendwo existiert eine Lösung. Ich werde sie finden. Zuallererst brauche ich eine eigene Wohnung. Zwei Wochen wohne ich bereits bei Anne. Selbst jetzt, im Winter, vermisse ich meinen Balkon. Die Schneeglöckchen werden bald blühen! In der Berger Straße gibt es leider nur den Blick auf ein Flachdach.

Vor dem Sommer will ich unbedingt noch etwas einpflanzen und sei es auf einer Fensterbank!

Automatisch tragen mich die Beine über die Fahrbahn, das Gymnasium Kreuzgasse lasse ich hinter mir und laufe den dünnen tiefstehenden Sonnenstrahlen hinterher.

Eindeutig doch keine gute Idee, durch die Grünanlage zu stapfen. Zwei Typen mit hochgestellten Mantelkragen am anderen Ende der Wiese eilen mit großen Schritten Ihren Hunden hinterher. Ich fühle mich unbehaglich und einsam.

Rasch drücke ich Annes Kurzwahlnummer am Handy. Immer wieder sehe ich mich um, bemüht, meine Umgebung im Auge zu behalten. Die Lichter am Aachener Weiher verschwinden, als ich den Hügel zur Bachemer hinabsteige. Nach fünfmal Klingeln bricht der Anruf ab ... bitte versuchen Sie es später nochmal.

Dann tue ich wenigstens so, als ob ich telefoniere, um zwielichte Gestalten davon abzuhalten, mich zu überfallen. Die Fingerspitzen meiner linken Hand ertasten ein Papier. Die Nummer von Lottes Helfer.

Es kann nichts schaden. Hilfe brauchst du sowieso, waren ihre Worte.

Es raschelt im Gebüsch, mit einem Satz springe ich zur

Seite, die Halsschlagader pocht bis an die Ohren. Nur ein paar Meter vor mir quert ein Fuchs mit ausgestrecktem Schwanz den Weg. Hastig wähle ich die Handynummer von ›L‹. Eine sonore Stimme meldet sich: »Ja!«

»Hi, äh, hallo, hier ist Maja Sneijder. Lotte hat mir diese Telefonnummer gegeben, sie war überzeugt, dass Sie mir helfen können.« Was für eine bescheuerte Eröffnung. Fieberhaft überlege ich, wie ich anfangen soll.

Bevor mir etwas Schlüssiges einfällt, fragt die Stimme am anderen Ende: »Welche Art der Hilfe brauchen Sie denn?«

»Also im Moment reicht es mir völlig, mit jemandem zu reden, weil ich durch den Grüngürtel laufe und es mir unheimlich ist. Eben wurde ich fast von einem Fuchs umgerannt. Sobald sich mein Puls beruhigt hat, fällt mir wieder ein, was ich eigentlich sagen wollte.« Bin ich jetzt komplett übergeschnappt? Ich führe dieses Gespräch nicht, oder? Aber andererseits bin ich glücklich, einen Menschen zu sprechen, egal wer das ist. Du meine Güte, ich habe keine Ahnung, mit wem ich telefoniere! »Wie heißen Sie überhaupt?« Nein, so schroff sollte es nicht klingen. Ich höre ein Lachen auf der anderen Seite, das mir bekannt vorkommt. Verblüfft rufe ich: »Rafael Muller?«

»Ja, der bin ich! Entschuldigung, Frau Sneijder, Sie haben mich angerufen, ohne zu wissen, mit wem Sie reden? Das ist ja lustig! Machen Sie das immer so? Fremde Nummern anrufen und um Hilfe bitten?«

Wieder ertönt ein lautes Lachen. Rechts im Gebüsch knackt es. Sofort reagiert mein Puls. Ein Kaninchen bricht unter den Zweigen hervor, erfolglos gejagt von zwei kleinen Hunden.

»Nein, das ist eigentlich nicht meine Art, aber es ist beruhigend, zu telefonieren, während ich durch die dunklen Parkanlagen gehe. Lotte gab mir diese Nummer von einem ›L‹, er könne mir behilflich sein. Da dachte ich, es wäre okay, anzurufen. Ich entschuldige mich in aller Form, dass ich Sie belästige. Nur eine Frage noch: Wieso stecken Sie hinter der Initiale ›L‹?«?

»Na, es sieht meiner Schwester Lotte ähnlich, nur eine Nummer aufzuschreiben ohne viel Drumherum! Das ›L‹ steht für Louis, so nennt sie mich. Jedenfalls komme ich so heute Abend zu einem unterhaltsamen Gespräch. Wenn Sie sich ausreichend gesammelt haben, können Sie mir ja sagen, was Sie bedrückt!«

Blamiert bin ich sowieso, da kann ich ihm genauso gut alles am Telefon berichten. Die Aussicht, den Rest des Weges alleine zu gehen, ist nicht verlockend.

Ich laufe an den hell angestrahlten Gebäuden der Universität vorbei, der gekieste Weg ist breit und übersichtlich, allmählich lässt meine Anspannung nach. Ich hole tief Luft. »Ja also, ich kenne Lotte aus der Notunterkunft, wo ich eine Nacht verbrachte, als mein Wohnhaus notevakuiert wurde. Erst heute, vor einer halben Stunde bin ich ihr wieder begegnet. Etwas an diesem Mädchen weckt mein Vertrauen. Deshalb wollte ich den Versuch mit der zugesteckten Telefonnummer wagen.«

»Legen Sie los, ich kann Sie doch nicht im Dunklen allein lassen!«

Fast meine ich, ihn grinsen zu hören. Ich fahre fort: »Die Ausgangslage ist Ihnen ja bekannt. Nur drei Monate stehen bis zur Vermietung zur Verfügung, das ist verdammt knapp für Umbau und Renovierung. Ich versuche, einen Bankkredit zu bekommen, was kompliziert genug ist. Heute nun zeige ich einem Typen von der Wohnverwaltung das Haus, und er sagt eiskalt, von amtlicher Seite würde ein Vertrag erst unterschrieben, nachdem das Gebäude eine moderne Heizung, ein neues Dach und was weiß ich noch mehr hat. Die Frist laufe aber weiter! Keine Ahnung, wie das gehen soll. Es ist alles wie verhext. Ich persönlich finde anderes beim Wohnen viel wichtiger, den Kokon, die Zuflucht, die man sich schafft. Mit Anne zusammen wollte ich ein Konzept mit Einzelwohnungen gemischt mit gemeinschaftlichen Räumen und Nutzungen entwickeln. Das kann man jetzt knicken, das Geld wird dafür nicht reichen. Wenn es nach dem Typen geht, dann reicht es, Kajütenbetten aufzustellen. Es sei halt mein Pech, dass das Haus angezeigt wurde, sagte er. Ich bin stinksauer. Sollte ich erfahren, wer das Haus gemeldet hat, der wird etwas erleben!«

Auf der anderen Seite bleibt es still. Hat er aufgelegt, habe ich ihn totgequatscht? »Rafael, sind Sie noch da?«

»Ja, bin noch dran. Ich hab Kontakte von meiner Arbeit her, und vielleicht eine Idee, ein solches Projekt größer aufzuziehen. Ich brauche allerdings ein paar Tage, um das abzuklären. Darf ich mich dann bei Ihnen melden, Maja, unter dieser Handynummer?«

»Ja, sicher. Und danke für das Gespräch, ich bin jetzt schon fast am Volksgarten in einer etwas belebteren Gegend. Die telefonische Begleitung war meine Rettung heute Abend.«

»Ihre Gedanken zum Wohnen haben mir gefallen. Bleiben Sie an den Banken dran, die muss man in Konkurrenz setzen, und ich sehe, ob ich die Renovierung als Projekt ein paar Leuten schmackhaft mache. Mehr kann ich im Moment nicht sagen. Kommen Sie gut nach Hause.«

Rafael

Im gusseisernen Bollerofen knistert ein dickes Holzscheit in den Flammen. Rafael fläzt sich auf einem der beiden Sofas in einer Nische in der Mitte des Zirkuswagens. Nach links führt eine Tür mit Buntglasmosaik in das Schlafzimmer, wo eine Matratze die ganze Wagenbreite ausfüllt.

Am kleinen Herd rechts hinter der Eingangstür hantiert seine Schwester Lotte mit einer Teekanne. Sie entnimmt zwei Tassen aus dem Oberschrank und schlendert zu Rafael hinüber. »Was hast du auf dem Herzen, Bruderherz?«

»Wir hatten eine gute Probe, kommen gut voran mit unserem neuen Programm.«

»Louis, dafür kreuzt du nachts um elf hier auf?«

»Okay, ich hatte heute ein interessantes Telefongespräch, das du mir vermittelt hattest, mit Maja Sneijder, sagt dir das etwas?«

»Maja, ja, ich hab ihr deine Nummer gegeben. Sie ist nett, oder? Ich dachte, du könntest helfen.«

Unbehaglich setzt sich Rafael auf, nimmt seinen Hut ab und fährt mit seinem Ärmel über die Stirn. Lotte sieht ihn durchdringend an.

»Sag mir, dass die Probleme, die sie mit der Vermietung an die Flüchtlinge hat, nicht auf deinem Mist gewachsen sind! Was willst du von ihr?«

»Ich möchte nur ein nachhaltiges Projekt für die Migranten realisieren, ihr Haus ist perfekt dafür geeignet. Ja, ich habe das Gebäude als leerstehend gemeldet. Aber auch ihr liegt eine gute Lösung für die Geflüchteten am Herzen, das habe ich in dem Telefonat herausgehört.«

»Das ist doch nur die halbe Wahrheit! Ich kenne doch mein Brüderlein, obwohl du anderthalb mal so alt bist wie ich! Immer auf Publicity aus, als ob Papa Deine Leistungen anerkennen würde, wenn er aus der Zeitung erfährt, welch toller Sohn du bist.«

»Lass bloß unsern Vater da raus. Ich hatte ein sehr nettes Gespräch mit ihr. Sie ist aufgeschlossener, als ich dachte.«

»Du findest sie scharf, stimmt's?«

»Nein, überhaupt nicht! Sie macht mich wahnsinnig! Dauernd provoziert sie mich, sie ist sowas von misstrauisch, sieht mir nie in die Augen, außer wenn sie stinksauer ist. Sie bringt mich dazu, mich wie der letzte Arsch zu benehmen.«

»Vielleicht hat sie Gründe für ihre Skepsis. Sie ist ein verlassener verletzter Mensch, sie hat Angst vor der Welt.«

Lotte hat immer ein sehr gutes Gefühl für die Emotionen anderer Menschen, etwas, das ihm ziemlich abgeht. »Das passt. Sie hat einen Brief an ihre Mutter, Frau Knieps geschrieben, hier lies mal!« Rafael hält ihr ein handgeschriebenes Blatt Papier hin. Lotte sieht kurz auf den Briefbogen, sie schüttelt den Kopf und rümpft die Nase.

»Nein, das mache ich nicht. Du bist ekelhaft! Wieso nimmst du fremde Briefe an dich?«

»Ich war so durcheinander, als ich die alte Frau gefunden habe, ich hab die Post durchgesehen, ob der Vermietungsbeschluss angekommen sei.«

»Schlechtes Gewissen, sie sei wegen dir gestorben?« Lottes Stimme klingt ziemlich spitz.

»Na ja, der Beschluss war ja nicht dabei. Aber Maja Sneijders Umschlag war geöffnet.«

»Und jetzt erklärst du ihr, ihre Mutter habe das Schreiben

gelesen und einen Herzinfarkt bekommen. Oder wolltest du verhindern, dass sie so etwas vermutet, um sie zu schonen?«

Rafael schüttelt verärgert den Kopf. »Ich hatte den Brief total vergessen! Erst heute, nach diesem Telefonat wurde ich neugierig. Stell dir vor, Frau Knieps hat ihre Tochter anscheinend aus finanziellen Gründen aus dem Haus gejagt. Ich kann gar nicht glauben, dass das dieselbe Frau ist, der ich das Essen gebracht habe. Obwohl, sie war ohne Frage krankhaft misstrauisch, kontrollierte immer exakt, was sie bestellt hatte. In diesem Brief fleht Maja Sneijder ihre Mutter richtiggehend an, bei ihr aufgenommen zu werden. Seltsam.«

»Es musste ihr mehr bedeuten, als nur eine Wohnung zu bekommen. Sie wollte ihre Mutter wiederhaben. Nach deren Tod ist das Gebäude die letzte Verbindung zu ihrer Familie. Deshalb will sie auch keine billige Vermietung an Flüchtlinge. Ein besonderes Vorhaben also. Da habt ihr anscheinend etwas gemeinsam. Sorge dafür, dass das Projekt funktioniert. Für sie, für die Asylbewerber. Hol dir Fördergelder, das kannst du gut. Überzeuge deine Chefin. Anschließend erzählst Du Maja, wie positiv sich alles entwickelt, und kannst richtig Eindruck schinden.«

Lotte grinst ihn breit an. Sie durchschaute ihn immer. Es macht ihm nichts aus, sie ist der loyalste Mensch, den er kennt.

<u>Maja</u>

Ich blättere die Seite im Quizblock um. Sophie sitzt mir gegenüber, zwischen uns ein Strauss Frühlingsblumen in einer runden Vase. Sie wartet auf die nächste Frage. Wir haben den Küchentisch für unser Samstagsfrühstück eingedeckt, vor jedem der vier Teller steht ein Glas frisch gepresster Orangensaft. Die Brötchen und Croissants liegen im Brotkorb neben der blauen Schale mit selbst geschnippeltem Fruchtsalat. Ich höre Schritte im Flur, Tilman kommt herein.

»Papa, du Schlafpelz, es ist zehn nach neun!«

»Morgen ihr beiden, ihr seid früh auf und schon fleißig! Das sieht ja appetitlich aus.«

»Tante Maja hat mir Erdbeeren vom Markt mitgebracht. Und ein Schokocroissant! Können wir jetzt essen?«

»Maja, das ist doch nicht nötig!« Tilman findet, dass ich zu häufig für die Familie einkaufe. Ich möchte mich mit diesem kleinen Beitrag zu unserer temporären WG-Küche wenigstens ein bisschen für die Gastfreundschaft und Mühe der Simons revanchieren. »Um sechs Uhr war ich wach, konnte nicht mehr schlafen. Da bin ich meine übliche Radtour über die Rodenkirchener Brücke hin und über die Südbrücke zurückgefahren. Die Sonne war traumhaft heute Morgen!«

»Trainierst du heimlich für einen Triathlon? Die Strecke fährst du dreimal die Woche und an zwei Tagen schwimmst du eine volle Stunde. Ich schaffe es gerade zu Fuß ins Büro, ich sollte mir ein Beispiel nehmen.«

»Ich brauche das Auspowern im Moment, das gibt mir Adrenalin für den Tag. Seit alles weggebrochen ist, habe ich Angst, so zu enden wie meine Mutter: Verbittert, zurückgezogen und einsam.«

»Nein Maja, du wirst bis ans Ende der Tage mit uns in einer WG wohnen, versuchen, uns eine Überdosis Gemüse vom Biomarkt zu verpassen und täglich kontrollieren, ob die Spülmaschine nach der richtigen Systematik eingeräumt ist.«

»Tilman, meinst du das wirklich so?« Ich bemühe mich, niemandem zur Last zu fallen, und das hört sich jetzt genau nach dem Gegenteil an.

»Nein, das war ein Scherz – bis auf das mit der Spülmaschine!« Tilman zwinkert mir zu. Sein Ordnungssinn ist völlig unterentwickelt. Er würde mit verschiedenfarbenen Socken in Sandalen ins Büro gehen, wenn Anne ihn nicht daran hinderte. Auch schafft er es innerhalb von Minuten, auf jeder horizontalen Fläche der Wohnung etwas abzulegen.

»Sobald ich ein Durcheinander sehe, muss ich umstapeln, sonst kann ich meinen Kaffee nicht genießen. Stört dich das sehr?«

»Da es meinen persönlichen Hang zum Chaos nicht berührt, arrangiere ich mich mit einer penibel eingeräumten Spülmaschine. Könntest du vielleicht Sophie ein bisschen damit anstecken, was das Kinderzimmer aufräumen angeht? Das wäre praktisch.« Er tätschelt seiner Tochter liebevoll den Rücken. Sophie springt sofort darauf an.

»Mein Zimmer ist total ordentlich! Erst gestern habe ich mit Tante Maja alles sortiert.« Mit einem gekonnten Schmollmund sieht sie ihren Vater an.

»Na, wenn das so ist, Maja, dann darfst du bei uns nicht ausziehen, solange unsere Tochter bei uns wohnt.«

Rafael

Die Verwirklichung des Kölner Leuchtturmprojektes rückt näher! Aufgeregt sortiert Rafael die kopierten Unterlagen vom Kongress zum Thema ›Social Business – Selbstwirksamkeit – Selbstbestimmung‹ in verschiedene Stapel. Die Wiener haben es in mehreren Vorzeigeprojekten erreicht, die Wohn- und Arbeitssituation der Flüchtlinge zu verbinden. Mit knapp fünfzig Kolleginnen und ein paar Kollegen aus ganz Europa – der Sozialarbeiterberuf war nach wie vor weiblich dominiert - hatte er an dem Wochenende in einem von Migranten unter dem Patronat eines karitativen Trägers geführten Hotels übernachtet. Die Asylbewerber bewohnten die Hälfte, der andere Teil steht den Hotelgästen zur Verfügung. Eine professionelle Crew aus Österreichern und Zuwanderern mit Ausbildung als Hotelfachkräfte, Köche und Bäcker bildet die Leute aus, als Rezeptionisten, Zimmermädchen, Barista, Kellner, Einkäufer und in der Küche. Die Versammlungsräume werden für Kongresse vermietet. Wochentags finden hier Deutschkurse und Kinderbetreuung statt. Ein Jahr war seit der Eröffnung vergangen, und die Selbstverwaltung der Bewohner funktionierte eindrucksvoll.

Vor einer Woche hat Maja Sneijder den Nutzungsvertrag für die Vermietung der Berger Straße an Geflüchtete unterschrieben und ihm eine Kopie zukommen lassen. Damit kann der Traum wahr werden, daraus ein ähnliches Vorzeigeprojekt zu machen! So lange schon suchte er eine Möglichkeit, die Integration der hier Ankommenden frühzeitig zu starten und sie aus den Heimen zu holen. Es darf nichts schiefgehen!

Problematisch dabei ist, dass Frau Sneijder als Eigentümerin wenig Vorteile von dem Projekt haben wird, insbesondere, wo sie selbst in dem Haus wohnen möchte. Und sein Einfluss auf sie war, nach all ihren persönlichen Treffen zu urteilen, nicht besonders groß. Das Gespräch per Telefon, vor 14 Tagen, war eine erstaunliche Ausnahme und vielleicht eine Wende. Sie hatte Hoffnungen in ihn gesetzt, diesen guten Eindruck wollte er nicht verderben und sich mit Erfolgsmeldungen bei ihr zurückzumelden.

Vera klopft an, tritt ins Zimmer. Wie immer verliert sie keine Zeit und kommt sofort zum Punkt: »Tag, Rafa, ich habe die Unterlagen zum Wiener Hotel ›Social Business‹ gelesen, sehr interessant.«

Rafael nickt. »Ich meine, wir sollten mit dem Haus in der Berger Straße etwas in diese Richtung versuchen.«

»Mmh. Das Gebäude ist deutlich kleiner als das Wiener Vorbild. Wir suchen also eine Möglichkeit, den Migranten über eine Wohnung hinaus eine Arbeitsmöglichkeit zu verschaffen. Wer würde in unserem Fall als Arbeitgeber und Träger auftreten, um das rechtlich abzusichern und finanziell zu unterstützen?«

»Ich habe mit den Geschäftsführern der Flüchtlingshilfe gesprochen, die Willkommensinitiative ist einverstanden, 18.000 Euro zur Verfügung stellen. Die Caritas übernimmt die Trägerschaft, wenn nötig, stellt sie eigene Leute dafür frei. Das Konzept arbeite ich zurzeit aus, vorstellbar als Maßnahme sind Bau- und Renovierungsarbeiten.«

»Und die Eigentümerin?«

»Sobald ich mehr weiß, rufe ich sie an.« Rafael hält Veras fragendem Blick ein paar Sekunden stand, dann reicht er seiner Chefin einen Papierstapel. »Ich habe die Unterlagen zum Wiener Konzept zusammengestellt und die Möglichkeiten im Objekt in der Berger Straße aufgelistet, um sie unter den Kollegen zu verteilen. Willst du da mal reinsehen?«

Vera nimmt die Papiere entgegen. »Du hast eine Verantwortung, nicht nur gegenüber den Migranten. Kläre deine Probleme mit Maja Sneijder!«

Maja

Ich sitze mit geschlossenen Augen im Kakteenhaus in der Flora. Durch die Staubfäden der Dachfenster finden die Sonnenstrahlen ihren Weg und kitzeln meine Nase. Es riecht nach Wald, etwas modrig, zwischen den Steinen an der Wand wachsen Farne. Ich liebe dieses marode Gebäude. Seit Jahren droht es abgerissen zu werden, doch bisher öffnet es jedes Frühjahr erneut seine Türen und wärmt mich nach dem Besuch der blühenden Kamelien auf.

In Gedanken lasse ich die letzten vier Wochen Revue passieren. Die Ereignisse haben meine Tagesstruktur komplett durcheinandergewirbelt. Erstaunlicherweise haben die Ängste nicht die Führung übernommen, ich fühle mich in einer Art Kampfmodus, bereit, die Umstände zu besiegen. Allerdings mehr Don Quijote als die drei Musketiere. Ich studiere Formulare zu ›Förderbedingungen und Konditionen zur Herrichtung von Wohnraum für Flüchtlinge‹, warte stundenlang in schicken Lounges vor überheizten Büros der einschlägigen Kölner Kreditinstitute. Eine Bank will nie, niemals, nur ein Gebäude mit Grundstück beleihen, sie zweifelt grundsätzlich an meiner Kreditwürdigkeit. Eine halbe Stelle als Schulsekretärin plus eine Rente aus der Berufsunfähigkeitsversicherung sieht nicht glanzvoll aus. Anne schaffte es, die Forderungen der Verwaltung so in das Projekt einzuarbeiten, dass ich Anfang März den Vertrag mit der Stadt unterschreiben konnte. Gestern endlich bewilligte mir die Bank 250.000 Euro, ausreichend für die nötigsten Arbeiten, so dass meine Lieblingsarchitektin die Firmen beauftragen kann.

So viel Neues, so viel Aufgezwungenes!

Ich zwinge mich, tief einzuatmen, und gleichzeitig meine Gedanken aus dem Kopf auszuschließen.

Alles wird gut!

Für die Renovierung, Ausstattung und Möblierung werde ich mir etwas anderes ausdenken. Und mit Muller einen Termin ausmachen. Seine Bitten um Rückruf auf der Mailbox habe ich hartnäckig ignoriert, ich will ein konkretes Ergebnis vorweisen.

Er wird mir vorhalten, dass die restlichen Arbeiten bisher nicht finanziert sind.

Ich stehe auf und verlasse das Gewächshaus. Links führt der breite gekieste Weg in Richtung Alpenfelsen. Die umgegrabenen Beete dampfen am seitlichen Rand, bereit für die Frühlingsblumen. Auf der Wiese in der Mitte schimmert erstes zartes Grün.

Ich sollte ihn anrufen, um mich nach dem Vorankommen seiner Ideen für mein Haus zu erkundigen. Unschlüssig wiege ich das Telefon in meiner Hand. Ich scrolle durch die Nummern der Protokollliste bis zum Dienstagabend unseres Gespräches.

Anne hatte mich vor falschen Hoffnungen gewarnt, wieso sollte Rafael Muller mir trotz des netten Telefonats besondere Hilfe anbieten? Es bringe nichts, meinte sie.

Unter den Magnolien lugen die ersten Blauglöckchen aus der Erde. Bald bilden sie dicke Kissen. Ich atme tief aus, dann drücke ich die Wähltaste.

»Ja!«

»Hallo Rafael, Maja Sneijder hier, erinnern Sie sich an unser abendliches Telefongespräch?«

»Ja, selbstverständlich Maja! Laufen Sie wieder durch

unheimliche Gegenden und brauchen telefonischen Beistand?«

»Nein, diesmal bin ich in der Flora, zudem ist es hell und die Anlagen sind gut besucht. Ich wollte mich nach Ihren Ideen erkundigen, die Sie in unserem Gespräch erwähnten, das Projekt größer aufziehen nannten Sie es.«

»Da gibt es gute Neuigkeiten! Über meine Kontakte aus der Migrationsberatung, wo ich arbeite, konnte ich verschiedene Träger ansprechen. Es sieht so aus, als ob ein Teil der Renovierungsarbeiten als Beschäftigungsmodell für Asylbewerber aufgebaut werden kann. Ich habe versucht, Sie zu kontaktieren. Haben Sie keine Nachricht erhalten?«

Sofort ziehen sich meine Augenbrauen schuldbewusst zu einer tiefen Falte zusammen. »Doch, ... ich hatte mehrere Bitten um Rückruf in der Mailbox, wollte aber die Finanzierungsbestätigung abwarten. Gestern erhielt ich das Schreiben, leider wurde die Summe gekürzt, es reicht jetzt nur für Dach, Heizung und Bäder.« Ich seufze. »Schlechte Nachrichten überbringe ich ungern.«

»Na, nicht so negativ, Maja. Ist doch super, dass die großen Arbeiten finanziert werden! Für die Renovierung habe ich eine interessante Möglichkeit gefunden, von der alle Beteiligten profitieren, die neuen Mieter, Sie, und wir von der Migrationsberatung. Wir werden hier in Köln ein funktionierendes Pilotprojekt verwirklichen. Die Caritas übernimmt die Trägerschaft und Gelder für das Projekt sind auch in Sicht. Wir brauchen nur noch Ihre Zustimmung, möglichst bald. Wann können wir einen Termin vereinbaren?«

Ich höre die Begeisterung in dieser Stimme, komplett abgelenkt von ihrem Klang, kicke ich einen Stein in die

Rabatte. Vor mir erheben sich die zerklüfteten Felsen des Alpinums, der Wasserfall ist noch vom Winter her abgestellt, man sieht in die vermoosten Höhlen hinein. Erst nach einem Räuspern merke ich, dass Muller auf meine Antwort wartet.

»An den Nachmittagen kann ich es immer ab 15:00 Uhr einrichten, bitte bestätigen Sie mir einen passenden Termin per Mail.«

Rafael

Rafael betritt das freundlich altrosa gestrichene Café fünfzehn Minuten vor der vereinbarten Zeit. Das ›Sehnsucht‹, gleich um die Ecke zum Büro gelegen, ist perfekt als Besprechungsort. Der Name ist das Plüschigste daran, im Inneren kontrastieren nostalgische Einzelstücke mit modernem Schick. Vor allem ist es immer gut besucht.

Obwohl die letzen Kontakte per Telefon mit Maja Sneijder gut gelaufen sind, ist er sich unsicher, ob ein persönliches Treffen nicht wieder unangenehm enden würde. Ein gewisses Maß an Öffentlichkeit wird hoffentlich das Schlimmste verhindern. Er muss sie vom Erfolg dieses Pilotprojektes überzeugen.

Quer durch den Raum läuft er auf das reservierte elefantengraue Sofa mit den mächtigen Armlehnen zu. Er zieht einen Stuhl heran, die Unterlagen legt er auf den runden Tisch. Eine kurze Bewegung aus dem Handgelenk, sein Hut fliegt zielgenau auf den Garderobenhaken.

Die letzten Tage waren sehr geschäftig. Mit der Wohnverwaltung hat er vereinbart, dass er Migranten nach Eignung aussuchen und um Mitarbeit bei der Renovierung fragen durfte. Diese Leute erwerben damit im Gegenzug Anrecht auf eine Mietwohnung in der Berger Straße. Vera hat ihm den amtlichen Segen dazu offiziell verkündet. Das war die Voraussetzung für den Start des Projektes ›Eigenleistung für Wohnraum‹.

Maja Sneijder tritt durch die Tür und sieht sich suchend um. Er winkt, eilig kommt sie auf ihn zu. »Hallo Herr Muller, Sie sind schon da! Habe ich mich verspätet?«

»Nein, ich bin etwas eher gekommen, ich wollte Sie nicht warten lassen.« Rafael steht auf. Er hilft ihr aus dem Mantel, den er an den Mantelhaken neben dem Ofen hängt. »Ich freue mich, dass Sie hier sind, Maja. Wir hatten ein gutes Gespräch über das Wohnen und das Leben neulich am Telefon.«

»Das ist mir jetzt sehr peinlich. Bitte machen Sie sich nicht lustig über mich.« Eine senkrechte Falte trennt ihre Augenbrauen, rote Flecken erscheinen auf ihren Wangen.

»Das tue ich nicht! Zuerst fand Ich es amüsant, komisch. Doch dann wurde es spannend. Das mit dem Kokon und der Zuflucht. Genau diese Dinge, die bei der Betreuung der Migranten grundlegend sind.«

Maja legt die Tasche neben sich auf das Sofa, immer noch schweigend. Die Kellnerin bringt ein Tablett mit einem Kaffee und einer heißen Schokolade. Rafael schaut Maja an. Immerhin ist die senkrechte Falte auf ihrer Stirn verschwunden. Er nimmt es als Aufforderung, fortzufahren. »Die gemeinschaftlichen Räume, wie haben Sie das übrigens gemeint?«

Mit einem energischen Ruck setzt sich Maja gerade hin. Nachdenklich sieht sie ihn an. »Ich stelle mir vor, im ersten Obergeschoss eine Art Pension einzurichten, acht Doppel- oder Einzelzimmer und eine große Wohnküche. Und im Erdgeschoss stehen die Läden zur Verfügung. Ein Ort zum Wohnen UND Arbeiten.« Ein zartes Lächeln erscheint auf ihrem Gesicht. »Was haben Sie denn erreicht? Sie erwähnten da etwas Positives.«

Er hat sie unterschätzt. Sie argumentiert sachlich, ohne Anstalten, Hals über Kopf davon zu brausen. »Als ersten

Schritt peilen wir die Renovierung an. Die offizielle Erlaubnis, Geflüchtete anzufragen, ob diese gemeinschaftlich ein Gebäude für die eigene Nutzung sanieren wollen, habe ich schon bekommen. Wir fragen unter den Migranten nach, wer Interesse zeigt, sich zu beteiligen. Sie verdienen damit nebenher etwas Geld und ziehen in die selbst renovierten Wohnungen ein.«

»Und wie soll das praktisch funktionieren? Die Leute sprechen vermutlich kein Deutsch, brauchen konkrete Anleitung für die Arbeiten. Wer übernimmt das?«

»Die Caritas stellt Mittel für einen Bauleiter und Dolmetscher zur Verfügung. Sehen Sie, Maja, diese Menschen haben vorerst keine Möglichkeit, eine Tätigkeit auszuüben. Doch alle hatten einen Beruf vor ihrer Flucht. Wir benötigen eine Aufstellung über die nötigen Maßnahmen, dann reden wir mit den Leuten! Es werden sich bestimmt handwerklich fähige Menschen finden. Was ist mit Ihnen? Sind Sie bei dem Projekt dabei?«

»Ehrlich, bleibt mir denn eine Wahl? Ja, der Mehrwert dieser Lösung ist mir durchaus bewusst. Ich kenne es aus eigener Erfahrung, Beschäftigung hilft, Erlebnisse zu verdauen und Selbstbewusstsein zurückzugewinnen. Ich werde übrigens auch täglich dort sein, um mein altes Appartement in Ordnung zu bringen. Sie wissen ja seit unserer netten Unterhaltung, dass ich ebenfalls eine Wohnung suche.«

»Vielleicht hilft Ihnen folgende gute Nachricht: Für das Projekt wurden mir 18.000 Euro als Zuschuss zugesichert. Immerhin, aber bei fünfzehn Helfern nur ein Tropfen auf den heißen Stein, wenn jeder mit seiner Arbeit den Mindestlohn verdient. Das ist mir wichtig, egal, ob jemand Tapeten abreißt oder Fliesen verlegt.«

»Schon mal an Crowdfunding oder Social Sponsoring gedacht?«

Erstaunt blickt er Maja an. Ihre rotblonden Locken leuchten vor dem grauen Samt des Sofas. Zurückgelehnt sitzt sie da und löffelt den Rest der Schokolade aus der Tasse. »Verstehen Sie etwas davon?«

»Sie fragen, weil mir die Nerd-Brille fehlt? Ja, ich kenne mich aus in Social Media und den Möglichkeiten drumherum. Ich organisiere die Webpräsenz der Schule inklusive der angedockten Blogs. Nur dank des Sponsorings hat unser Gymnasium einen Computerraum und funktionierende Internetanschlüsse. In der Wirtschaft heißt das ›Web-Media-Manager‹, bei uns schlicht Schulsekretärin mit Nebenfähigkeiten.«

»Maja, Sie stecken voller Überraschungen!«

Mit einem etwas schiefen Lächeln sieht sie ihn an. »Ach ja, Überraschungen.« Sie seufzt leise. »Gar nicht mein Ding.«

Anne

Müde reibt sich Anne die Augen. Gestern Abend saß sie noch lange mit Maja zusammen, um die Möglichkeit oder Notwendigkeit einer Beteiligung der Migranten an der Instandsetzung der Wohnungen zu diskutieren.

Die Freundin war ungewohnt aufgekratzt von der Besprechung mit Rafael Muller zurückgekommen, der ihr offensichtlich Flausen in den Kopf gesetzt hatte. Sie war nicht von der Idee der Partizipation der zukünftigen Mieter an der Renovierung als Projekt der Selbsthilfe abzubringen. Inständig hatte sie gebeten, eine Liste mit den vorgesehenen Arbeiten zu erstellen. Anne hatte schließlich eingewilligt, nachdem Maja ihr versprochen hatte, ihren eigenen Job nicht zu riskieren.

Hier liegt nun die Aufstellung auf dem Schreibtisch. Zuvorderst aufgeführt sind die Tätigkeiten, für die es eine Ausbildung braucht, wie Elektriker, Maurer, Sanitär oder Fliesenleger. Dann folgt, was mit etwas Geschick und guter Anleitung auch von Laien hinzukriegen ist, wie anstreichen, Teppich legen, Räume vorbereiten. Diese letzte Position wird immer unterschätzt. Böden und Fenster abkleben, Tapeten von den Wänden kratzen, Schalter und Steckdosen vor dem Streichen demontieren, Staubschutzwände aufbauen; all das kostet viele Handwerkerstunden. Das können die zukünftigen Bewohner des Hauses selbst erledigen.

Vormittags wird sie, Anne, neben der normalen Bauleitung für die Dachsanierung die Anleitung übernehmen, nachmittags will Maja dann die Aufsicht führen, so die Absicht.

Was die Auswahl der Leute betrifft, darüber hat sie sich

zwar Gedanken gemacht, die Details allerdings wird sie später mit Rafael Muller besprechen. Er hat sie telefonisch um ein Treffen gebeten.

Erneut nimmt Sie sich vor, diesem Mann, den sie außer von der flüchtigen Begegnung auf dem Friedhof nur aus Majas Berichten kennt, unvoreingenommen entgegenzutreten. Immerhin hat er eine Alternative zur Finanzierung der Hausrenovierung gefunden, nachdem die Banken die angefragten Gelder nicht komplett bewilligen wollten. Und dank seiner Kontakte zum Flüchtlingsheim würden sie die geeigneten Kandidaten herausfiltern.

Als Architektin kennt sie die Schwierigkeiten, baufremde Menschen für Renovierungsarbeiten anzulernen. Von der rein körperlichen Anstrengung abgesehen, kommen Kommunikationsprobleme dazu. Mit Subunternehmern auf Baustellen beispielsweise, wo selbst der Vorarbeiter kaum Deutsch spricht. Das ist mühsamer als Flöhe hüten, ständig muss man bereit sein, die Leute zu stoppen, bevor irgendetwas gründlich schief geht. Mit Schaudern erinnert sie sich an eine ABM-Maßnahme für straffällig gewordene Jugendliche. Schon die tägliche Anwesenheit von acht Stunden stellte die Jungs vor eine Herausforderung, von produktiver Leistung ganz zu schweigen. Den Handwerksmeistern fehlte jegliche pädagogische Ausbildung. Sie waren im Grunde froh, mit dem Job der eigenen Arbeitslosigkeit zu entkommen, und sollten doch motivieren, den Frieden zwischen den Gruppen wahren (›Eh spinnst du, isch nix arbeiten mit Roma / Weiß du, die Russen wollen uns aufschlitzen‹), und dabei Mauern hochziehen oder Rohre verlegen. Es überforderte sie restlos. Zwar wurde die Baustelle irgendwann fertig, doch noch Jahre danach oblag es regulären Firmen, die nach und nach auftauchenden Schäden in Ordnung bringen.

Anne schüttelt sich, um die Erinnerung loszuwerden. Es muss ja nicht jedes Mal so schlecht laufen. Möglich, dass unter den Migranten auch Handwerker sind, die eine Arbeit verantwortlich übernehmen und fachlich gut ausführen können. Mit ein wenig Glück ist sogar jemand darunter, der die Tadelakt-Technik des marokkanischen Stucks beherrscht, wofür ein Fachunternehmen hier ein Vermögen verlangt. Rafael Muller soll genau solche Personen für sie finden, dazu wird sie ihn bei dem Treffen auffordern.

Die Sekretärin steckt den Kopf in den Raum. »Herr Muller ist eingetroffen, Frau Simons, er wartet im Konferenzzimmer.« Dann ist sie wieder verschwunden, ohne Annes ›Danke, komme gleich‹ abzuwarten.

Wie vor jeder wichtigen Besprechung atmet sie tief ein und aus, ruft sich die Eckpunkte ihrer Forderungen ins Gedächtnis. – nur Leute mit tatsächlichen handwerklichen Fähigkeiten, möglichst englischsprechend. Mit Dolmetscher geht es um einige Ecken, viel zu viel Kommunikationsverluste. Sie streicht sich die Jacke glatt, nimmt Skizzen und die Excel-Tabellen an sich und verlässt ihr Büro. Das Besprechungszimmer ist ein ovaler, mit gebogenen Glasscheiben abgetrennter Raum direkt hinter dem Eingangsfoyer. Die Scheiben sind transparent, solange er frei ist, und optisch ein Teil des Empfangs. Bei einer Besprechung werden die Fenster auf Knopfdruck undurchsichtig milchig weiß, eine elektronische Spielerei, jeden einzelnen Cent wert. Sie erfreut sich immer am Erstaunen ihrer Besucher.

Rafael Muller sitzt bereits am Nussbaumtisch, neben den

passenden Arne-Jakobsen-Stühlen, dem einzigen Mobiliar im Raum. Schlank und groß ist er, mindestens ein Meter achtzig. Dunkler Dreitagebart, kurze Haare, denen ein guter Schnitt fehlt, schwarze Jeans, schwarzes Sakko und weißes Hemd ohne Krawatte, etwas formeller angezogen als ein Student, für einen Sozialarbeiter eine Spur zu schwarz-weiß. Eher der Typ Existenzialist, Gauloise rauchend. Wenn er nur keine gelben Nikotinfingernägel hat oder nach abgestandenem Zigarettenrauch stinkt! Der Geruch geht mit dem besten Raumluftspray tagelang nicht mehr raus.

Anne betritt das Zimmer und bedient den Schalter. Wie erwartet reagiert Muller verblüfft auf den kleinen Trick, er steht auf, um ihr die Hand zu reichen. Kein Raucher, zum Glück. Er streicht sich die Haare aus dem Gesicht, sofort gehen bei Ihr die Alarmglocken an. Überhaupt, diese schlaksigen Bewegungen. Genau der Typ Mann, von dem sich Maja um den Finger wickeln lässt. Letztes Mal ist es nicht gutgegangen.

»Frau Simons, danke, dass Sie sich Zeit nehmen. Ihre Grundrissskizzen haben mir gut gefallen und unseren Projektpartnern auch. Ich bin sicher, dass wir gemeinsam ...«

Anne hört nicht mehr zu. Maja hatte von der attraktiven Telefonstimme erzählt, ja geschwärmt. Sie hatte nicht übertrieben. Deshalb war sie so aufgekratzt zurückgekommen, es hatte nur peripher etwas mit dem Projekt zu tun, das ist ihr jetzt klar.

»Frau Simons?«

Mit einem Ruck breitet sie die Aufstellungen mit den Handwerksleistungen auf dem Tisch aus. »Können Sie Trockenbauer, Elektriker, Fliesenleger und Maler auftreiben? Das sind die Hauptgewerke.« Anne bemüht sich um einen professionellen Ton.

»Frau Simons, sie sprechen als Architektin, das kann ich verstehen, aber Sie werden hier eine andere Aufgabe haben. Wir werden den Menschen in den Übergangsheimen beschreiben, welche Arbeiten zu tun sind. Anschließend sehen wir, wer sich meldet. Diese Leute werden dann von Ihnen eingeteilt. Aber ich versichere Ihnen, es sind gestandene Handwerker darunter, die es sich sehnlichst wünschen, wieder in ihrem Beruf arbeiten zu können.«

Anne schluckt. Genau das hat sie befürchtet. »Wie sieht das mit der fachlichen Anleitung aus, zum Beispiel für Elektro und Sanitär? Das kann ich nicht leisten!«

»Keine Sorge, dafür stehen von der Wohnungsverwaltung Gelder für entsprechende Fachkräfte bereit. Auch Ihre Koordination wird darüber finanziert. Sie stellen einen Antrag auf die benötigten Arbeitsstunden pro Gewerk und ich leite es weiter. Dauert nur ca. fünf Arbeitstage, bis die Genehmigung da ist, wegen besonderer Dringlichkeit.«

»Parallel erkundigen wir uns also nach Handwerkern?«

»Ich gebe dem Dolmetscher Bescheid, dass er in den Flüchtlingsheimen nachfragen soll. Das Buschtelefon funktioniert bestens.«

Anne verabschiedet ihren Besucher nach einer Dreiviertelstunde. Das Vorhaben wird konkret. Rafael Muller hat alle aktuellen Fragen überzeugend beantwortet. Bis auf eine: Wie kann sie Maja vor Schaden bewahren?

Anne ärgert sich über sich selbst. Seit dem Treffen mit Rafael geht ihr die unglückliche letzte Beziehungen ihrer Freundin durch den Kopf. Es war genau diese Art Typ gewesen, zu dem Maja sich hingezogen fühlte. Anne hasst es, sich in persönliche Angelegenheiten einzumischen. Jeder Erwachsene soll doch selbst entscheiden, auf wen er sich einlässt. Aber wenn sich Maja zu dem ganzen Renovierungsstress auch noch unglücklich verliebt! Sie wird die Scherben zusammenkehren müssen.

Seit Maja ins Wohnzimmer gekommen ist und neben ihr auf dem Sofa sitzt, gehen Anne diese Gedanken unentwegt durch den Kopf. Soll sie mit ihr reden? Oder sieht sie schon Gespenster vor lauter Sorge um die Freundin?

»Was siehst Du mich so prüfend an?« Maja knufft Anne in die Seite.

»Ich hatte heute die Besprechung mit Muller.«

»Ach ja, was hält er von den Plänen?«

Maja bleibt ganz entspannt. Das Thema Muller scheint also nicht akut zu sein – noch. Anne fährt fort: »Alles super, er hängt sich wirklich rein, das Projekt ist ihm sehr wichtig. Ich wollte was anderes mit dir besprechen. Mhm, besprechen trifft es nicht, eher raten. Ich mache mir Sorgen um dich. Muller ist genau der Typ, auf den du gerne reinfällst. Ich will dich vor ihm warnen.«

»Muller? Du scherzt wohl! Hast du nicht bemerkt, wie er mit mir umspringt? Er macht aus seiner Abneigung mir gegenüber kein Geheimnis. Das Einzige, was ihn interessiert, sind Sozialutopien und deren praktische Umsetzung. Nichts für mich. Aber nur aus Neugierde: Wann bin ich zuletzt auf jemanden hereingefallen?«

Ihre Freundin sieht sie erstaunt an. Ist es möglich, dass sie diese Katastrophe verdrängt hat? Anne holt aus:

»Ich erinnere mich lebhaft an das Traumpaar jeder Fakultätsparty Maja und Matthias! Bis du gemerkt hast, dass der arme Biologiestudent auf deine Kosten lebt, und dir das geliehene Geld nie zurückzahlen wird, hattest du ihm seine komplette Diplomarbeit getippt und korrigiert. Leider lag er mit seiner Nachbarin im Bett, als du ihm die kopierten Exemplare vorbeibringen wolltest. Er hat dein Selbstvertrauen bis zum letzten Rest herausgesogen. Der Unfall kurz darauf, und die Berufsunfähigkeit waren nur ein weiteres Steinchen zu deinem Zusammenbruch.«

»Das ist eine Ewigkeit her, acht Jahre! Glaub mir, so etwas passiert mir nie wieder. Mach dir keine Gedanken!«

Maja

Energisch drehe ich den Schlüssel im Schloss und öffne die blinde Glastür mit der Aufschrift ›Fahrschule Schmitz‹. Am Samstag noch hatte ich stundenlang nach den Ladenschlüsseln gesucht, bis ich sie schließlich in einem blauen Putzeimer unter Mutters Spüle fand.

Ein Eimer, halbvoll mit nicht beschrifteten Schlüsselbunden! Kaum auszuhalten. Sofort bin ich durch das ganze Haus gezogen und habe jeden einzelnen Schlüssel an sämtlichen Türen ausprobiert. Passende habe ich mit einem zufriedenen Gefühl angeschrieben und in eine Schublade geräumt. Die Kuckucksschlüssel kamen in eine Tüte, zur späteren Entsorgung.

Flatterig rücke ich einen der Stühle zwei Zentimeter nach rechts, exakt mittig vor den kleinen Tisch. Das wird also unsere erste Versammlung. Nicht, dass ich noch nie einen Versammlungsraum vorbereitet habe, neu ist, dass ich das für mich selbst tue. Oder für unser Team. Anne, Rafael und ich bilden seit letzter Woche offiziell ein Team. Höchst ungleich zusammengesetzt, meiner Meinung nach, eher ein Ensemble einzelner Interessen. Ob die Kombination ein harmonisches Ganzes ergibt, wird sich zeigen.

Als wir am Freitag Annes Listen mit Malik Said, dem charmanten Dolmetscher, besprochen haben, versprach er sofort, sich umzuschauen und geeignete Kandidaten anzusprechen. Seine launische Bemerkung geht mir nicht aus dem Kopf. Annes Liste würde die Leute zwar nicht vor dem Tod, aber vor der Verzweiflung retten. Das scheint mir doch sehr übertrieben.

Im Raum stehen gleichmäßig verteilt achtzehn Resopaltische und Stühle mit verchromten Beinen, die Sitzflächen und Rückenlehnen mit einem beigefarbenen, fadenscheinigen groben Gewebe bezogen.

Dass Mutter es zuließ, die Mieter ohne Räumung aus dem Vertrag zu entlassen!

Der Staubsauger frisst brummend die graue Schicht und spuckt hinter sich eine braune Schneise aus. Ich überspringe sorgfältig jeweils eine Fußbreite Boden nach einer Raumlänge, um ein Streifenmuster zu erhalten. Eine Struktur erzeugen, die beim zweiten Durchgang aufgelöst wird.

Ein Klopfen an der Eingangstür, dann wird sie aufgedrückt.

Rafael Muller, die Hutkrempe tief in die Stirn gezogen, tritt ein.

Er ist nicht so unausstehlich, wie ich erst dachte. Das Projekt für die Migranten ist ihm ein echtes Anliegen, dafür gibt er 100 Prozent. Anne traut ihm nicht, meint, ich solle mich fernhalten. Sie hat gut reden, ich kann ihm schließlich nicht aus dem Weg gehen, bei diesem Projekt. Und was soll schon geschehen, ich habe in den vergangenen Jahren durchaus gelernt, darauf zu achten, was mir guttut und nicht alles an mich heranzulassen.

Rafael sieht sich interessiert im Raum um, deutet auf den Boden und sagt grinsend: »Hallo Maja, schönes Muster! Dasselbe quer, und wir können Schach spielen!«

Ich starre ihn an. Eine Strukturüberlagerung, das hätte etwas. Nein, er macht sich über mich lustig. »Guten Tag, Rafael«, sage ich trocken. »Sie beherrschen Schach?«

»Na klar, ein bisschen. Locker bleiben, das mit dem

Muster finde ich witzig! Der Staub muss jahrzehntealt sein! Wie praktisch, dass diese Fahrschule ohne Möbel ausgezogen ist, da gibt es doch glatt für jeden Zweiten einen Sitzplatz.«

Erschrocken frage ich: »Wie viele werden denn heute kommen?«

»Malik hat mir per SMS Bescheid gegeben, er habe die Zusage von zweiunddreissig Leuten, und einige wollten es sich noch überlegen. In einer halben Stunde wissen wir es. Soll ich weiter saugen?«

»Zweiunddreissig Personen oder mehr?« Panik steigt in mir auf. »Das sind doch viel zu viele für vierzehn Wohnungen und acht Einzelzimmer! Wir müssen ihnen sagen, dass es nicht reichen wird. Wie suchen wir die denn aus? Sollen die sich jetzt etwa bei uns bewerben? Ich kann das nicht.«

Rafael Muller nimmt mir sachte den Staubsauger aus der Hand. »Ganz ruhig bleiben. Heute ist nur eine Informationsveranstaltung. Wir stellen unser Projekt vor, erklären die Bedingungen. Dazu gehört, dass Leute mit handwerklichen Fähigkeiten anhand von Annes Liste bevorzugt werden. Einen kurzen Fragebogen habe ich vorbereitet, Malik bringt die Übersetzung mit. Zur Not muss das Los entscheiden.« Er saugt die grauen Streifen weg. Schade. Schachspielen wäre eine interessante Option gewesen. »Wo ist eigentlich Frau Simons?«

»Sie bespricht sich drüben mit dem Dachdecker. Das Gerüst wird heute Abend aufgebaut. Anschließend kommt sie hierher. Sie will auf jeden Fall wissen, mit welchen Leuten sie es die nächsten Wochen zu tun haben wird.«

In diesem Moment betritt meine Freundin den Laden, zusammen mit Malik Said, der ihr, galant wie immer, die Türe aufhält. Lautes Stimmengewirr von der Straße schwappt in den Raum. Unüberschaubar viele versammeln sich da draußen. Ein taubes Gefühl kriecht meine Arme hoch. Malik umarmt Rafael kurz, dann verteilt er Zettel und Stifte auf den Tischen. An der Wandtafel steht ›Projekt Eigenleistung für Wohnraum‹.

Anne hängt drei Listen mit verschiedenen Aufgaben an die Tafel. Leerräumen, Tapeten und Teppiche abreißen, Aufstellen der Trennwände, Verputzen, Instandsetzen der Bäder und Küchen, die Arbeitsschritte für die nächsten Tage. Wieder und wieder lese ich die einzelnen Punkte. Die übersichtlichen Tabellen bieten dem drohenden Chaos die Stirn.

Rafael geht zur Tür und bittet die Wartenden hinein. Ich drücke mich seitlich in den Schatten, möchte wie ein Chamäleon mit dem Hintergrund verschmelzen und unbehelligt beobachten. Immer mehr Menschen strömen in den Raum, alle Stühle sind schon besetzt, auch die hinteren Stehplätze, die Ersten setzen sich vor den Pulten auf den Boden. Ich scanne die erwartungsvollen Gesichter. Hauptsächlich Männer, wenige Frauen nur. Erfreut erkenne ich Tizita, am Boden sitzend, wie im Übergangsheim eng an ihren Bruder gedrückt. Verstohlen winke ich ihr zu. Zuhinterst stehen die Zwillinge mit den schwarzen Igelfrisuren, Momo und Elias. An einem Tisch in der Raummitte sehe ich Rafik Gamal, neben sich eine gemütlich aussehende Frau mit geblümtem Kopftuch und drei Kinder. Das wird seine Familie sein.

Wie schön, dass sie gekommen sind.

Sofort fühle ich mich nicht mehr allein unter Fremden. Ich schüttle den Kopf über meine Gedanken. Wer ist hier fremd? Unvertraut, das ist das Wort, unter unvertrauten Menschen verloren, das bin ich auch.

Muller tritt vor und begrüßt die Anwesenden. Die Gespräche verstummen bis auf ein tiefes Grundgrummeln. Er erklärt kurz das Projekt, immer wieder lässt er eine Pause, die der Dolmetscher mit gutturalen Lauten füllt. So gebannt hängen alle Blicke an ihm, für die Leute hier scheint von dem, was er sagt, ihre ganze Zukunft abzuhängen. Er erklärt, dass gegen Mitarbeit beim Renovieren eine Wohnung zu erhalten sei, dass Handwerker Priorität hätten, dass die Interessierten eine Verpflichtung eingingen, dass die Anzahl der Plätze beschränkt sei. Jeder möge bitte einen Bogen ausfüllen. Wie bei einer Klassenarbeit in der Schule erklingt erst ein Murmeln, ein leises Abstimmen mit dem Nachbarn, dann wird es still bis auf das Kratzen der Stifte auf dem Papier.

Plötzlich erschrecke ich. Was, wenn Tizita, die mir schon fast vertraut ist, aus der Auswahl fällt, weil sie keine Handwerkerin ist? Das fühlt sich schlimmer an, als die Vorstellung, unter aller Augen zu ihr zu gehen. Einatmen, Bauchmuskeln aktivieren, geduckt schleiche ich mich an sie heran. Ich berühre ihre Hand, deute auf das Formular, flüstere ihr zu, sie solle bei ›Beruf‹ Peintre – Maler schreiben. Das ist nicht einmal gelogen, denn das Französische unterscheidet nicht zwischen Kunstmaler und Anstreicher. Bei einer Design- und Malereistudentin darf man das durchgehen lassen, beruhige ich mein Gewissen.

Etwas beruhigt ziehe ich mich wieder zurück, während Anne und Rafael beginnen, die Zettel einzusammeln.

Es wird laut, einige Männer stellen aufgeregt und groß gestikulierend Fragen auf Arabisch. Es hört wie der Ausbruch eines bösen Streits an. Malik antwortet mit langen Sätzen, ab und zu stellt er eine knappe Rückfrage an Rafael. Sie möchten wissen, wie es weitergeht, wann sie mit einer Antwort rechnen können. Mir wird flau im Magen, mindestens fünfundvierzig Menschen wollen eine Wohnung, wir werden Hoffnungen enttäuschen. Rafael beendet die Versammlung offiziell. Die Leute stehen auf, schwatzen mit ihren Nachbarn, begeben sich zur Tür.

Am Ausgang winken mir Tizita und Tayé zu, ich schlängele mich zu ihnen, Berührungen in der Menge möglichst vermeidend, um sie zu verabschieden. Augenpaare kreuzen meinen Blick, ›Was weißt du schon, sagen diese Augen. Du hast nicht die leiseste Ahnung.‹ Was kann ich dem entgegensetzen?

Anne

Anne drückt die Eingangstüre zum Kiosk auf. Die erste Besprechung nach der Informationsveranstaltung findet hier statt. Rafael Muller, ihrer Meinung nach etwas eigenmächtig, hatte im Vorfeld das Abendessen für das Team bestellt. Er will den Kioskbesitzer in ihre Aktivitäten mit einbinden, wohl, weil er mit ihm per Du ist. Klüngel! Aber zugegebenermaßen ist Muller sehr effektiv. Er hat seine Kontakte spielen lassen und ihr zugesichert, dass die Bauleitertätigkeit aus Projektmitteln der Caritas bezahlt würde. So kann sie sich nun zeitlich ganz auf diese Aufgabe konzentrieren.

Dilian hat drei Stehtische zusammengeschoben. Gemüseeintopf mit Spießchen, das Mittagsgericht der Schwester, ist essensfertig angerichtet. Anne legt die Papierbögen neben einen Teller. Mit einem Stoßseufzer nimmt Maja gegenüber Platz, den Blick auf den Stapel gerichtet. Sie mustert sie kurz, lächelt ihr aufmunternd zu. Die Freundin ist blass, fast durchscheinend, hat aber die Konfrontation mit den vielen fremden Menschen in einem Raum ausgehalten. Am Ende ging sie sogar im Pulk nach draußen ...

Anne blättert durch die Papiere, zieht einzelne daraus hervor. »Tischler, Maurer, noch ein Maurer, Sanitär, Malerin, Elektriker, Fliesenleger, Schreiner, das war's schon mit Handwerkern. Offensichtlich fliehen eher Akademiker. Was Bauarbeit angeht, sind die leider in jedem Land der Welt Anfänger. Was soll's, dann fangen wir mit diesen acht an, wenn sie instruiert sind, können sie die anderen einarbeiten.«

Maja blickt sie erleichtert an, vermutlich dankbar, dass sie diese Auswahl nicht treffen muss. Muller greift sich ebenfalls die Bögen und überfliegt die Seiten. »Stimmt, wenig Handwerker. Aber eine Köchin ist dabei, und wartet mal,« er blättert durch den Stapel, »es ist die Frau vom Elektriker. Wir engagieren sie für den Mittagstisch der Arbeiter, das spart ihnen und uns Zeit für die Einkäufe und hebt die Stimmung. Was haltet ihr davon?«

Anne sieht ihn irritiert an. Dieses indirekte Duzen konnte sie noch nie leiden. Da muss sie reagieren. »Gute Idee! Und wo wir nun schon mal ein Team sind, schlage ich vor, dass wir uns alle duzen. Hat jemand etwas dagegen?«

Maja sieht sie an, leicht perplex. Fast unmerklich schüttelt sie den Kopf. Anne sieht darüber hinweg und winkt Dilian herbei. »Vier Raki zum Anstoßen, auf einen positiven Anfang.«

Dann berichtet sie den beiden anderen von ihren Nachfragen. »Es gibt immer Firmen, die einem einen Gefallen schulden. Umso besser, den für einen guten Zweck einzufordern. Ein befreundeter Bauunternehmer wird uns das benötigte Werkzeug unentgeltlich zur Verfügung zu stellen. Der Malergroßhandel stellt eine Spende der Wandfarbe in Aussicht. Selbst die Fensterfirma, die sonst jede einzelne Position centgenau abrechnet, war nicht abgeneigt, als ich um ein Entgegenkommen bat. Gut, es sind keine Riesenbeträge, die hier eingespart werden, aber es zeigt, dass das Projekt zieht, sie es unterstützen wollen.«

Maja räuspert sich: »Ich bin möglicherweise bei der Finanzierung der Einrichtung auch einen Schritt weiter gekommen. Tizita und ihr Bruder Tayé kamen mich heute im Sekretariat abholen. Ich habe sie durch die Schule geführt. Im Informatikraum haben wir ein paar Überlegungen zum Thema

›Geld auftreiben‹ angestellt. Tayé studiert Journalismus und kann Gedanken richtig treffend auf den Punkt bringen. Er will ein Konzept für eine Crowdfundingseite erarbeiten. Upcycling – Einzelstücke aus originell aufbereiteten alten Möbeln aus Kellern, vom Sperrmüll oder vom Trödler für die Wohnungen der Flüchtlinge, das ist die Idee. Alle Appartements bestücken wir so mit Tischen, Stühlen, Schränken, Sofas, Betten und was man sonst noch braucht. Tizita liefert die Designvorschläge. Wenn wir siebentausendfünfhundert Euro mit dem Crowdfunding erwirtschaften, sind das fünfhundert Euro pro Wohneinheit für Möbel. Die Geldspender werden namentlich auf den Objekten verewigt oder erhalten eine Bauanleitung.«

Es kommt selten vor, dass Maja so lange am Stück spricht.

»Tizita, ist das die Malerin unter den Freiwilligen?«

Maja zögert kurz, bevor sie antwortet. »Äh. Ja, das ist sie.«

Anne zwinkerte Maja zu.

»Schöne Idee. Ich bin gespannt auf die Entwürfe ... und ob ein Crowdfunding Erfolg hat.«

Maja

Samstag, 16:00 Uhr, kleiner Griechenmarkt – Ecke Thieboldsgasse, vierter Stock. Nur den spätesten Besichtigungstermin, nach Beginn der Dämmerung, hatte die Maklerin noch frei. Um den Hauseingang herum stehen bereits vier Pärchen, man besichtigt bevorzugt paarweise. Ich bin eine Ausnahme. Zu zweit lässt es sich besser lästern, um die unweigerlichen Enttäuschungen loswerden. Meine direkten Konkurrenten bei der von mir gewünschten Wohnungsgröße sind Leute, die zusammenziehen wollen. Vor ein paar Tagen begegnete ich einem Mann und einer Frau, die wochenlang unabhängig voneinander ein Appartement gesucht haben. Bei jeder Wohnungsbesichtigung quer durch die Stadt trafen sie sich erneut. Sie fingen an, danach etwas trinken zu gehen, später verabredeten sie sich zum Essen. Am Ende hatten sie zwar immer noch keine Bleibe, aber einen Partner fürs Leben. Und, rein rechnerisch, war wieder eine Wohnung mehr auf dem Markt.

Heute erwarte ich kaum einen Treffer. Bereits das Exposé widerstrebt mir, doch Anne meint, ich müsse mich umsehen. Zwei Termine in der Woche suche ich mir also, doch bisher mochte ich entweder das Appartement nicht oder ich der Vermieter hatte etwas an mir auszusetzen.

Die Maklerin, Business-Kostüm, hohe Schuhe, Haare hochgesteckt, begleitet den vorherigen Stoßtrupp aus dem Haus, stellt sich kurz vor, checkt die Wartenden mit gelangweiltem Blick. Wahrscheinlich hat sie schon fünfzehn ausgefüllte Mieterauskünfte in ihrer A4-großen Handtasche und würde einen sofortigen Feierabend bevorzugen.

Kann ich gut verstehen.

Ich lasse die anderen vor mir die Treppe hochsteigen, mit etwas Abstand gehe ich hinterher. Kunststeintreppe, ocker mit schwarzen Steinchen, die Luft gesättigt mit Kohlgeruch. Im Dachgeschoss betrete ich den Flur, mit einer Umdrehung erfasse ich alles: Küche, Wohnzimmer, Schlafzimmer, Arbeitszimmer und Duschbad mit WC.

Weißer Fliesenboden in allen Räumen, der Hausbesitzer beabsichtigte wohl eine großzügige Eleganz, fühlbar ist aber nur eine antiseptische Kühle, im Kontrast zu den drückenden Dachschrägen. Den wunderbaren Ausblick in den begrünten Innenhof bekäme man, wenn man vor den hohen Fensterbrüstungen auf einen Schemel kletterte.

Ich strecke meine Arme über dem Kopf aus, ein kleines Wippen, und ich berühre die Decke: 2,30 m höchstens.

»Möchten Sie eine Mieterselbstauskunft ausfüllen?« Die Maklerin sieht mich geschäftig an. Ich schüttle den Kopf und flüchte ins Freie.

Was will ich überhaupt? Ich renoviere mein Haus, meine Wohnung, zusammen mit anderen, die ich dabei kennenlerne. Mein Appartement dort wird nicht größer sein, eher bescheidener als eine Mietwohnung. Aber ich habe an jede einzelne Wand Hand angelegt und kenne die Nachbarn persönlich. Ich kann im Kiosk zu mittagessen und Hawar würde mir zur Not den Kaffee bis in vierte Etage bringen. Ich werde Anne sagen, dass ich die Suche nach der großzügigen 80 m²-Wohnung aufgebe.

Rafael

Rafael steigt hinauf in den vierten Stock. Seit Beginn der Renovierung hat er sich daran gewöhnt, nach der Büroarbeit in der Berger Straße vorbei zu schauen. Es ist ein bisschen wie nach Hause kommen, ohne verhasstes Familiengedöns allerdings. Die Baugruppe versammelt sich zum gemeinschaftlichen, von Nouria frisch zubereiteten Abendessen im Refectoire, Speisesaal, wie sie die Fahrschule nun nennen. Acht Handwerker plus Maja arbeiten jetzt im Haus, der Elektriker Rafik, seine Frau und Köchin Nouria Gamal, die Zwillinge Momo und Elias Yatim, die Maurer, der Tischler Mojo Boukari, die Malerin und Kunststudentin Tizita Yeshi, der Fliesenleger Ilay Ben Aziz und Daniel Awonor. Zu Annes großer Enttäuschung entpuppte sich Daniel als Arzt, er hatte beim Ausfüllen schlicht Sanitär und Sanitäter verwechselt. Nachdem das Team ihn kennengelernt hatte, brachte es niemand übers Herz, ihn wegzuschicken. Tizitas Bruder Tayé kam ebenfalls dazu, er bloggt seither täglich zu den Renovierungsarbeiten des Projektes ›Eigenleistung für Wohnraum‹. Obwohl es ein englischsprachiger Blog ist, sind die Klickzahlen beachtlich. Die mediale Aufmerksamkeit ist genau das, was er sich für dieses Vorzeigeprojekt wünscht.

Am vergangenen Wochenende hat er mitgeholfen, die Tapeten von den Wänden zu holen. Bis auf die Decken sind zwei Etagen fast geschafft. Nun folgt er den Geräuschen. Im Flur prüft Rafik mit einem Messgerät die Leitungen am Sicherungskasten. Einer der Yatim-Zwillinge klopft im Wohnzimmer Schlitze für Elektrokabel.

»Essenszeit, Leute«

Das Schabgeräusch kommt aus dem Schlafzimmer. Maja steht auf der Leiter, den Kopf in den Nacken gelegt, in einer Hand eine Sprayflasche, in der anderen einen verkleisterten Spachtel. Sie kämpft hartnäckig mit der festsitzenden Raufaser, indem sie in einem schnellen Takt gegen die Tapetenschollen stößt.

»'n Abend Maja, Feierabend für heute.«

Langsam dreht sie sich in seine Richtung, die Haare fallen zerzaust in ihr gerötetes Gesicht. Mit einem sauberen Stück Ärmel versucht sie, sie hinter die Ohren zu wischen, was fast unmöglich ist, klitzekleine Tapetenreste pappen überall an Jeans und T-Shirt. Vorsichtig steigt sie die Sprossen hinunter.

»Oh, hallo Rafael. Diese Decken dauern ewig. Ich werde nie damit fertig! Ist es schon sieben Uhr?«

Sie trocknet die Finger an einem Handtuch ab. Ganz kurz hält sie Blickkontakt, die hellblauen Augen lächeln, dann sieht sie wieder an ihm vorbei. Die Schroffheit, die sie anfangs an den Tag gelegt hatte, ist verschwunden. Bedauerlicherweise stößt er regelmäßig an eine Barriere, die sie hochzieht, sobald das Gespräch persönlicher wird. Was hat sie so verletzt? Es beeindruckt ihn, dass sie täglich nach ihrer Arbeitszeit Hand anlegte, sich für keine Arbeit zu schade ist und nie eine Extrawurst verlangt. Zu gerne würde er hinter diesen Panzer sehen.

»Ja, das Essen ist fertig, komm mit runter. Und, kleiner Tipp: Wechsel lieber die Kleider, bevor du als Pappmascheefigur eintrocknest.«

Maja sieht an sich herunter und lacht laut auf. »Ich glaube, da hilft nur duschen! Die Bäder funktionieren ja zum

Glück. Ich springe da eben noch rein. Fünf Minuten.«

»Okay, aber wir sind alle hungrig, trödelst du rum, ist der Topf leer!«

»Ich bin sofort da, außer ich schlafe im Stehen unter der Brause ein.«

Maja

Mit feuchten Haaren laufe ich die Treppe hinab, durch das Foyer auf die Straße und um den Kiosk herum. Hinter der Schreinerei leuchtet das Schaufenster der früheren Fahrschule. Die aufgeklebten Zeitungen sind verschwunden, die Scheiben glänzen und erlauben den Blick ins Innere. Mehrere Schreibtischleuchten, kopfüber an die Fensterprofile geklemmt, strahlen die Decke an. Auf der Fensterbank liegen Sitzkissen, Stehleuchten flankieren mein Sofa auf der rechten Zimmerseite. In der Mitte des Raumes steht eine lange Tafel, aus sechs Resopaltischen gebildet, so dass vierzehn Leute zum Abendessen Platz finden. Auch heute Abend verblüfft mich der Anblick dieses bewohnten Schaufensters im ersten Moment. Es ist, als ob man in einem Möbelhaus wohnte.

Als feststand, dass Nouria für unsere Belegschaft kochen würde, habe ich kurzerhand die im Gewerbegebiet eingelagerten Möbel aus meiner alten Wohnung hierher verfrachtet. Wir haben eine Küche mit Essplatz eingerichtet und eine Sofaecke zum gemütlichen Sitzen. Take, Niza und Mala, die Kinder von Nouria und Rafik, machen hier nach der Schule Hausaufgaben und spielen.

Für die ›Mitarbeiter‹ ist das Refectoire in den zwei Wochen ihr Wohnzimmer für die Abendstunden geworden. Sie hocken zusammen, trinken Tee und erzählen von ihren Hoffnungen in diesem fremden Land. Nicht, dass ich alles verstehe, aber sie sehen zufrieden aus. Bevor ich nachts abschließe, muss ich immer einige Leute hinauskomplimentieren.

Ich drücke die Ladentür auf, ein warmer, nach Petersilie,

Knoblauch und Zwiebeln duftender Luftschwall kommt mir entgegen, ich höre Besteckgeklapper auf Geschirr. Auf der Schultafel steht das Menü: Mercimek Köftesi: Linsenfrikadellen mit Hackfleischtopf. Nouria gibt sich viel Mühe, sie sucht jeden Tag die deutsche Übersetzung ihrer Gerichte im Wörterbuch zusammen und schreibt sie auf.

Alle Köpfe heben sich, als ich an den Tisch trete, versinken aber sofort wieder in konzentriertem Essen. Rafael zwinkert mir zu. Am Kopfende, mit dem Rücken zur Fensterfront, ist ein freier Platz.

Nein, so exponiert möchte ich nicht sitzen. Lieber irgendwo in der Mitte ... Ich lasse den Blick über den Tisch schweifen, aber alles ist besetzt. Da meldet sich mein Hunger. Ich kann ich es kaum erwarten, etwas zwischen die Zähne zu kriegen. Erschöpft sinke ich auf den freien Stuhl. Am anderen Ende sitzt Nouria, so hat sie den kürzesten Weg zum Herd. ›Greif zu‹, gestikuliert sie. Die Schüsseln wandern durch viele Hände bis zu mir. Mojo Boukari, der Tischler, schöpft mir einen ordentlichen Löffel aus dem Fleischtopf auf den Teller. Rasch legt er fünf schiffchenförmige Linsen-Bulgur-Klöße dem Tellerrand entlang und reicht ihn mir mit breitem Lächeln. Ich danke ihm, verschiebe die Frikadellen unauffällig in eine absolut symmetrische Position und stürze mich mit Heißhunger darauf.

Wie sehr ich mir die Osterferien herbeiwünsche! Morgens fällt es mir schwer, aufzustehen, der Nacken ist verspannt, der Rücken schmerzt. Ich möchte endlich vorankommen mit den Wohnungen!

Nun sitze ich im Sekretariat vor meinem Computer und lese die letzten Eingänge im Schülerblog. Anfangs haben wir die Einträge der Schüler ungefiltert online gestellt, aber nach ein paar heftigen Mobbing-Ereignissen kontrollieren wir jeden Beitrag vor der Veröffentlichung. Heute sind keine Beleidigungen oder verbalen Attacken dabei, und darüber hinaus soll ich ja nicht zensieren, obwohl es mich manchmal in den Fingern juckt. Ich drücke den Freigabebutton.

Mit der Idee, Begonnenes fertig zu stellen, ackere ich jeden Abend bis zur Erschöpfung. Mir ist klar, dass diese Arbeit länger als zwei Wochen dauert, aber ich kann unmöglich aufhören, bevor das Letzte erledigt ist. Es bleibt keine Zeit mehr für Sport, Freizeit, Essen, selbst meinen Job verrichte ich nur widerwillig. Täglich wird es schlimmer, die kleinste Unterbrechung verschlechtert meine Stimmung, das Arbeitstier in mir wird immer gieriger.

Der Rektor hat mich heute in sein Büro gebeten. Mit skeptischem Blick hat er mich von oben bis unten gemustert und gefragt, ob es mir gut ginge, ich sähe völlig geschafft aus. Dabei hat er ein paar Farbspritzer auf meiner Jeans fixiert. Ich solle mich in den Osterferien unbedingt erholen, dann sei hoffentlich auch meine Telefonstimme wieder etwas freundlicher. ›Sie wissen doch, Sie sind das Aushängeschild unserer Schule!‹

Anne

Freitag Mittag, die Dachdecker packen ihre Werkzeuge zusammen und räumen die Baustelle für's Wochenende auf. Danach beginnt Anne immer mit ihrem Rundgang in den Etagen, um den wöchentlichen Fortschritt festzustellen. Sobald die Tapeten und Teppiche auf zwei Stockwerken entfernt waren, hat sie ein Trockenbau-Team gebildet, bestehend aus Rafik Gamal, dem Elektriker, dem Tischler Mojo Boukari und den Maurern Elias und Momo Yatim. Die vier setzen nun die Trennwände zwischen den Wohnungen und für die neuen Bäder. Sie arbeiten schnell, überpünktlich und solange das Licht reicht. Sie hat keinen Grund zu klagen.

Plötzlich ertönen aus dem dritten Stock wütende Stimmen. Rasch folgt Anne dem Krach. Vor einem Stapel Gipskartonplatten stehen sich der stämmige Gamal und der große, dürre Boukari wie Kampfhähne gegenüber. Unverständliche Wortfetzen fliegen von einem zum anderen. Als sie die Architektin entdecken, verstummen beide sofort. Rafik wendet sich ihr auf Englisch zu: »Bitte entschuldigen Sie, Madam, Herr Boukari hat anscheinend schlecht geschlafen. Er will nicht die Platten nur auf einer Seite montieren, bis die Elektroverkabelung fertig ist. Es war doch so mit Ihnen abgesprochen.«

»Was sagt er?«, fragt Mojo auf Französisch, nur mühsam beherrscht. In bestem Schulfranzösisch erklärt Anne ihm freundlich, der Elektriker bestehe zurecht darauf, die Verkabelung vor dem Schließen der Wand zu legen.

»Ah oui, immer sind Syrer besser, alle sind besser als ich, habe genug, ich geh!« Mit diesen Worten rennt er aus der Wohnung und die Treppe hinab. Ohne Zögern folgt ihm

Anne, eine Auseinandersetzung zwischen den Migranten kann einen nicht beherrschbaren Dominoeffekt erzeugen. Im Erdgeschoss holt sie Boukari ein, um ihn nicht am Arm zu packen, blockiert sie mit dem Fuß die Ausgangstür. Unsicher und fragend sieht er sie an. Der Ausbruch ist vorbei.

»Wir müssen uns unterhalten, Gipskartonplatten sind kein Grund für diesen Streit. Was haben Sie gemeint mit ›Syrer sind immer besser?‹ Kommen Sie, ich höre Ihnen zu.« Widerspruchslos folgt er Anne ums Haus herum ins Refectoire, sinkt neben ihr auf das Sofa, wie um Jahre gealtert. »Brauchen Sie einen Dolmetscher?«

Boukari schüttelt den Kopf. »Auf Französisch geht es, glaube ich.« Er holt Luft, ballt die Fäuste. »Wissen Sie, Anne, die Syrer sind akzeptierte Kriegsopfer, sie finden ihren Platz schneller als Männer wie ich aus dem falschen Land. Ich habe Angst, die Augen zu schließen, schlafe schlecht. Jeder Albtraum, jedes einzelne Detail davon ist geschehen. Es passiert Nacht für Nacht erneut, es frisst mich auf. Wenn jemand schreit, ertrage ich es nicht. Rafik gibt Befehle, als ob ich sein Lehrling wäre, ich war, nein ich bin ein Tischler, hatte eine eigene Werkstatt, die Menschen haben meine Arbeit geschätzt. Das ist jetzt wertlos, alles, was meine Identität beweisen kann, wurde mir auf dem Weg gestohlen.« Er verstummt.

»Erzählen Sie von Ihren bösen Träumen.« Anne sieht ihn aufmunternd von der Seite an. »Es verändert die Situation, wenn Dinge ausgesprochen werden.«

Mojo hebt nachdenklich den Kopf, scheint abzuwägen. Dann setzt er sich gerade hin, die Augen auf einen fernen Punkt gerichtet.

»Alle Ausländer waren plötzlich verdächtig, immerhin hatte Gaddafi uns ins Land geholt. Es wurde Jagd auf uns gemacht, Rebellen haben meinen Freund mit einer Machete enthauptet. Ich wurde wochenlang in einem Keller gefoltert, bevor sie mich in einem Lager einsperrten. Wieso brachten sie mich nicht um? Nach Monaten zwangen sie uns in ein kleines Boot und schickten uns übers Meer, Richtung Italien. Ich überlebte die Fahrt, nur um auch dort monatelang eingesperrt zu werden, ohne Aussicht auf ein Leben. Eines Tages drückt uns die Lagerleitung Bahntickets und ein Touristenvisum für Deutschland in die Hand. Ich wusste nichts von EU-Grenzen und Abkommen. Als ich ankam, erfuhr ich, dass ich hier kein Asyl beantragen darf, nur geduldet bin. Erneut so viel Misstrauen.«

Schweigend sitzt Anne neben Boukari auf dem Sofa. Sie öffnet ihre Handtasche und nimmt die Notfall-Schokotafel, die sie für Sophie eingesteckt hat, heraus. Sorgfältig knickt sie eine Reihe ab, bedient sich selbst und reicht ihm die Tafel. »Ist gut für die Nerven.« Wieder schweigen beide. »Was machen wir denn jetzt mit Ihren Träumen?«

Mojo schluckt. »Ein eigenes Zimmer ist im Moment meine einzige Motivation. Danach?« Er zuckt mit den Schultern.

»Ich werde mit Rafik sprechen, der Umgangston muss stimmen. Jeder Einzelne trägt Furchtbares mit sich herum. Diese Erinnerungen dürfen nicht gewinnen.«

Rafael

›Dringend, heute Abend 18:00 Uhr, Teamsitzung, Probleme unter Mitarbeitern.‹ Diese knappe SMS hat Anne verschickt. Hoffentlich nichts wirklich Schwerwiegendes. Schnell packt er die Unterlagen für eine Pressemitteilung in die alte Ledertasche, ein Überbleibsel aus Studentenzeiten. Wie erhofft, war die lokale Presse durch den Blog auf das Projekt aufmerksam geworden. Ein Journalist der ›Kölnischen Rundschau‹ hatte ihn um Informationen gebeten, das konnte er morgen von zu Hause erledigen. Mit der entsprechenden Publicity im Rücken ließen sich bestimmt Gelder freimachen.

Quietschend rasten die zwei Steckschlösser ein. Mit Schwung wirft er sich die Tasche über die linke Schulter und verlässt das Gebäude, die Glastür mit dem Fuß aufstoßend. Sein Rad wartet diagonal gegenüber an den Baumscheibenbügel angeschlossen.

Täglich kommen mehr Flüchtlinge an, die Prognosen werden wöchentlich nach oben korrigiert, die Migrationsberatung ist schon jetzt hoffnungslos überlastet. Vera hat ihn schon mehrfach gebeten, bei der Caritas zu kündigen, um Vollzeit in der Beratung zu arbeiten. Aber er mag dieses unkomplizierte Herumfahren zu den alten Leutchen am Vormittag. Sie freuen sich, weil er ein bisschen mit ihnen plaudert und einen guten Appetit wünscht. Es ist ... entspannend, ohne Zeit- oder Leistungsdruck, genau das Gegenteil der Betreuung von Migranten. Da geht es oft um Fristen, von denen so viel abhängt: ob sie hierbleiben dürfen, ihre Familienangehörigen bald wiedersehen, die Wohnung behalten können oder eine finden. Ein halber Arbeitstag reicht, um tagelang zu grübeln.

An der Ampel Fröbelstraße – Melatengürtel stoppt er. Solange man mit dem Fahrrad auf den Querverbindungswegen innerhalb der Viertel fährt, ähnelt Köln einer gemütlichen Kleinstadt. Die großen Straßenschneisen hingegen trennen wie ein breiter Fluss. Kurz nach sechs. Über die Schleichwege auf der anderen Straßenseite braucht er noch drei Minuten. Schon wieder zu knapp. Er sprintet zwischen den Gebäuden der Eisenstraße entlang, dann biegt auf die Hauptstraße ein. Auf der rechten Seite liegen die verschachtelten Läden in der Dämmerung, das Schaufenster in der Mitte ist beleuchtet. Direkt vor der Tür schließt er das Rad ab, nimmt die Tasche vom Gepäckträger und tritt in den Raum.

Es riecht nach Gewürzen. Auf dem Herd stehen ein paar Töpfe, Dampf steigt daraus auf. Ein Radio spielt leise orientalische Töne. Anne und Maja sitzen in der Sofaecke, jede mit einer Tasse in der Hand. Nouria steht am Küchentisch und schnippelt Auberginen, ihre Tochter Niza wäscht Gemüse in der Spüle.

»Hallo zusammen!«

Anne hebt den Kopf. »Gut, dass du endlich da bist! Wir müssen mit der Besprechung fertig sein, bevor alle anderen zum Essen eintreffen.«

»Es ging nicht eher, es ist der Wahnsinn, was gerade bei uns passiert. Was ist denn so dringend, dass es nicht bis zur Montagsbesprechung warten kann?« Rafael hasst es, auf Unpünktlichkeit angesprochen zu werden. Er zieht den Sessel näher zum Sofa und setzt sich.

Anne klopft auf den Tisch, vergewissert sich, dass sie die

volle Aufmerksamkeit hat. »Heute Mittag konnte ich gerades noch verhindern, dass Rafik und Mojo aufeinander los sind. Es gibt schwerwiegende Probleme, wer wem etwas zu sagen hat, darüber hinaus ist Mojo stark durch die Flucht traumatisiert und verzweifelt, nur geduldet und auf Abruf hier zu leben. Angeschrien zu werden erträgt er nicht, dann rastet er anscheinend aus. Er will unbedingt im Haus eine eigene Wohnung beziehen, das ist zurzeit seine einzige Motivation. Und Eifersucht auf Rafik scheint auch noch mitzuspielen. Wir müssen mit der kompletten Baugruppe reden, aber ich habe keine Ahnung, wie wir es anpacken sollen.«

Rafael streicht über seine Augenbraue, überlegt. Beide Frauen sehen ihn an, als ob er die Lösung hätte. »Dass er Rafik beneidet, kann ich nachempfinden. Ein Mann ohne Ehefrau oder Schwester findet nicht so leicht Anschluss im fremden Land. Über die Frauen sucht die Integration ihren Weg, der zugehörige Mann wird mit einbezogen, als Teil des Ganzen. Das Misstrauen gegen Männer ist viel größer. Er ist allein, Gamal hat Familie.«

Anne schüttelt den Kopf. »Das ist nicht alles, er ist nur geduldet, die Syrer hingegen werden zu 100 Prozent als Asylberechtigte aufgenommen. Er wird immer benachteiligt. Und auch die Zimmeraufteilung, die wir beschlossen haben, ist für Leute wie ihn schlecht: Familienwohnungen und Wohnungen für zwei Personen, wo bleiben die Singles?« Rafael sieht Anne nachdenklich an. Tatsächlich sind 80 Prozent der Ankommenden männlich, jung, ohne Familie. Sie haben die besseren Chancen, die Flucht zu überleben und wagen sich eher auf den Weg. »Die Etage mit den Einzelzimmern könnte doch für alleinstehende Männer reserviert sein.«

»Im Prinzip schon, aber ...«, Maja schluckt. »Ich glaube, dass ich dann mit einem beklommenen Gefühl am ersten Stock vorbei die Treppe hinauf zu meiner Wohnung gehe. Das wäre mir sehr unangenehm.

Im Sommer spät nachmittags durch eine Traube junger Machos auf dem Bürgersteig vor einer italienischen oder türkischen Kneipe vorbeizulaufen, weißt du, wie furchtbar das ist?«

Interessant, darüber hat er sich noch nie Gedanken gemacht. Er läuft einfach geradeaus in eine solche Menge junger Burschen hinein, ohne irgendeinen der Jungs direkt anzusehen. Automatisch öffnet sich dann eine Schneise, die sich hinter ihm wieder schließt. Der Trick aus Kindertagen ›ich sehe sie nicht an, dann bemerken sie mich auch nicht‹ scheint eigentlich immer zu funktionieren. »Ach komm schon, ist doch lustig, mit Sprüchen die Aufmerksamkeit einer Frau zu bekommen, die unbemerkt an einem vorbei gehen will.«

Maja sieht ihn mit hochgezogenen Augenbrauen durchdringend an. Das findet sie anscheinend nicht witzig. Aber was soll er sagen? Sie trägt die Verantwortung und die Entscheidungsgewalt für die Maßnahmen am Haus, auch für die Art der Belegung im ersten Stock. Wie sie sich wann fühlte, dazu konnte er kaum etwas beitragen. Ist ihre Entscheidung. Er hält ihren Blick und grinst.

Mit einem entschlossenen Ruck bricht Maja das Schweigen. »Ihr sollt mich als Team beraten! Ich fasse jetzt mal zusammen und dann will ich Vorschläge hören. Erstens: Wer spricht den Konflikt zwischen Mojo und Rafik an? Kann das ein Externer tun, vielleicht Said, der Dolmetscher? Besprechen wir das, verallgemeinert natürlich, in der gesamten Baugruppe, weil nächste Woche jemand anderes das Gleiche erleben könnte? Zweitens: Wer wird in den Einzelzimmern untergebracht? Mojo Boukari und Ilay Ben Aziz kriegen auf jeden Fall ein Zimmer, dafür arbeiten sie ja bereits hier. Von den acht Plätzen möchte ich vier für Frauen reservieren, ich glaube, das diszipliniert beide Seiten. So. Nun seid Ihr dran. Vorschläge und Einwände bitte.«

Mit zunehmendem Staunen sieht Rafael Maja während dieser Ansprache zu. Sie wirkt so – ... erwachsen. »Wow, ich bin beeindruckt. Warst du mal Oberstufenlehrerin für Gesprächsführung oder so?«

Anne lacht, dabei zwinkert sie Maja zu. Hatte er etwas verpasst? »›Oder so‹ trifft es ganz gut. Eine Fifty-fifty-Lösung für Punkt zwei fänd ich perfekt. Was den Streit betrifft, wäre es schön, erst die beiden Kontrahenten zu versöhnen, um danach die Wichtigkeit des Umgangstons mit der gesamten Baugruppe zu besprechen. Würde Malik Said das tun? Er scheint mir sehr geachtet und ist ein besonnener Mann.«

Rafael lächelt zustimmend, Maliks Physiognomie verschaffte ihm unweigerlich Respekt von allen. Ironischerweise stand trotz der unzähligen Berufe, die sein Freund ausgeübt hatte, Türsteher nicht auf der Liste. »Ich schließe mich Anne an. Ich bitte ihn darum, er wird verstehen, dass nur ein Externer ohne Gesichtsverlust einer Partei hier schlichten kann. Und er ist nicht befangen.«

Maja

Samstagmorgen, ausschlafen, ein Traum. Genüsslich drehe ich mich um, plustere das Kopfkissen zurecht und will erneut im Schlaf versinken, als ich eine vorsichtig heruntergedrückte Türklinke höre. Tapsgeräusche nähern sich dem Bett. Etwas Leichtes schlüpft unter die Decke, kleine kalte Füße schmiegen sich an meine Beine. Ich zucke zusammen. »Sophie, bitte, ich bin noch müde! Wieso bist du denn schon auf?«

»Ich wollte dich sehen! Tante Maja, warum kommst du immer so spät nach Hause und isst nicht mehr mit uns?«

Das Mädchen kuschelt sich eng an meinen Rücken und zupft an einer meiner Haarsträhnen.

»Ich streiche die Wände und Decken, damit meine Wohnung fertig wird. Du weißt doch, in dem Gebäude mit dem Kioskmann, der dir Süßigkeiten geschenkt hat.«

»Klaro, das Haus von Deiner Mama. Ich finde, das ist viel zu groß für dich. Warum hast du eigentlich keine Kinder?«

Mein lieber Scholli, Fragen zur Lebensplanung, samstagmorgens um acht. Es braucht nur einen kleinen Anstoß und solche Gedanken führen in meinem Kopf ein Eigenleben. Eine Familie gründen, Kinder bekommen, notfalls auch allein, finanziell ginge das schon. Ich könnte Ausschau halten nach geeignetem genetischen Material in Form eines netten Typens, nicht für die Ewigkeit, eine momentane Verfügbarkeit reichte völlig. Aber darf ich solch egoistische Wünsche einem Kind zumuten? Eine Kindheit ohne Vater scheint mir grausam, gerade weil meine Zeit mit meinem Schreinervater so kurz war.

»Weil das Haus so groß ist, werden da noch andere einziehen.«

»Wer denn ... haben DIE Kinder?«

»Ich lerne die Leute erst kennen, sie helfen beim Renovieren. Eine Familie hat zwei Töchter und einen Sohn.«

»Sind die netter als ich?«

»Aber Sophie, du bist mein Patenkind, das ist doch etwas ganz Besonderes. Die Kinder heißen Take, Niza und Mala. Es ist schwierig, sich mit ihnen zu unterhalten. Sie sprechen noch wenig Deutsch.«

»Bei mir in der Klasse ist auch ein Junge, der am Anfang des Schuljahres gar nichts verstanden hat. Jetzt kann er schon ziemlich gut reden und in Mathe schreibt er immer Einsen. Nimmst du mich mal mit zu den Kindern?«

»Wenn du möchtest, gerne. Wir können in den Ferien zusammen in den Zoo gehen, was meinst du?«

Wann war ich das letzte Mal im Zoo? Ohne Kinderbegleitung kam es mir auf eine sonderbare Art falsch vor.

»Oh ja, das ist super. Versprichst du es mir?«

»Versprochen. Und jetzt machen wir uns ein schönes Frühstück.«

Rafael

Ein tieffrequenziges Brummen lässt die Seiten der TAZ erzittern. Rafael stellt die Kaffeetasse hin, tastet mit der Hand über die Zeitung. Als er das Handy hervorzieht, hat der Anrufer bereits aufgelegt. Unbekannte Nummer. Rafael zuckt mit den Schultern, fischt sich eine Brotscheibe aus dem Toaster und bestreicht sie dick mit Nutella. Gesellschaftspolitisch geht das zwar gar nicht, aber er hatte andere Produkte ausprobiert und entschieden, mit dieser Schwäche zu leben. ›–Plopp–‹ das Geräusch des Öffnens einer Bierflasche, er greift erneut zum Telefon, eine SMS ist eingegangen.

»Please, come quickly, need help, Nouria Gamal.«

Alarmiert springt Rafael auf. Gestern hatte Rafik ihn angesprochen, die Familie habe Drohungen eines großen syrischen Clans erhalten. Erst besuchte eine Heiratsvermittlerin, Umm Waliha, die Familie Gamal mit dem ›Vorschlag‹, der Sohn des Chefs dieses Clans wolle ihre zwölfjährige Tochter Niza heiraten. Höflich lehnten Nouria und Rafik ab. Ein paar Tage später kam ein Verwandter des Clans bei Rafik vorbei. Er erwähnte seine Beziehungen zu maßgeblichen Stellen im Iran und dass es der Familie wohl anstünde, das großherzige Soutra-Angebot für Schutz und soziale Versorgung des Mädchens anzunehmen. Rafael hat sofort den Wachdienst des Flüchtlingswohnheimes informiert, die Kinder nicht ohne die Eltern aus dem Heim hinaus zu lassen. Allerdings lebt ein Teil dieser Großfamilie ebenfalls in dem Wohnheim – und innerhalb der Absperrung hat der Wachdienst keine Befugnis.

Er schnappt sich seine Schlüssel und den Hut, wirft sich den Parka über und verlässt die Wohnung. In fünf Minuten kann er den Weg schaffen. Hoffentlich ist Nouria im Zimmer geblieben.

Als er die Brücke über die Autobahn zur Herkulesstraße hinabfährt, sieht er drei große Benz mit Hamburger und belgischen Kennzeichen vor dem Tor. Ungefähr zehn bis zwölf Männer stehen dort herum. Rafael fährt an ihnen vorbei, begrüßt den Wachmann.

»Seit heute früh sind die da. Frau Gamal ist sofort zurück ins Haus gegangen, sie sollen zu ihr hochkommen.«

Er bedankt sich und schiebt das Rad auf den Hof. Auf der rechten Seite sind die Container in der Zwischenzeit auf drei Etagen angewachsen, insgesamt mehr als fünfhundert Personen leben nun auf dem Gelände. Die Zustände waren schon mit nur siebzig Flüchtlingen unerträglich ... Schnell die Treppe hoch, dritter Stock, fünfter Raum Hofseite. Ein Zimmer, zwei Stockbetten, ein Beistellbett, eine elektrische Herdplatte und ein Kühlschrank. Bad und WC auf dem Flur, an den Wochenenden ohne städtischen Putzdienst oft nur mit Ekel benutzbar. Niemand der Bewohner denkt daran, gemeinsam mit den Zimmernachbarn Verantwortung zu übernehmen. Das Projekt Berger Straße soll auch in dieser Beziehung anders funktionieren.

Er klopft an die Tür, nennt seinen Namen. Ein Schlüssel wird im Schloss umgedreht, Schleifgeräusche. Offenbar hat Nouria die Türe verrammelt. Ein Spalt öffnet sich, die kleine rundliche Frau bittet ihn mit einer Handbewegung hinein. Sofort schließt sie hinter ihm ab. Niza spielt mit Mala ein Brettspiel am Fenster, Take liest ein Comic auf der oberen Matratze.

»Nouria, was ist passiert? Ich habe mich total beeilt.«

Rafael bemüht sich um ein langsames deutliches Englisch.

Nouria sinkt auf das Bett, schluchzt.

»Ich mit den Kindern rausgehen, da diese Männer. Sagen, wir müssen Niza verheiraten und bezahlen 5.000 Euro bis Ende Monat. Wenn keine Hochzeit, dann kostet 10.000 Euro. Sonst sie kidnappen beide Mädchen!«

»Hat das auch jemand anderes gehört? Wurde die Polizei gerufen?«

»Nur die Kinder und der Wachmann. Aber er nicht verstehen. Keine Polizei.«

Rafael tippte bereits den Notruf auf seinem Handy. »Wir rufen jetzt die Polizei. Und so lange warten wir hier.«

Maja

Ich sehe mich um, der Platz vor dem Zooeingang ist trotz der Osterferien erstaunlich leer. Nur wenige Besucher drängen durch die Zugangsschleusen. An der Kasse stehen vier oder fünf Familien an. Der Luftballonverkäufer wartet auf Kundschaft. Von Rafael und Take, Mala und Niza bisher noch keine Spur. Ich hatte Nouria angeboten, ihre drei mitzunehmen, so dass sie in Ruhe kochen konnte.

Hätte mich auch gewundert, wenn er pünktlich wäre. Seine SMS, er bringe die Kinder nach dem Essenausfahren selbst vorbei, kam jedenfalls etwas kurzfristig. Will er mit in den Zoo? Und wieso sollte ich mit Sophie nicht am Flüchtlingsheim vorbeifahren?

Ich stelle mich für Tickets am Kassenhäuschen an. Mein Patenkind sieht sehnsüchtig zu den knatschbunten, glitzernden Tieren des Ballonverkäufers hoch. Ich bezahle ein Familienticket und laufe zu ihr hinüber.

»Tante Maja, gehen wir jetzt rein?«

»Nein, wir warten auf Take, Mala und Niza.«

»Wieso sind die denn noch nicht da? Kaufst du mir einen Luftballon?«

»Nein, Sophie, der erschreckt die Tiere in den Gehegen.«

Von der Haltestelle her sehe ich zwei Kinder auf uns zu rennen, dahinter erscheint Rafael mit Mala. Als Erste kommt Niza bei mir an, sie drückt mich fest, Take gibt mir wohlerzogen die Hand. Rasch stellt sich Sophie eng an meine linke Seite. Ich stelle die Kinder einander vor. Rafael sieht nervös zu allen Seiten, er wirkt nicht so lässig wie üblich.

»Hi Rafael! Was war denn los am Flüchtlingsheim, dass

ich die drei nicht abholen sollte? Ist alles in Ordnung? Ach ja, ich habe ein Familienticket gekauft, das war die günstigste Variante. Wenn du also mit reinkommen willst, ist im Preis drin...«

Er nickt und scheucht die Kiddies Richtung Eingang. »Wir beide als Familie mit vier Blagen, wie reizend! Aber im Ernst, ich kann dir genauso gut im Zoo berichten, was vorgefallen ist. Ist im Moment auch besser, zu zweit zu sein.«

Die Kinder zeigen fröhlich plappernd auf die Tiere, die sie in den Gehegen entdecken, von den Kamelen über die Geparde, Erdmännchen, Flamingos bis zu den Pavianen am Affenfelsen. Rafael erzählt mir unterdessen sichtlich mitgenommen von der Erpressung der Familie Gamal. Die Polizei habe die Personalien der vor dem Tor versammelten Männer aufgenommen und die von Nouria und Rafik benannten Personen im Präsidium befragt. Darüber hinaus empfahl sie, die Kinder nur in Begleitung aus dem Flüchtlingsheim zu lassen, um eine Entführung zu verhindern. Als ob das möglich sei.

»Die Gamals haben die gefährliche Flucht auf sich genommen, um ihre Töchter vor solchen Leuten zu bewahren, nun verfolgt es sie bis in unsere Stadt.« Wütend tritt Rafael einen Stein aus dem Weg. Seine Augen schimmern feucht. Bevor ich ihm auch nur ein Taschentuch anbieten kann, läuft er zum Affenfelsen, um Take etwas zu erklären. Sophie nimmt meine Hand. Ich hatte sie vorher nicht bemerkt.

»Tante Maja, was sind Flüchtlinge?«

»Das sind Menschen, die von zu Hause weglaufen mussten, weil es dort zu gefährlich zum Leben ist.«

»Flüchten sie bei uns immer noch?«

»Nein, hier haben sie Schutz bekommen, das nennt man

Asyl.«

»Mhm, dann sollten sie Asyllinge heißen, oder Schützlinge. Weißt du, ein Ling ist nämlich das, was davor steht. Ein Säugling ist etwas, das saugt, ein Schädling schadet und ein Liebling ist ein Wesen, das man liebt. Und einen Findling hat man gefunden.«

»Das ist aber ein großer Stein, den man einsam auf einer Wiese liegen sieht. Könnte also auch ein Liegling sein.«

Wir lachen. Sophie mag Wortspiele. Kurz darauf guckt sie mich ernst an.

»Niemand wird Mala und Niza entführen, oder? Ist Rafael deswegen mit in den Zoo gekommen, damit ihnen nichts passiert?«

Verstehen Zehnjährige so viel aus ein paar Andeutungen, selbst wenn sie in einer heilen Welt aufwachsen? Und wie geht es den anderen? Den Dreien hier merkt man nichts an. Sie rennen zum steinernen Löwen hinter dem Kiosk, auf dem alle Kinder sitzen wollen, während die Eltern sie fotografieren.

Ich zücke mein Handy, winke Rafael zu, damit er Niza, Mala Take und Sophie auf den Löwen bugsiert.

Ich knipse ein Bild nach dem anderen, Bilder einer heileren Welt für Nouria und Rafik.

Rafael

Rafael sitzt auf dem Barhocker an Hawars Theke und schiebt eine leere Bierflasche von links nach rechts. Immer wieder kehren seine Gedanken zu der albanischen Familie zurück, und damit auch sein ohnmächtiger Zorn.

An drei Nachmittagen pro Woche ist Sprechtag in der Migrantenberatung. Da weiß man nie, was einen erwartet, anders als dienstags und donnerstags, wo er die Leute zu Behörden, Ärzten, Arbeitgebern und Rechtsanwälten begleitet. Heute war es besonders frustrierend, eine Familie aus Albanien saß vor ihm, mit der endgültige Asylablehnung in einem Briefumschlag, völlig fertig. Unterstützt vom Dolmetscher erklärte er ihnen mit, dass sie Deutschland verlassen müssen, dass es keinen rechtsstaatlichen Grund gibt, der einen Aufschub ermöglicht. Dass es besser für sie sei, wenn sie von sich aus gingen. So könnten sie zumindest viele ihrer Sachen mit zurücknehmen und bekämen ein Handgeld für die Reise in ihr altes Dorf.

Die Mutter, korpulent und schwerfällig, eine resolute Bäuerin, weinte ununterbrochen. Der Vater wiederholte ohne Unterlass, dass er den Rechtsanwalt für das Bleiberecht bezahlt habe. Nur die achtzehnjährige Tochter blieb ruhig, tröstete die Eltern. Sie hat hier den Realschulabschluss geschafft. Eine großartige Leistung nach nur drei Jahren in Deutschland! Bis zur Ausgabe des Schulzeugnisses kann der Aufenthalt verlängert werden, wenn die Familie der freiwilligen Ausreise zustimmt. Das konnte er als Einziges für sie tun. Unerträglich, diesen Menschen keine andere Option bieten zu können.

Er hebt die Kölschflasche Richtung Tresen. Hawar ist beschäftigt, aber Maja bemerkt ihn. Auch sie kehrt auf ein Feierabendbier im Kiosk ein. »Noch ein Kölsch für den Herrn.« Mit den Flaschen in der Hand kommt sie an seinen Tisch. »Du siehst aus, als ob du verurteilt wurdest!« Sie klopft ihm auf die Schulter.

»Fühlt sich auch so an. Eine Familie, die von mir betreut wird, kam heute mit dem endgültigen Ablehnungsbescheid. Ich musste Ihnen klarmachen, dass es besser ist, freiwillig zu gehen.« Rafaels Tonfall lässt keinen Zweifel, dass das gegen seine Überzeugung war.

»Woher stammen sie?«

»Aus Albanien, an der Grenze zum Kosovo. Dort gibt es keine Arbeit, sie unterstützen ihre Eltern mit dem Geld, das sie hier bekommen. Es tut mir leid um das Mädchen, sie hat Potenzial, spricht nach drei Jahren perfekt deutsch und hat einen Schulabschluss geschafft, sie könnte studieren, sich eine Zukunft aufbauen.«

Maja hört aufmerksam zu, wiegt den Kopf hin und her. »Möglicherweise hat sie in Albanien sogar bessere Chancen, nachdem sie hier in die Schule gegangen ist! Sie hat gelernt, sich durchzusetzen. Sie wird ihr Schicksal in die eigenen Hände nehmen.«

Was macht Maja so zuversichtlich? Leicht verärgert gibt Rafael zurück: »Glaubst du etwa an Schicksal, Determination? Ich bin eher überzeugt, dass Zufälle über unser Leben bestimmen. In welchem Land bist du geboren, wer sind deine Eltern? Klassendenken, das ist doch für den Erfolg ausschlaggebend!«

»Es kommt auf die Definition an. Ist Zufall nur der richtige Moment und der richtige Ort, oder wird er zum Schicksal durch persönliche Entscheidung? Zufällig ein Boot gefunden für eine Flucht, zufällig untergegangen oder nicht, zufällig Asyl bekommen, zufällig Handwerker, zufällig in unserem Projekt gelandet? Dass alles vom Zufall abhängen soll, ist ja nicht auszuhalten, Menschen suchen Sinn für ihr Handeln! Dann muss die Vorsehung, die Religion oder meinetwegen die Familientraditionen dafür herhalten.«

Rafael runzelt die Stirn. Familientradition und Vorbestimmung, dagegen lehnt er sich auf, seit er zwölf ist. »Mein Vater wollte immer, dass ich in den Familienbetrieb einsteige, als Jurist oder BWLer. Nichts wurde dem Zufall überlassen. Gute Schulen. Als das nicht klappte, gute Internate. Trotzdem beugte ich mich nicht der Familientradition. Nur weil ich zufällig in einer Bonzenfamilie geboren bin, muss ich nicht so weiterleben, ich finde nämlich zufällig andere Sachen wichtig!« Sein plötzlicher Exkurs in die eigene Familiengeschichte überrascht ihn selbst. Er sucht Majas Blick. Opalblau. Lächelnd.

»Hast du deshalb deinen Taufnamen geändert? Nach Sartre führt der Versuch, sich gegen die Vorbestimmung zu stemmen, zum Absurden. Das Schicksal holt dich am Ende doch ein. Vielleicht ist deine Vorsehung ja nicht im Unternehmen deines Vaters zu finden, sondern festgelegt in der Art und Weise, wie du Dinge regelst?« Maja nimmt ihre Taschen vom Boden auf und zieht ihren Mantel an.

»Stoff zum Philosophieren. Danke für die Unterhaltung, Maja.« Nachdenklich sitzt Rafael auf dem Barhocker und trinkt sein Bier aus. Schicksal, Glück und Zufall. Alles eine Frage der Entscheidung?

Anne

»Anne, der Statiker lässt ausrichten, es klappe mit der Dachterrasse auf dem Flachdach Berger Straße. Von einer Terrasse hast Du mir nichts erzählt, das wird doch ziemlich teuer. Wie ist denn überhaupt der Stand? Erzähl mal, vor lauter Arbeit sehen wir uns kaum noch.«

Tilman reicht seiner Frau einen dicken Umschlag. Sie nimmt ihn an sich, lächelnd überfliegt sie die ersten Seiten.

»Das ist gut, da bestelle ich gleich die Balkontüren für die Gemeinschaftsküche. Für eine Dachbegrünung haben wir leider kein Geld, und statt eines Geländers stellen wir breite Blumenkübel als Absturzsicherung auf. Mit ein paar großen bepflanzten Töpfen, Sonnenschirmen und Gartenmöbeln wird das Dach ein ganz passabler Außenraum.«

»So kriegt Maja ja doch ihren Balkon, du erfüllst ihr wirklich jeden Wunsch, oder?« Tilman grinst. »Wie klappen denn die Abstimmungen in eurem Team?«

»Maja hat ein feines Gespür für kreative Lösungen. Als die Sanitärarbeiten den Kostenrahmen sprengten, schlug sie zum Beispiel vor, drei große Familienwohnungen zu belassen, so haben wir drei Bäder eingespart. Also, ich bin sehr zufrieden.«

»Und das Aussuchen der Mieter? Das stelle ich mir extrem schwer vor. Du hast erzählt, dass ihr von Anfragen überrannt wurdet, vor allem wegen des Blogs von diesem Journalisten.«

»Tayés Blog erreichte viele, stimmt. Priorität haben handwerklich versierte Menschen, das schränkt die Auswahl ein. Jeder Interessent stellt sich persönlich bei uns vor, dann beraten wir gemeinsam darüber. Als zukünftige Vermieterin hat Maja ein Vetorecht. Ich glaube aber nicht, dass sie davon Gebrauch machen muss. Zwanzig Leute sind jetzt dabei, fast so viele, wie es Wohnungen zu vergeben gibt. Einmal in der Woche berät die ganze Baugruppe über Probleme. Bisher konnten wir alle lösen. Rafaels Idee mit den gemeinschaftlichen Abendessen war genial.«

»Wie weit seid ihr denn mit der Renovierung?«

»Wände, Decken, Böden sind komplett fertig, die Bäder auf den oberen drei Etagen ebenfalls. Das Treppenhaus ist fantastisch geworden, frisch gestrichen, aus einem verstaubten Traum aufgewacht. Das geschwungene messingfarbene Treppengeländer und die pastellbunten Farben, Geldnot kann sich definitiv auch ästhetisch lohnen! Ich zeige es dir demnächst. Die Ausstattung der Zimmer mit Möbeln ist nun der nächste Schritt. Maja fährt von einem Gebrauchtmöbelhaus zum anderen, um Betten, Schränke, Tische und Stühle zu organisieren.

Interview zum Projekt Zuflucht

Zeitung: Herr Yeshi, Ihr Blog über das Selbst-Ausbau-Wohnprojekt Berger Straße hat sogar grenzüberschreitend eine hohe Aufmerksamkeit erzielt. Seit Baubeginn posten sie mehrmals wöchentlich über Fortschritt und Probleme beim Bauen und Renovieren. Welche Ziele verfolgen Sie?

Yeshi: Ich möchte das Potenzial der Beteiligung von Migranten aufzeigen. Die Leser will ich mitnehmen zu einem Experiment mit offenem Ausgang.

Zeitung: Sie wollen also nur dokumentieren?

Yeshi: Nein, ich hoffe natürlich, dass alles gut ausgeht und viele Nachahmer finden wird. Im Blog ist dokumentiert, dass es Probleme gab, und wie wir sie gelöst haben. Die vielen Followers lassen darauf schließen, dass es die Menschen interessiert, wenn man sein Schicksal in die eigenen Hände nimmt.

Zeitung: Herr Muller, sie haben von Beginn an dieses Projekt als Pate begleitet, nun haben Sie auch dank der Publicity weitere Gelder für das Projekt generiert, wie kam es dazu?

Muller: Durch den Blog wurde die Stadtverwaltung auf die Möglichkeit der Selbstorganisation von Geflüchteten aufmerksam. Da die Migranten mit ihrem Arbeitseinsatz Geld sparen, konnte ich die Stadt überzeugen, uns die Summe für die Ausstattung pauschal zur Verfügung zu stellen. Wir bieten hier ein Pilotprojekt zur praktischen Anschauung für künftige Maßnahmen.

Zeitung: Wie werden Sie das Geld verteilen?

Muller: Das Geld ist sachgebunden für die Wohnungsausstattung. Wir verwenden Möbel aus Spenden und vom Sperrmüll, diese werden in der hauseigenen Schreinerei aufgearbeitet. Aus dem ersparten Geld zahlen wir den Leuten eine Aufwandsentschädigung. Pro Arbeitstag sprechen wir von dreissig Euro.

Zeitung: Aber verstehe ich Sie richtig: Die Asylbewerber, die die Wohnungen beziehen werden und Sozialhilfe bekommen, werden dafür bezahlt, ihre eigenen Möbel herzurichten?

Muller: Aus der Sicht der Stadt steht das Geld für die Ausstattung zur Verfügung. Wenn wir damit also eine Beschäftigung der Migranten finanzieren, die außerdem die Zweckbestimmung der Ausgabe erfüllt, ist das doppelt sinnvoll.

Zeitung: Herr Yeshi, finden Sie es nicht ungerecht, dass nur von Hand verlesene Asylbewerber eine Chance auf einen Platz in dem Haus erwerben konnten?

Yeshi: Was ist gerecht? Wir haben nicht freiwillig unsere Heimat verlassen und sind nicht hergekommen, um zu betteln. Wir wollen unseren Teil zur Gesellschaft beitragen und uns so gut es geht selbst versorgen. Dieses Projekt bietet eine Möglichkeit, wieder aktiv am eigenen Leben teilzunehmen. Es gibt eine beschränkte Anzahl Plätze, das stimmt, aber es könnte viele solche Projekte geben, dazu soll mein Blog ermutigen.

Zeitung: Wir führen dieses Gespräch auf Englisch. Lernen Sie auch Deutsch, Herr Yeshi?

Yeshi: Nicht nur ich, sondern alle Mitglieder unserer Baugruppe besuchen Deutschkurse im Haus der Migrationsberatung. Wir wollen uns bald mit den Menschen in der

Landessprache unterhalten können.

Zeitung: Der Einzugstermin ist im Juni, dann läuft die Maßnahme aus. Wie wird anschließend mit den Bewohnern des Hauses weitergehen? Werden Sie weiter bloggen?

Yeshi Ich kann mein Journalismusstudium an der Uni fortsetzen, die Unterrichtssprache in vielen Fächern ist Englisch. Ich fühle mich dort sehr gut aufgenommen. Auch meine Schwester wird hier studieren. Die Kinder besuchen Sonderklassen, bis sie in die Schulklassen integriert werden können. Was mit den älteren Einwanderern geschieht, die bereits eine fertige Ausbildung haben, ist bisher offen. Das bleibt schwierig, genügend Stoff für einen Blog. Ich weiß aber nicht, ob das mein Thema sein kann. Ich gehöre zu einer anderen Generation.

Zeitung: Herr Yeshi, Herr Muller, ich danke Ihnen für das Gespräch.«

Maja

Die Ampel springt auf Grün. Gleich wird die Linie 12 eintreffen. Tizita tänzelt beneidenswert leichtfüßig neben mir auf ihren Highheels. Sie sieht wie immer gekonnt auffallend aus, mit einem orangefarbenen Blazer und einer weiten Plisseehose in Blau.

Ich kann gut verstehen, dass Momo und Elias sie hofieren. Als wir eben die Möbel in den Transporter luden, wollten sie es nicht zulassen, dass sie irgendein Stück selber schleppt. Rafael und ich amüsierten uns köstlich darüber.

Die Bahn fährt ein. Der Wagen ist fast leer. Eine Frau blättert in einer Zeitschrift, kurz hebt sie den Kopf, als wir vorbei gehen. Tizita und ich setzen uns direkt hinter der Fahrerkabine auf die linke Seite, die beiden Männer gegenüber. Sie unterhalten sich angeregt. Die Türe schließt mit einem pneumatischen Ausatmen.

Ich bin zufrieden. In der Möbelhalle sind wir heute fündig geworden, für wenig Geld konnten wir die noch fehlenden Bettgestelle und Stühle für die Wohnungen kaufen. Den Grundstock für die Wohnungsausstattungen bilden die eingelagerten Möbel meiner Großeltern. Tizita hat schöne Zeichnungen zur Verwertung der alten Stücke vorgelegt. Seither entdecke ich überall frühmorgens für die Sperrmüllsammlung abgestellte Dinge. In der Schule tuscheln sie bereits über mich, weil ich ständig Möbel anschleppe.

Ein lautes empörtes Zischen ertönt hinter uns. Ich drehe mich um. Die zeitschriftlesende Frau steht umständlich auf, starrt mit zusammengekniffenen Augenbrauen kopfschüttelnd auf die Zwillinge. Zu mir gewandt sagt sie: »Entschuldigen

Sie, es ist nicht wegen Ihnen, dass ich den Platz wechsle!«

Was meint sie damit? Soll es wirklich das heißen, was ich gehört habe?

Ich bin sprachlos, wie gelähmt. Bevor ich reagiere, ist sie im hinteren Waggonteil verschwunden. Störten sie die Männer, die Unterhaltung oder die fremde Sprache? Tizita sieht mich an. »Was hat sie gesagt?«

»Dass sie den Platz nicht wegen mir wechsle. Unverschämt! Mich zum Komplizen zu machen!« Eine plötzliche Wut steigt in mir hoch, ich springe auf, doch Tizita hält mich zurück. »Streit kann das nicht ändern. Es sind dumme Menschen. Sie hat weder dich noch sonst jemanden beleidigt.«

Momo und Elias sind nach wie vor in ihr Gespräch vertieft, sicher in ihrer eigenen Welt.

An der Innentür der Schreinerei hängt ein A3-Ausdruck einer Excel-Tabelle. ›Einzugstermin Juni‹, habe ich dick mit Edding darüber geschrieben. Darunter die Liste der Wohnungen, von Eins bis vierzehn durchnummeriert, mit den Namen der zukünftigen Bewohner. Art und Anzahl der benötigten Möbel stehen daneben, zum Abhaken. Auf einem zweiten Blatt sind die Möbelstücke notiert, die im Lagerraum neben der Treppe ihrer Wiederauferstehung harren.

Unser Spezialist für die Tischlerarbeiten ist Mojo Boukari. Nach dem Streit mit Rafik Gamal erzählte er mir, dass er gerne wieder Holz bearbeiten würde. Ich führte ihn in die

Werkstatt. Augenblicklich verliebte er sich in die alten Maschinen und Werkzeuge. Am liebsten würde er direkt dort schlafen. Seither ist es seine Aufgabe, die vorhandenen Möbel zu begutachten und sie wiederherzustellen . Manche brauchen nur Kleinigkeiten, um sie erneut zu verwenden, da reicht es, den Lack aufzupolieren oder neue Griffe zu montieren. Bei anderen ist eine fachmännische Restaurierung notwendig, um sie in frischem Glanz erstrahlen zu lassen. Ich bin glücklich, dass die Schreinerei wieder eine Bestimmung hat.

Die unscheinbaren, hässlichen Sperrmüllmöbel verwandelt Tizita in kleinen Kunstwerke. Ihre Design-Ideen sind witzig und erfrischend. Sie verfremdet Alltagsgegenstände. Halbierte Hocker verwandeln sich zu Nachttischlein. Alte Stühle, auf denen ein Lattenrost ruht, tragen das Bett als stumme Diener. Stehlampen mit messingfarbenen Schwanenhälsen erhalten neue tütenförmige Schirme aus Metallgewebe, die ein geometrisches Muster auf die Wände werfen. Sideboards unter einem Bettgestell bilden willkommenen Extra-Stauraum in einer winzigen Wohnung. Ein Kinderbett auf zwei Kommoden bietet darunter einen Spielraum für die Kleinen. Erst wenn man die Gegenstände von allen Seiten betrachtet, entdeckt man den versteckten Nutzen.

Wir stellen zuerst einen Prototypen von jeder Idee her, diese präsentieren wir dann in einer abendlichen Vernissage den zukünftigen Mietern. Sie nennen uns ihre Lieblingsstücke und äußern Kritik. Für die Kinder können sich die meisten etwas Extravagantes vorstellen, wie knallbunte Schranktüren und Betten. Für sich selbst bevorzugen sie eher eine konventionelle Ausstattung mit dezenter Farbgebung.

Mojo teilt die Arbeiten den Baugruppenmitgliedern nach

Schwierigkeitsgrad und feinmotorischen Fähigkeiten zu, alle beteiligen sich fleißig daran. Der Stapel mit den fertiggestellten Möbelstücken im Schaufenster der Tischlerei wächst täglich in die Höhe.

Im Abstellraum am Treppenhaus hat Mojo einen Nähraum eingerichtet. Hier näht er Vorhänge und neue Hüllen für die Polstermöbel mit der alten Singer aus Omas Keller. Einen originalverpackten Ballen Sechzigerjahre Stoff habe ich in einer Truhe gefunden, Vasarely-Style in schwarz-weiß. Das Sofa für die Wohnzimmerecke in der Gemeinschaftsküche wird perfekt mit diesem Bezug.

Rafael

Rafael lässt sich auf dem Besucherstuhl am Tisch nieder. Hektisch tippt Vera auf ihrer Tastatur. Es ist ein Zeichen für schlechte Laune, dass sie nicht aufblickt. Hat er sich etwas vorzuwerfen? Das Projekt läuft super. Der festgelegte Termin für den Einzug der Mieter in der Berger Straße wird voraussichtlich eingehalten. Also weswegen wollte sie ihn so dringend sprechen?

»Rafa, heute früh sind acht Hass-E-Mails zum Thema ›Wohnungen für Asylbewerber‹ eingegangen. Seit einer Woche geht das so, ich bin ich jeden Morgen damit beschäftigt, sie auszusortieren.« Vera ist richtig aufgebracht. Was denkt sie denn? Wo gehobelt wird, da fallen Späne. Ein paar Idioten können ihn doch nicht aufhalten. Rafael drückt seinen Rücken gegen die Lehne und wippt vor und zurück.

»Ich hab sie ebenfalls gelesen. Sind nur Dummköpfe, die Dampf ablassen. Du weißt schon, Hunde, die bellen ...«

»Das möchte ich gerne glauben. Wir müssen prophylaktisch etwas unternehmen, bevor dieser Shitstorm auf die Nachbarn übergreift. Sonst wird das eskalieren! Die Publicity durch den Blog und nun auch noch durch das Interview sind auf der falschen Seite angekommen.«

Versteht sie denn nicht, dass Gelder nur nach entsprechender Presse fließen? Es war wichtig, an die Öffentlichkeit gehen, um Projektförderungen zu akquirieren. »Es ist ein Leuchtturmprojekt, das soll Aufmerksamkeit erzeugen! Nach dem zweiten oder dritten Projekt relativiert sich das. Die Leute in Köln sind cool.«

»Sobald Fenster eingeschlagen werden und diffamierende Graffiti auf den Wänden landen, ist es nicht mehr cool. Kein weiterer Hauseigentümer wird zu einem solchen Experiment bereit sein. Frau Sneijder beweist außerordentliche Courage, sich darauf einzulassen. Missbrauche das Vertrauen nicht! Manche Veränderung wächst besser im Verborgenen.«

Unbehaglich windet sich Rafael. Die Richtung des Gespräches missfällt ihm. »Was können wir deiner Meinung nach unternehmen?«

»Jetzt müssen wir in die Offensive gehen und die Nachbarschaft für uns gewinnen. Ich dachte, einen Tag der offenen Tür zu organisieren. Integriert die Bewohner der anliegenden Häuser! Schickt ihnen eine persönliche Einladung, um die neuen Nachbarn kennenzulernen. Kontakte knüpfen. Kaffee und Kuchen, und die Möglichkeit, sich die Wohnungen anzusehen, entzieht Vorurteilen den Boden. Neugier ist ein antreibendes, positives Lebensgefühl. Es lockt uns aus der Wohlfühlzone auf fremdes Terrain. Dann stellen wir fest, dass es sich gar nicht so sehr unterscheidet, von dem, was wir kennen. Das erweitert den Horizont.«

Maja

Müde setze ich mich an einen seitlichen Tisch auf der frisch eingeweihten Terrasse. Töpfe mit Pflanzen reihen sich entlang der noch leeren Blumenkübel am Terrassenrand. ›Die Baugruppe Zuflucht lädt ein zu Kaffee und Kuchen. Als Mitbringsel sind Pflanzen und Stauden für die Dachterrasse willkommen. Seien Sie neugierig, besichtigen Sie das Haus und stellen Sie uns Fragen.‹

So steht es auf dem Plakat an der Giebelwand, so lautet die Einladung, die wir an alle Haushalte der Umgebung verteilt haben. Und unsere Nachbarn sind gekommen, der Nachmittag war erfolgreich.

Zuflucht nun also. Abendelang haben wir im Refectoire diskutiert, ob wir der Gruppe einen Namen geben sollten. Anne fand es wichtig, den Ursprung zu benennen, offensives Ansprechen nannte sie es.

Hawar hat den Kiosk zur Informationszentrale erklärt, ihn mit Plakaten, Fotos der Renovierungsarbeiten und Tizitas bunten Möbelzeichnungen dekoriert. Auch ihre Umhängetaschen aus den Vasarely-Stoffresten hängen an der Wand. Tayés Blog liegt als Broschüre aus, auf Deutsch übersetzt.

Stolz beschreibt er jedem Neuankömmling den Werdegang des Projektes, dazu serviert er den Besuchern seinen Mokka, bis sie von den Baugruppenmitgliedern durch das Haus geführt werden.

Wir alle haben unzählige Stunden in den letzten zwanzig

Tagen investiert, um Zimmer und Wohnungen bis heute fertig zu möblieren. Die Vorfreude auf den Einzug nächste Woche hat ungeahnte Kräfte freigesetzt.

Die Hausführung endet in der Gemeinschaftsküche im ersten Stock und entlässt die Leute auf die Dachterrasse. An den weiß eingedeckten, mit Holunderblütendolden geschmückten Biertischen sitzen auch jetzt noch viele Besucher, Tayé hat sie den ganzen Nachmittag fotografiert, ihre Fragen beantwortet.

Hinter dem langen Kuchenbuffet strahlt Nouria mit unseren neu dazugekommenen Familienmüttern Sahar Hamid aus Afghanistan und Abina, Daniel Awonors Frau aus Ghana, um die Wette. Sie können sich noch nicht gut miteinander verständigen, meist brauchen sie ihre Hände dazu. Um kein Sprachenghetto zu erzeugen, versuchen wir, die Belegung der Wohnungen ethnisch gemischt hinzukriegen. So wird Deutsch die verbindende Sprache. Genau das habe ich dem Reporter vom Kölner Stadt Anzeiger diktiert. Ob diese Rechnung aufgeht? Oder fühlen sich die Leute in ihrer Sprachgruppe besser aufgehoben? Ich weiß es nicht, bin manchmal ratlos.

Der Geruch von karamellisiertem Zucker zieht vom Terrassenrand herüber. Eine Traube Halbwüchsiger schart sich um Rafaels Popcorn-Maschine. Gerade hat er die letzte Runde ausgerufen. Sophie steht zusammen mit Niza für eine Portion an, inmitten der anderen acht Kinder meiner zukünftigen Hausbewohner. Rafael übergibt jede Tüte mit einem kleinen Scherz oder angedeutetem Hut-Zaubertrick, es gefällt mir, ihn dabei zu beobachten.

Die Sonne verschwindet hinter der Giebelwand. Auch im Schatten ist es noch angenehm warm, die Holunderblüten verströmen einen süßen Duft. Allmählich verlassen die Besucher das Gebäude. Anne und Tilman plaudern mit Daniel und Abina. Mojo betritt die Terrasse.

Dann hat er die Schreinerei unten jetzt abgeschlossen.

Ich stehe auf, sammle das herumstehende Geschirr auf einem Tablett und bringe es in die Küche. Als ich wieder nach draußen gehe, kommt mir Rafael mit zwei Gläsern Rotwein entgegen. »Ich möchte auf die Bauherrin anstoßen.« Er reicht mir ein Weinglas. »Auf die wunderbare Bauherrin, die sich auf ein Experiment eingelassen und mit vollem Einsatz mitgewirkt hat, dass es gelingen kann. Die Organisation des heutigen Nachmittags war genauso beeindruckend wie erfolgreich! Ich danke dir.«

Er zieht seinen Hut und macht eine tiefe Verbeugung. Unwillkürlich fallen mir die drei Musketiere ein, ich kichere nervös. »Mach Dich nicht lustig über mich, ich bin zu müde für Scherze! Ab morgen sollten wir die Logistik für die Umzüge überlegen. Die Mietverträge sind zum Glück schon alle unterzeichnet. So viel Papierkram.«

Er fixiert mich mit hochgezogenen Augenbrauen. Einen Moment zu lange halte ich dem Blick stand, bevor ich rasch das Weinglas vor meinem Gesicht schwenke, um meine heiß aufleuchtenden Wangen zu verbergen. Wie ich diese verräterische Eigenschaft einer Rothaarigen hasse!

»Maja, stopp! Lebe doch einmal in der Gegenwart, genieße den Abend!«

Ein dicker Kloß drückt mir den Atem ab, schon schießen mir Tränen in die Augen.

»Das kann ich nicht. Immer fehlt etwas, damit es sich gut anfühlt.«

Wie aus einer undichten Leitung tropft es kontinuierlich an meinem Gesicht herunter. Wieso heule ich jetzt? Rafael reicht mir ein Taschentuch. »Hey, hey, Mädchen, es ist alles gut. Hör mir mal zu: Dir fehlt der Blick für deine eigenen Stärken. Da muss jemand von außen kommen, um sie dir zu zeigen. Nichts ist perfekt, aber: So what? Perfektion könnten wir sowieso nicht aushalten. Deswegen brauchst Du nicht zu heulen!« Er legt die Arme um meine Schulter. Ich spüre, wie sich in mir eine Beklemmung löst, lasse meinen Kopf hinabsinken gegen seine Schläfe und weine, weine, als könnte ich mich in Wasser auflösen. Ich beweine die Schreinerei, den verschwundenen Vater, die unversöhnliche Mutter, den Unfall, sämtliche mir zugestoßenen Veränderungen des Lebens. *Wie gut das sich anfühlt!*

»Bitte, Maja, hör auf! Pscht.«

Immer noch lasse ich mich in mein Schluchzen fallen, wie in ein tiefes Becken, mein Brustkorb bebt im Weinkrampf. Rafael wiegt mich sanft hin und her, bis sich mein Atem beruhigt. Zart wischen mir seine Fingerspitzen die Tränen von der Wange.

Geborgenheit. Wärme. Einen Wimpernschlag lang. Dann schiebt sich ein schneidend spitzer, kristallklarer Gedanke in den Vordergrund, verdrängt alles andere.

›*LASS ES SEIN!*‹

Ich bin sozial inkompatibel, komisch und labil. Es wird in eine Katastrophe führen. Er ist ein netter Kerl, es ist unfair, ihn in meine Probleme mit reinzuziehen.

Langsam löse ich mich von seiner Schulter, wische mir durch mein Gesicht, versuche ein Lächeln, murmele: ›Danke, ich muss mal wohin‹ und verschwinde mit meiner Handtasche ins Treppenhaus. Statt zu den Toiletten laufe ich durch die Haustüre, schließe das Rad auf und fahre, ohne mich umzusehen, zu Annes Wohnung, wo ich mich in meinem Zimmer einschließe.

Die neuen weißen Fensterrahmen stechen aus der betongrauen Fassade hervor, ansonsten lässt nichts den Umbau erkennen. Die unbepflanzten Blumenkübel am Rande des Flachdachs erscheinen mir fremd, ungewohnt. Ich schlucke und schüttle den Kopf, um meine sehr plastische Erinnerung an die gestrige Situation, den Heulkrampf und die Umarmung, loszuwerden. Je länger ich über meine Flucht nachdenke, desto weniger verstehe ich mich selbst. Zwanghaftes Verhalten.

Am Wochenende ziehe ich um. Tizita kann es kaum erwarten, neben mir zu wohnen. Auch die Gamals sind überglücklich, das Übergangsheim endlich zu verlassen. Obwohl die Behörde die Erpressung unterbinden konnte, fühlt sich die Familie unsicher im Heim.

Im Haus gibt es für uns nicht mehr viel zu tun, nur auf der zweiten Etage fehlen noch die Kajütenbetten für vier Kinder.

Danach werden alle Mitglieder der Baugruppe arbeitslos.

Ich schließe die alte Fahrschule auf, das Refectoire ist bereits aufgelöst, die Küche in den ersten Stock verlegt. Ab sofort ist hier wieder ein Unterrichtsraum, Deutsch für die

Erwachsenen, Nachhilfe und Hausaufgabenunterstützung für die Schulkinder. Von der Flüchtlingshilfe kommen Freiwillige als Lehrer, ich habe mich für die naturwissenschaftlichen Fächer eingetragen.

Tizitas Umhängetaschen waren gestern im Nu ausverkauft, sie versprach, weitere anzufertigen. Auch für die aufgearbeiteten Möbelstücke erhielten wir positives Feedback. Jetzt schon fünfzehn konkrete Kaufanfragen, damit hätte ich im Traum nicht gerechnet! Das ist *die* Möglichkeit, die Schreinerei als Start-up weiterzuführen! Die Interessenten bringen ausrangiertes Mobiliar vorbei, dann dürfen sie die upgecycleten Stücke kaufen. Ein Möbiusband der Nutzung.

Tizita kommt durch die Tür, betritt den Raum, eine Tüte mit dem Aufdruck eines Stoffladens aus der Innenstadt in der Hand. Offensichtlich hat sie Nachschub besorgt. Nach einer Umarmung fragt sie leise: »Was war denn los gestern, weshalb die Tränen? Und wohin bist du so schnell verschwunden?«

Sie hat es beobachtet. Mir wird heiß. Ich verstehe die Situation ja selbst nicht. »Es brach über mir zusammen, ich war total erschöpft. Rafael sagte, dass ich aus der Gegenwart fliehe. Da hatte er wohl recht.«

»Da passt der Name unserer Baugruppe ›Zuflucht‹ doch ausgezeichnet. Triffst du dich mit Rafael? Ich finde ihn nett.«

»Nein, ich treffe mich nicht mit ihm. Es umarmte mich nur, damit ich aufhöre, zu weinen. Hat ja auch funktioniert. Er ist nicht an mir interessiert.«

»Woher willst du das wissen? Hast du mit ihm gesprochen?« Tizita ist wie eine unbekümmerte kleine Schwester, die ich mir immer gewünscht hatte. Für sie scheint alles einfach zu sein. Anne hingegen hat besorgt reagiert, ich solle mich nicht auf etwas Unüberlegtes einlassen.

Bedauernd hebe ich die Schultern. Zeit für einen Themenwechsel. Ich klopfe auf die Mappe. »Der erste Stapel mit Vorbestellungen! Wir können mit der Schreinerei weitermachen. Was hältst du von ›Manufaktur für Möbel mit Geschichte‹?« Mit einer theatralischen Handbewegung deute ich eine Beschriftung auf dem Schaufenster an. Ich zeige ihr die Bestellungen. Tizita klatscht in die Hände, zückt ihr Smartphone und tippt eine SMS. »Das muss Tayé sofort bloggen! Und mit seinen Fotos erstellen wir einen Katalog.«

Gegenwart hin oder her, eine Zukunft zu skizzieren ist leichter.

Aus meiner Handtasche erklingt die Pink-Panther-Melodie. Quincy Jones kann ich aus jedem anderen Umgebungsgeräusch heraushören, und der Klingelton ist ziemlich exklusiv, da gibt es keine Verwechslungen. Ich ziehe das Handy hervor, ›Rafael‹ steht auf dem Display. »Hallo Rafael.« Tizita lächelt und zeigt mir den erhobenen Daumen.

»Hallo Maja. Geht es dir besser?«

»Du meinst, nachdem ich gestern verschwunden bin?«

»Ich war in der Tat überrascht. Nein, vor den Kopf gestoßen ist die treffendere Bezeichnung.« Seine Stimme klingt verletzt, dunkel, sehr anziehend.

Vielleicht liegt ihm ja wirklich etwas an mir. Und ich habe es bei der ersten Gelegenheit zerstört. Wie immer. »Es tut mir leid. Du warst so ... vertraut zu mir. Solche Situationen überfordern mich, machen mir Angst. Ich verstehe das selber nicht.«

»Eigentlich wollte ich dich gestern zu einem Clubabend

einladen. Ich habe deinen ... Stimmungsumschwung nicht mitgekriegt, es war mein Fehler, dich in einem so ungünstigen Moment fragen zu wollen.«

»Ein Clubabend? Oh.«

»Ich spiele heute Abend um neun mit meiner Jazzcombo im Heimathirsch. Schöne Musik, gemütliche Atmosphäre, Wein zum Anstoßen auf die Gegenwart, du weißt schon, wie ich das meine.«

Ein warmes Gefühl breitet sich in mir aus. Ich habe es anscheinend nicht ganz verdorben. »Ich komme gerne. Ich liebe Jazz!«

»Ich setze dich auf die Gästeliste. Ich bin der mit dem Saxophon.«

Ein Jazzkonzert. Die Vorfreude kribbelt. Der Musik mit geschlossenen Augen in geheime Klangräume folgen ... Oder werde ich in einer Menge Leute stehen und mich fragen, was in aller Welt sie an dieser Musik ergreift?

Nein, das ist mir bisher nur bei großen Konzerten passiert.

Ich hatte keine Ahnung, dass Rafael in einer Band spielt, – woher auch, ich gehe ja nie aus, schon gar nicht in Clubs. Meine CD-Sammlung, die ich ab und zu aufstocke, wenn im WDR etwas Interessantes vorgestellt wird, genügt mir.

Ich bin früh dran, um dem Gedränge beim Einlass zu entgehen. Vorfreude und Bedauern mischen sich in meinem

Kopf, die Erwartung auf die ersten Klänge und das Wissen um das unweigerliche Ende eines Konzertes. Die Gegenwart ist immer so bestürzend kurz.

Das Lokal ist fast leer, ich melde mich bei der Frau am Tresen. Sie drückt mir nach einem Blick auf die Gästeliste einen Stempel auf den Arm. Der Weg zur Bühne führt eine Treppe hinab durch zwei Räume. Rechts an der Wand steht eine mit Kissen belegte Holzbank. Ein unauffälliger Platz, perfekt. Ich studiere den Faltflyer der Konzertreihe.

Ein Schwarz-Weiß-Foto zeigt drei verschlafene Jungs mit verwuschelten Haaren und Fünftagebärten hinter einem Stillleben aus Saxofon, Akkordeon und Schlagzeug. Ich erkenne Rafael. ›Punk Jazz vom Feinsten. Die Band RAMONIC integriert Klezmer-Klänge genauso wie Motorgeräusche von der Loop-Station‹.

Der Raum ist mit zwanzig Personen beinahe voll. Aus dem Backstage huschen einzelne Menschen auf die dunkle Bühne, richten Mikrofone und Verstärker ein.

Punk-Jazz also. Hoffentlich nicht zu disharmonisch, ich mag eher altmodischen Jazz aus den Fünfziger- bis Siebzigerjahren.

»Wie schön, dass du hier bist.« Ohne dass ich sein Kommen bemerkt habe, steht Rafael plötzlich neben mir. Er beugt sich zu mir herunter und durchbricht meine Verlegenheit mit einer festen Umarmung und einem Küsschen auf die Wange. »Bis gleich, viel Spaß beim Zuhören!«

Schon ist er wieder auf der Bühne zurück. Der Zuschauerraum wird gedimmt. Ein Lichtkegel erhellt das Drumset, dann das Akkordeon und das Sax. Applaus. Das Konzert beginnt.

Das Schlagzeug dominiert. Es webt einen dichten Teppich, auf den das Saxophon dünne Melodielinien wie einen Wollfaden aus einem Knäuel abrollt. Das Akkordeon bleibt dezent im Hintergrund mit sparsamen Akkorden. Erst als das Wollknäuel komplett abgewickelt ist, füllt es den Raum zwischen den einzelnen Fäden auf. Die Snare verdoppelt das Tempo, ihre Backbeats sind dreckig, das Sax erklingt grob wie eine Schiffströte.

Es entstehen fremde raue Klangwelten, traue ich mich da hinein? Langsam schließe ich die Augen und folge den Tönen.

Ansehen kann ich mir diese abstrakt klingenden Bilder ja zumindest. Erst distanziert von fern, dann, mutiger werdend, lasse ich mich von den Klängen mitziehen, werde wunderbar schwerelos.

Applaus holt mich wieder in den Club zurück, laut pocht mein Herz mit, die Musiker verbeugen sich, spielen noch eine Zugabe. Bewegung entsteht im Raum, Schlussapplaus im Stehen, bevor die Zuschauer zur Theke drängen. Rafael springt von der Bühne, läuft auf mich zu. Ich sehe ihn an, seine Augen blitzen fröhlich, jungenhaft. Ich versinke darin. Mit einem kleinen Schritt überschreite ich meine persönliche Sicherheitsdistanz, schließe meine Arme in seinem Nacken. Unsere Lippen finden einander. Alle Gedanken lösen sich auf in sorgenlose Leichtigkeit.

Als die Zeit wieder weiterläuft, sitzen Rafaels Bandkollegen am Tisch neben uns. Sie schauen sehr bemüht in die entgegengesetzte Richtung. Rafael zwinkert mir zu und nimmt meine Hand. »Moritz, Nico, darf ich Euch Maja vorstellen, die Chefin des innovativsten Wohnprojektes in Köln!«

»Ach du bist die unermüdliche, nicht unterzukriegende attraktive Rothaarige, von der uns Rafa seit Wochen vorschwärmt! Schön dich endlich kennenzulernen!«

Verblüfft sehe ich Rafael an. Er errötet tatsächlich, lächelt verlegen. Leise flüstert er mir zu: »Ich möchte Dir das gerne in einem privateren Rahmen erklären, hättest Du Lust auf einen Spaziergang? Zum Beispiel durch eine Grünanlage?«

Ich nicke, ohne meinen Blick von ihm zu lassen. Dann beginne ich zu kichern. Grünanlage, mit Beschützer an der Hand, diese Vorstellung fühlt sich wunderbar an.

Rafael

Diese rothaarige faszinierende Frau, er fing an, sie zu beobachten, weil sie ihn quasi per Knopfdruck auf hundert brachte. Ihn, den sonst nichts auf der Welt von seinen Plänen und Strategien abbrachte.

Immer wieder wirft er ihr einen seitlichen Blick zu, während sie Hand in Hand den Weg hinablaufen. Seinen Kumpels hat er von ihr erzählt, als er wiederholt bei den Proben in Gedanken verloren war. Wieso trifft ihn so sehr, was sie sagt, was sie tut? Er hat keine Erklärung, er versteht sie nicht, und sich selbst noch weniger. Er wünscht sich, mit ihr zu diskutieren, ihr seine Ideale zu erläutern, sie zu überzeugen. Davon, dass er sie überzeugen kann, hängt alles ab.

Als sie, komplett zugekleistert, gegen die Tapetenreste gekämpft hat, in diesem Moment wusste er, dass er sie für sich gewinnen muss, um jemals wieder eine Idee zu Ende zu führen.

Kaum auszuhalten, als sie gestern aus seiner Umarmung verschwunden war. Er wollte sie beschützen und fühlte sich verändert, aufgehoben in der Welt. Wiederum verstand er nicht, was geschah. Wie soll man solche Dinge auch erklären?

Aber heute hat die verrückte Maja ihn geküsst, und jetzt gehen sie zusammen in dieser Mainacht spazieren. Eine unbekannte Verbundenheit raubt ihm fast den Atem. Keinen Schritt kann er mehr tun. Er fängt ihren hellen Blick auf, seine Augen füllen sich mit Tränen. Sein Mund findet ihre Lippen zu einem langen Kuss, der sein Herz in Schwingung versetzt.

__Maja__

»Maja, für einen Umzugstag hast du geradezu ekelhaft gute Laune, freust dich wohl, endlich von uns fortzukommen? Du bist wirklich undankbar.« Mit theatralischem Schmollmund schleppt Anne einen Karton mit der Aufschrift ›Kleider‹ ins Treppenhaus.

»Ich lüge doch nicht und behaupte, dass ich gerne noch länger bei euch wohnen bleiben würde! Fünf Monate haben mir echt gereicht!« Albern strecke ich ihr im Vorbeigehen die Zunge heraus.

»Nein, im Ernst, dass du es fünf Monate mit einer misanthropischen Einzelgängerin ausgehalten hast! Als beste Freundin bist du dazu zwar moralisch verpflichtet, aber du musstest das auch gegenüber deinem Mann vertreten! Er wird sich freuen, den Gemüseanteil im Essen wieder zu reduzieren!«

Im Gästezimmer stehen die letzten beiden Kisten. Etliche Sachen meines Besitzes haben ihren Weg aus dem Zwischenlager in dieses Zimmer gefunden, der PC-Kram, CDs und Anlage, meine Kleider, Schuhe und Taschen, von denen ich jede Menge besitze. Die Möbel hatte ich direkt in die Berger Straße gebracht. Was ich nicht selbst nutzen wollte, fand andere Abnehmer. Ich packe mir die Schuhkiste und laufe die Treppe hinab. Aufeinandergestapelt wartet meine Habe auf Rafaels VW-Bus.

Ich hüpfe wie ein kleines Mädchen vor Übermut um meine eigene Achse, so sehr freue ich mich auf die neue Wohnung, auf eine Nachbarschaft mit Tizita und Tayé, Mojo, den Gamals. Heute Abend feiern wir alle zusammen unseren

Einzug, mit einem von Nouria zusammengestellten Festmahl. Und es bleibt aufregend! In den nächsten Wochen werde ich das Tischlerei-Projekt anschieben. Es wird eine Beschäftigung für einige der Leute ermöglichen, das ist mir unglaublich wichtig, fast noch mehr als die Schreinerei selbst.

Der Hauptgrund für meine gute Laune aber ist Rafael. Seit Dienstagabend ist für mich kein Hindernis zu hoch, kein Problem zu kompliziert.

Rafaels Bus hält vor dem Eingang der Berger Straße 2. Mit geschicktem Sortieren hat mein Hab und Gut hineingepasst. Rafael und ich schleppen die Kartons auf die vierte Etage. Die Gamals, als fünfköpfige Familie, sie sind mit einem einzigen Autotransport ausgekommen. Mojo Boukari hat seine Kisten und Tüten in einer Fahrt mit einem ausgeliehenen Lastenfahrrad transportiert.

Meine sieben Sachen sind wohl eher siebzig oder siebenhundert. Ob alles in die Schränke passt? Wie macht es eigentlich Tizita? Sie besitzt richtig viele Klamotten und teilt sich mit Tayé ein Appartement, wie ich es alleine bewohne. Bin gespannt, wie sie sich einrichtet, heute war noch keine Zeit, sich zu besuchen, jeder räumt fleißig ein.

In meiner Wohnung gibt es eine Garderobe, eine kleine Küche mit Tisch und vier Stühlen, einen Sessel und ein Zweiersofa mit Couchtisch und Bücherregal, ein Bett und einen Kleiderschrank. Es ist ein Experiment, was nicht reinpasst, wird ausrangiert. Es reizt mich, das zu schaffen.

Rafael meint, ich bringe es nicht übers Herz, etwas wegzuschmeißen. Da schließt er wohl eher von sich auf andere!

In seiner Zweizimmerbude steht eine Wand voll mit Musikequipment. Auf und neben dem Esstisch türmen sich Musikfachzeitschriften in mehreren Stapeln, so dass er nur noch von zwei Seiten benutzbar ist. Deckenhohe Ecktürme mit Schallplatten, die eine Soundanlage mit fetten altmodischen Revox-Boxen einrahmen, dominieren das Schlafzimmer.

Dank meiner Glücksgefühle schaffe ich es, diese Unordnung auszuhalten. Aber ich freue mich darauf, heute Nacht Rafael in mein aufgeräumtes Appartement einzuladen.

Im Treppenhaus herrscht ein aufgeregtes Gewusel rauf und runter. Zum ersten Mal seit Jahren wird wieder Leben im Gebäude sein. Die meisten Hausbewohner kennen sich bereits von der Baugruppe, und die Neuen heißen wir heute Abend beim Einweihungsessen auf unserer Dachterrasse willkommen. Manche von ihnen sprechen mich ehrfürchtig an, ein bisschen wie die Hausmutter einer Pension, die man auf keinen Fall vergrätzen möchte.

Ich erkläre den neuen Mitbewohnern die Module zum gemeinschaftlichen Wohnen: die Waschküche mit den Maschinen, den Trockenraum mit Bügeltisch, den Tiefkühlkeller, das Zu-verschenken-Regal, die Kreidetafel im Treppenhaus für Anfragen. Ich werde wohl eine ganze Weile der Ansprechpartner sein, das Fragebüro, wie es vor Google-Zeiten existierte, wo man sich nach Ärzten, Läden, Adressen oder anderer Hilfe erkundigt. Rafael hat mir Unterstützung durch die Migrationsberatung zugesagt, wenn eine Begleitung der Flüchtlinge nötig ist, wird das ein Betreuer übernehmen.

Das Bauprojekt geht zu Ende, die geknüpften Verbindungen zu den Menschen bleiben. Ich konnte es mir nicht vorstellen, aber es gefällt mir, gibt mir ein zufriedenes Gefühl. Morgens aufwachen, die Leute mit Namen begrüßen, beim Wäschezusammenlegen plaudern, ab und zu zusammen kochen und essen. Nur gemeinsames Fernsehen wurde strikt abgelehnt. Manche unserer Hausbewohner wollen keine Nachrichten aus ihrer Heimat sehen. Sie fürchten sich, die eigenen zerbombten Häuser zu erkennen, den Tod von Bekannten und Verwandten live mitzuerleben. Lieber halten sie die Ungewissheit aus, als jeden Tag auf den Bildschirm zu starren und sich ständig zu wappnen gegen eine mögliche Hiobsbotschaft.

In meiner Wohnung angekommen, öffne ich die Handtasche und entnehme ihr den Fotorahmen. Sachte streiche ich darüber. Rafael rumort im Schlafzimmer, wahrscheinlich sortiert er die Kartons vor dem Schrank. Der Hammer liegt an der Garderobe, einen Nagel habe ich mir extra für diesen Zweck in die Tasche gesteckt. Vorsichtig schlage ich ihn in die Wand neben der Eingangstür und hänge das Porträt auf.

Rafael kommt durch das Wohnzimmer auf mich zu. Er betrachtet das kleine Foto.»Das bist du bei der Einschulung mit deinem Vater, stimmt's?«

Ich nicke.»Ich vermisse ihn immer noch, obwohl er schon fast achtundzwanzig Jahre weg ist. Das letzte Mal habe ich an meinem neunzehnten Geburtstag von ihm gehört. Ich konnte mich nie von ihm verabschieden.« Sofort schießen mir Tränen in die Augen.»Was ist mit deinem Vater?«

Mit hartem Tonfall antwortet Rafael:»Ich bin froh, dass

ich weit weg von ihm bin. Er ist ein Egomane, die Firma ist das Wichtigste, dem wird alles untergeordnet. Ich kann mich an keinen Geburtstag erinnern, an dem er bis zum Ende geblieben ist, wenn er überhaupt kam. Irgendein Telefonat hat ihn immer weggerufen. Geburtstagsgeschenke kaufte die Haushälterin.«

»Das hört sich so mutterlos an!«

»Meine Mutter ist gestorben, als Lotte zur Welt kam, da war ich zehn. Wechselnde Kinderfrauen zogen uns groß, später hatten wir diverse Haushälterinnen, bis wir auf Internate geschickt wurden. Vater war zuständig für Quartalsberichte und Jahreszeugnisse. Ich sollte dann Zielvorstellungen für das nächste Halbjahr formulieren. Daher sind meine Familienerlebnisse eher nüchtern.«

Rafaels Stimme bebt und verrät seinen Zorn. Zusammen gehen wir durch die Tür, um die letzten Kisten aus dem Bus zu laden.

In der ersten Etage duftet es nach frischem Brot. Mojo besteht auf einer Einzugszeremonie. Er möchte mit uns allen selbstgebackenes Brot und Salz teilen. Das sei ein alter Brauch seiner Familie. Gegen Kräuterquark als Ergänzung hat er keine Einwände.

6:20 Uhr, trotz der frühen Stunde bin ich wunderbar ausgeschlafen. Meine neue Wohnung tut mir gut. Immer ein paar Stufen auf einmal nehmend eile ich den Treppenlauf hinab.

Die Morgensonne weckt das tiefe Rot des Mosaiks zum Leben, die grünen Steinchen glitzern. Ich betrete den Kiosk.

»Hawar, einen doppelten Mokka bitte, und ein Croissant!«

»Maja, guck ens, hab ich jrad jesenn, en Bericht üvver uns Gebäude!« Er stellt das Tablett mit Frühstück und aufgeschlagener Zeitung auf den Tisch. Aufnahmen einzelner Zimmer des Hauses illustrieren den Artikel. Ich nippe am Kaffee, beginne zu lesen.

Die Lage ist dramatisch, Tausende Menschen strömen nach Deutschland, um Tod, Hunger und Elend zu entgehen. Die Städte sind verzweifelt bemüht, den Asylsuchenden eine Unterkunft zu bieten.

In Köln hat sich Rafael Muller der Aufgabe verschrieben, Migranten und Wohnungen zusammenzubringen. Dank seiner Initiative zogen an diesem Wochenende dreiunddreißig Erwachsene und zehn Kinder in das Wohnhaus Berger Straße ein. Es handelt sich um das erste Haus, das auf Grund des Beschlusses zu leer stehendem Wohnraum an Flüchtlinge zwangsvermietet wird. Das alleine wäre schon eine Nachricht wert. Darüber hinaus ist es ein Pilotprojekt für partizipatives Bauen mit Geflüchteten. Die heutigen Mieter haben monatelang die Wohnungen in Eigenarbeit renoviert und die Möbel dazu gebaut. Wir haben mit dem Initiator und Mitarbeiter der Migrationsberatung über die Entstehungsgeschichte des Projektes gesprochen.

ZEITUNG:»Herr Muller, fünf aufregende Monate liegen hinter Ihnen, nachdem Sie das Gebäude als leer stehend gemeldet hatten. Vor Beginn der Arbeiten ist die Besitzerin verstorben, es wäre zu erwarten gewesen, dass die Erbin die Zimmer notdürftig herrichtet und mit einem Minimum an Aufwand vermietet. Wie haben sie Ihre Idee der Beteiligung und Beschäftigung der späteren Nutzer durchgesetzt?«

MULLER: »Ich bin ein guter Beobachter. Wenn man das mit der richtigen Motivation kombiniert, ist sehr viel möglich. Dank meiner Kontakte konnte ich viele Organisationen und Menschen ansprechen und um praktische oder finanzielle Hilfe bitten.«

ZEITUNG: »Ihre Architektin hat die Qualität des Gebäudes mit einfachen Eingriffen spürbar gemacht. Die Kombination von gemeinsam genutzten Räumen wie Küche, Waschmaschinenraum, Tiefkühlkeller, Lern- und Spielzimmer mit einem privaten Appartement soll eine neue Art des Wohnens ermöglichen. Glauben Sie, dass das auch ein Vorbild für den regulären Wohnungsbau sein kann?«

MULLER: »Ich hoffe es sehr. Dinge zu teilen, ist nicht nur für Menschen von Vorteil, die nichts besitzen, weniger Eigentum ermöglicht allen ein besseres Leben.«

ZEITUNG: »Wir möchten noch einmal auf die neue Besitzerin zurückkommen. Sie soll viel Eigenarbeit hineingesteckt und wochenlang Seite an Seite mit den Migranten gearbeitet haben. Das ist ungewöhnlich. Wie kam es dazu?«

MULLER: »Vermutlich liegen die Gründe in der Lebensgeschichte der Erbin. Sie hat im Februar durch unglückliche Umstände die eigene Wohnung verloren, musste sich also nach einer anderen umsehen. Ihre Mutter lebte damals noch, hatte die Tochter jedoch vor Jahren verstoßen. Die alte Frau ignorierte sogar einen Versöhnungsbrief, den sie ihr geschrieben hatte. Ich nehme an, dass dieses Haus die einzige Verbindung zu ihrer Familiengeschichte ist. Denn auch der Vater ist seit Jahrzehnten verschwunden. Deshalb hat das Gebäude für sie eine starke emotionale Bedeutung.«

ZEITUNG: »Herr Muller, von den Beteiligten wurde die Maßnahme ›Projekt Zuflucht‹ genannt. Am letzten Wochenende sind alle Bewohner eingezogen. Haben sich deren Erwartungen erfüllt?«

MULLER: »Es ist noch zu früh, um das abschließend festzustellen. Aber wenn ich Zuflucht definiere als Sicherheit, Sinnfindung und Gemeinschaft, all dies ist durch das gemeinsame Arbeiten entstanden.«

ZEITUNG: »Das Design mit wiederverwendeten Möbeln hat in Fachkreisen Aufmerksamkeit auf sich gezogen. Beabsichtigen Sie damit eine Beschäftigungsperspektive für die Geflüchteten?«

MULLER: »Ja, das ist die eine Ebene, darüber hinaus möchten wir einen anderen Weg im Umgang mit Konsum aufzeigen. Und das betrifft uns alle.«

ZEITUNG: »Wir bedanken uns für das Gespräch.« –

Mehrere Abschnitte lese ich dreimal, dann lege ich die Zeitung zur Seite. Das Croissant habe ich nicht angebrochen. Mein Mund ist trocken, Gedankenfetzen schwirren durch meinen Kopf: – Rafael war es, der das Haus denunziert hat. – Er kennt den Brief an meine Mutter. – Er benutzt meine ›Lebensgeschichte‹ für einen Zeitungsbericht. Und am schmerzhaftesten: – Er hat mir nichts von alledem erzählt.

Mechanisch stehe ich auf, lege das Geld auf den Tisch, Hawars Fragen beantworte ich nicht, ich muss zur Arbeit.

Rafael

Rafael steht vor dem Klingeltableau und schellt schon zum x-ten Mal. Keine Antwort. Dabei hat er von der gegenüberliegenden Straße aus Bewegungen in der Wohnung gesehen, Maja ist zu Hause. Sie ignoriert ihn. Am Nachmittag wurden seine Anrufe noch weggedrückt, jetzt ist die Rufnummer blockiert, er kommt gar nicht mehr durch.

Dieser dämliche Zeitungsartikel. Er hatte das Gespräch bereits vergessen. Der Reporter hatte ihn regelrecht hofiert, er hatte der Gelegenheit nicht widerstehen können, seine Thesen und Überzeugungen einem größeren Publikum vorzustellen. Erst als er am Nachmittag Veras spitz formulierte E-Mail gelesen hat, das Interview im Regionalteil sei an Egozentrik nicht zu überbieten, schlich sich ein unbehagliches Gefühl ein. Er hatte die anderen aus dem Team komplett unerwähnt gelassen, ja, richtig, das war großkotzig, aber dass sich Maja deswegen tot stellt!

Erneut drückt er auf den Klingelknopf und tritt vom Eingang zurück. Hinter dem Fenster im obersten Stock steht sie und sieht bewegungslos zu ihm hinab. Wieso ist sie so stur?

Rafael läuft zum Kioskeingang. Kaum hat er die Schwelle überschritten, da kommt Hawar auf ihn zugeschossen. Die Augen fest zusammengekniffen, die übliche Gemütlichkeit ist verschwunden, baut er sich vor ihm auf. »Jung, häs do se noch all? So'n Quatsch en de Journal bringe, wat denks do dann? Dat Maja es komplett durch'n Wind. Dat de Lück he en Gemeinschaff sin, schreibst do. Mir sin jedefalls gemeinschaftlich d'r Meinung, dat do en d'r nächste Zick wegblieve solls. Un wat es dat met däm Bref vun d'r

Mamm?«

Mit solch starkem Kölsch-Einschlag hat Rafael Hawar Dilian noch nie sprechen hören. Demonstrativ verstellt ihm der Kiosk-Besitzer den Weg ins Treppenhaus.

»Hawar, es tut mir leid, ich bin übers Ziel hinaus geschossen. Ich will mich bei Maja entschuldigen, aber sie geht nicht ans Telefon. Dass sie mir nicht aufmacht, hast du ja mitbekommen. Habt ihr im ganzen Haus darüber geredet?«

»Sulang et Maja nit will, brauchs do gar nit widder herkumme. Un jetzt raus!«

Das entwickelt eine heftige Eigendynamik! Bedröppelt verlässt Rafael den Kiosk, setzt sich auf sein Rad. Wieso hat er sich bloß zu diesen Antworten im Interview hinreißen lassen? Schwarz auf weiß ergibt sich immer ein anderer Eindruck als mündlich. Majas Brief an die Mutter zu erwähnen, war wohl ein böser Fehler. Obwohl sich mit ein bisschen Sentimentalität so eine Story viel besser verkauft.

Ziellos fährt Rafael durch den Grüngürtel. Wie kann er nur den Fauxpas gegenüber Maja wieder gutmachen? Was, wenn sie es nie mehr zulässt, dass er sich entschuldigt? Diesen Gedanken versucht er zu verscheuchen.

Frühere Freundinnen blieben immer nur für einen Sommer, als Begleitung für Auftritte an Open-Air-Konzerten und anderer Freizeitgestaltung. Mit den kühleren Temperaturen kühlte im Herbst auch jede Beziehung ab, politische Demos und der unattraktive Sozialarbeiterstatus vergraulten die meisten. Dem Arbeitsalltag Momente für Privates abzuringen, das ist nicht sein Ding. Doch mit Maja war es anders. Die Zeit mit ihr zusammen konnte er genießen, ohne etwas Besonderes zu tun.

Lotte konnte ihm aus dem Schlamassel helfen. Kurz orientiert er sich, dann schlägt er den Weg zum Aachener Glacis ein.

Am Bauwagenplatz schlängelt er sich an Plastikcontainern mit Gemüse und Unkraut vorbei bis zum Wagen seiner Schwester. Ein Campingtisch mit brennender Duftkerze gegen Stechmücken steht dort, dahinter Lotte, in einen dicken Schmöker versunken. Er steigt neben ihr vom Rad, grüßt knapp. Überrascht legt sie ihr Buch zur Seite und zeigt auf einen zweiten Campingstuhl. Rafael rutscht langsam in den Sessel, rückt hin und her, bevor er anfängt zu erzählen, von Maja, dem Interview und dem Streit. Lotte sieht ihn ungläubig an. »Du und Maja, davon wusste ich nichts! Ich hatte es mir aber schon gedacht, dass du sie gut findest! Aber Du hast es in Rekordzeit verkackt. Das ist echt unglaublich!«

»Ich bin so ein Idiot, mit dem Interview wollte ich Maja doch nicht verletzen. Es sollte der Schreinerei etwas PR bringen, das Projekt anschieben!«

»Dein Einfühlungsvermögen ist bemitleidenswert. Du verdienst es, in die Wüste geschickt zu werden. Es war dir gleichgültig, was andere denken, DEIN Projekt war gut zu Ende geführt. Du hast sie vorgeführt, ihr etwas vorgespielt. Du hättest ihr schon längst sagen müssen, dass du das Haus bei der Wohnungsverwaltung gemeldet hast.«

Sie gibt Maja in allen Punkten recht. Rafael, der nie um

einen Lösungsvorschlag verlegen ist, fühlt, wie er in ein bodenloses Loch hineinstürzt. Was für ein riesengroßer Fehler. »Wie kann ich das wiedergutmachen? Mir liegt diesmal viel daran.«

Lotte überlegt, sieht ihn prüfend an. »Einen Vertrauensbruch heilen? Weißt du überhaupt, was Vertrauen ist, wie man damit umgeht? Wenn man an jemanden sein Herz hängt, hält man alles aus, außer Verrat!«

»Bitte, ich muss es versuchen! Wochenlang bin ich an ihrem Schutzschild abgeprallt, zum wahnsinnig werden. Vor einer Woche hat sie ihn abgelegt, es fühlt sich so ... wunderbar selbstverständlich an, mit ihr zusammen zu sein, als ob ich sie schon Jahre kennen würde. Sie formuliert Dinge, die mir unbewusst durch den Kopf gehen, dadurch erlangen sie eine Realität! Ihr Panzer wird jetzt dicht bleiben für den Rest der Zeit!«

Er verkriecht sich im Sessel, die Arme vor der Brust gekreuzt und die Augen auf seine Schwester gerichtet.

»Wer hätte das gedacht, mein Bruder hat sich verliebt! Du solltest aus Majas Sicht darüber nachdenken. Glaub mir, ihr geht es schlechter als dir! Sorg dafür, dass sich jemand um sie kümmert, ruf Anne an. Und lass sie ein paar Tage in Ruhe, sie muss sich erholen. Vielleicht gibt sie dir eine zweite Chance.«

Anne

Unentschlossen schiebt Anne ihr Handy auf dem Schreibtisch hin und her. Dass sich Maja bloß nicht erneut abkapselt! Gerade hatte sie angefangen, sich wieder am Leben zu beteiligen, auszugehen! Und dann dieses Interview! Was hat sich Rafael nur dabei gedacht? Leider hatte ihre Ahnung recht behalten, dass das mit dem Kerl in einer Katastrophe enden würde.

Sie wollte nicht einmal sie, ihre beste Freundin, sprechen. Maja hatte sie unter Schluchzen gebeten, sie allein zu lassen. Über die Türsprechanlage! Jetzt ist es Mittwochabend. Drei Tage, das reicht. Energisch tippt sie Majas Nummer ins Display. Es klingelt ... dreimal ... fünfmal.

Endlich nimmt jemand ab, Anne hört Stimmengemurmel, Geklapper. »Oh, Maja, ich freue mich, dass ich dich erreiche! Bist du unterwegs?« Anne lächelt vor Erleichterung.

»Ich bin in unserer Gemeinschaftsküche, Nouria und Tizita nötigen mich hartnäckig, mit ihren Familien zu essen. Eigentlich sitze ich nur daneben, ich kriege nichts runter.«

»Das ist gut, dass du unter Leuten bist!«

»Nein, das ist furchtbar! Das ständige Mitleid ist fast schlimmer als das Interview von diesem Freak. Alle hier im Haus bedauern mich die ganze Zeit. Kaum spricht mich jemand an, schon heule ich wieder! Zur Arbeit gehe ich nur noch mit Sonnenbrille. Jeder in der Schule hat den Artikel gelesen! Ich bin jetzt die Sekretärin mit der verpfuschten Kindheit, die ein emotionales Verhältnis zu ihrem Wohnhaus hat.«

Wut und Ironie, der Schorf auf einer seelischen Wunde,

ein gutes Zeichen. Anne fährt fort. »Rafael hat mich ein paar Mal angerufen, also eigentlich sogar mehrmals täglich.«

»So ... bestimmt wollte er dir erklären, dass der Journalist ihn gezwungen habe, mein Privatleben nach außen zu kehren und den Brief an meine Mutter zu stehlen. Und sein Ego habe dabei keinerlei Rolle gespielt! Es diene alles dem großen gemeinsamen Ziel.«

»Er hat es gedrechselter ausgedrückt, aber ja, so ungefähr ist es zusammengefasst. Vergiss den Typen! Ich möchte dich etwas anderes fragen. Eine Baufachzeitschrift will einen Bericht über unser Konzept des partizipativen Bauens veröffentlichen. Bist du damit einverstanden, dass sie Fotos machen und uns interviewen? Das gibt dir die Möglichkeit, einiges zurechtzurücken.«

»Ehrlich, das ist mir egal. Wenn es dir wichtig ist, meinetwegen. Für mich fühlt sich das ganze Projekt schal an. Selbst für die Tischlerei fehlt mir die Energie, mal abgesehen von den Finanzen. Das war's mit Mojos Arbeitsplatz.«

Leise Schluchzer klingen durch den Hörer. Um die Schreinerei zu revitalisieren, brauchten sie Geld, außerdem musste ein Schreinermeister bei der IHK eine Zulassung beantragen. Mojo Boukari hatte zwar die Fähigkeiten, aber keinerlei Ausbildungsnachweise. Maja hatte versprochen, sich um andere Möglichkeiten zu kümmern. »Du vergisst das Ganze jetzt! Wir beide fahren über den Feiertag weg. Ich wollte seit langem eine Radtour von der Ruhrquelle bis zur Mündung machen. Für das lange Wochenende ist super Wetter angesagt. Pack dein Fahrrad und Wäsche für drei Tage ein und morgen starten wir mit dem Zug Richtung Winterberg. Ich buche die Pensionen. Um 6:00 Uhr am Hauptbahnhof, okay?« Erst nach längerer Zeit kommt ein Zögerliches ›Warum nicht?‹ von Maja. Anne ist zufrieden. Siebzig Kilometer Strecke täglich, abends ein leckeres Essen mit schwerem Rotwein. Dann müde ins Bett fallen und tief schlafen, statt Probleme zu wälzen, das hilft, den Kopf frei zu bekommen.

Maja

Das Selbstmitleid hat sich während des verlängerten Wochenendes mit Anne verkrochen. Ein bisschen Sonnenbrand auf der Nase, leichter Muskelkater in den Oberschenkeln, und montagmorgens geht die Sonne wieder auf. Zur Sicherheit verziehe ich nach dem Aufstehen zwanzig Mal das Gesicht zu einer Lachgrimasse, und mir ist fast nichts mehr anzumerken. Selbst Bürokollegin Silvia und dem Rektor ist meine bessere Laune aufgefallen.

Dann finde ich diesen Anwaltsbrief im Briefkasten. Mit einem Glas Merlot in der Hand sitze ich seit dem Nachhausekommen am Esstisch, versuche ihn zu hypnotisieren. Rechtsanwaltsbriefe sind immer beängstigend, sofort überlege ich, ob ich im Rechtsschutz bin, und was ich ausgefressen haben könnte.

Mit einem raschen Schnitt des Falzbeines öffne ich den Umschlag, ziehe einen teuer gestalteten Briefbogen heraus, Corporate Identity bis hin zur Namensprägung in Büttenpapier. ›IMMO Wohnbaugesellschaft‹

Herr Schneidewind, Rechtsanwalt, schreibt mir als Bevollmächtigter, die Immobiliengesellschaft beobachte das Projekt Berger Straße 2 bereits eine Weile. Sie seien sehr interessiert, mir ein attraktives Kaufangebot zu machen. Für ein unverbindliches Treffen solle ich ihn kontaktieren.

Verkaufen. Alles loswerden. Leichter Kopf. Herzflattern.

Ich wähle die angegebene Telefonnummer, nenne meinen Namen, Haus Berger Straße. Sofort verbindet mich die Sekretärin weiter. Es geht schnell. Wenn wichtige Leute etwas wollen, geht es immer schnell. Den Anlass des Telefonats muss ich Herrn Schneidewind nicht erklären, er ist ganz im Thema. Das Management sei über die Berichterstattung auf dieses außergewöhnliche Projekt aufmerksam geworden. Die Firmenrichtlinien werden zurzeit neu eingestellt, in Richtung auf eine stärkere Übernahme einer sozialen Verantwortung als große Wohnungsbaugesellschaft. Insbesondere das Integrieren von Geflüchteten, wie es in der Berger Straße realisiert wurde, gilt im Unternehmen als vorbildhaft, dem man weitere Bauten nachfolgen lassen möchte. Wenn man im Portfolio ein solches Aushängeschild vorweisen könne, sei es ein Leichtes, ähnliche Integrationsprojekte zu bauen.

Ob ich einverstanden sei, ein paar Leuten aus der Chefetage das Gebäude zu zeigen, selbstverständlich unverbindlich, aber am liebsten bereits morgen.

Die Stimme ist unaufdringlich, samtig weich, nichts woran man sich stoßen oder stechen kann.

Also, was kann ich verlieren? Die Erinnerungen an eine Reihe von Enttäuschungen, und wenn ich glaube, das Ende sei erreicht, kommt noch eine obendrauf? Mit diesem Haus werde ich mein Glück niemals finden. Ich muss mich endlich davon trennen.

Die Besichtigung mit den IMMO-Leuten wird um 16:00 Uhr stattfinden.

Anne

»Möchten Sie etwas zu trinken bestellen?« Die Kellnerin trägt eine gestärkte weiße Spitzenschürze über einem schwarzen Kleid, passend zum Jugendstil der Inneneinrichtung.

»Nein, meine Freundin wird jeden Moment eintreffen, ich warte noch so lange.« Anne schaut auf die Uhr – erst fünf Minuten nach der verabredeten Zeit. Gut, dass sie eher gekommen ist, so konnte sie einen Tisch im jetzt vollbesetzten kleinen französischen Restaurant ergattern. Eine große Frau im silbergrauen Business-Kostüm mit blauem Top, dazu farblich abgestimmten Schuhen stürmt auf sie zu. Maja? Wann hat sie sich das letzte Mal so in Schale geschmissen? Verwundert sieht sie zu ihr hoch.

»Was gibt es denn Besonderes zu feiern, dass du mich zum Edelfranzosen einlädst?«

Maja strahlt übers ganze Gesicht. »Anne, du hattest so recht! Meine Pechsträhne ist zu Ende. Alles hat sein Gutes. Durch die vielen Berichte in den Zeitungen ist eine Immobilienfirma auf das Wohnprojekt aufmerksam geworden, sie haben mir ein Angebot für das Gebäude gemacht! Sie wollen das Haus kaufen, ist das nicht großartig?« Maja klatscht in die Hände. Aufgeregt winkt sie der Bedienung. »Zwei Gläser Sekt, bitte!«

»Wow, das ist eine Neuigkeit! Könntest du am Anfang beginnen, damit ich dir folgen kann?«

»Ihr Rechtsanwalt hat mich angeschrieben. Es passe ausgezeichnet zum Firmenportfolio der IMMO, sich im Bereich Social Business ein paar Objekte zuzulegen. Und das Hausprojekt sei so etwas wie eine Marke! Weißt du, wie viel sie mir anbieten? Sie haben es auf ein Stück Papier geschrieben und mir über den Tisch zugeschoben, ich kann es trotzdem kaum glauben. Fünf Millionen!«

»Fünf Millionen? Das ist ... unglaublich! Und willst Du verkaufen?«

»Natürlich! So löse ich auf einen Schlag alle Probleme. Ich beende meine emotionale Verstrickung mit dem Gebäude, werde Besitzerin einer schicken Altbauwohnung und habe ausreichend Geld für die Gründung einer GmbH für die Möbelmanufaktur! Wir können das Upcycling-Projekt richtig groß aufziehen, wie wir das auf der Radtour besprochen haben. Mensch Anne, Fünf Millionen! Nach Abzug des Kredits und bei einer Lebensspanne von neunzig angenommenen Jahren stehen mir 92.000 Euro jährlich zur Verfügung. Ich kann meine Stelle kündigen! Und dann Reisen, Kleider, Designer-Möbel, Bulthaup-Küche ...!«

Anne atmet tief ein. Das ist eine beängstigende Kehrtwendung. Okay, Geld konnte viele Probleme lösen, aber das hier war ... schräg. ›Stelle kündigen‹, das ist das Alarmsignal.

»Na ja, so einfach ist es nicht, etwas Passendes just in time zu finden.«

»Und das ist das Verrückte! Genau heute kam ein Exposé über das Immoportal herein, mit einer Wohnung wie aus dem Bilderbuch. Ein Loft, 125 m², dunkles Parkett, 3,80 m hohe Decken, Stuck, Feldbrandziegel, genietete Stahlstützen und Träger. Ich komme gerade von dort. Es liegt im Hof eines ehemaligen Fabrikgeländes an der Luxemburger Straße, kurz hinter dem Ring. Außen schönster Denkmalschutz und innen alles neu erstellt, Aufzug, Tiefgarage, und vom Verkehr kriegt man im Hof gar nichts mit! Es ist ein Traum.«

Anne zupft nervös an ihrer Stoffserviette. Maja als neureiche Millionärin, das gefiel ihr nicht. »Vor einer solch wichtigen Entscheidung solltest du ein paar Nächte darüber schlafen. Und vermutlich gibt es viele Interessenten, es ist also nicht gesagt, dass du den Zuschlag erhältst.«

»Wieso bist Du so miesepetrig? Das ist ein Wink des Schicksals, alles passt! Ich habe mir ein Vorkaufsrecht bis übernächste Woche einräumen lassen. Vorher muss ich mit der Immobilienfirma zum Notar.«

»Aber du hast dich in der Berger Straße mit deinen Nachbarn angefreundet, ihr kümmert euch umeinander, das kannst du doch nicht vergessen! Was willst du Tizita, Mojo und den Gamals sagen?«

»Ach, ich bleibe ja Geschäftsführerin der Möbel-Manufaktur. Wir sehen uns also trotzdem häufig. Und es wird ein zusätzliches Appartement für Flüchtlinge frei. Das ist doch auch gut! Meine neuen Nachbarn in der Luxemburgerstraße sind ein Fernsehmoderator, ein Eishockeyspieler der Kölner Haie und ein Schönheitschirurg. Das hat mir der Makler im Vertrauen gesagt.«

Zunehmend irritiert sieht Anne Maja an. Mit welchen Argumenten kann sie sie denn erreichen? Ohne irgendetwas zu aufzunehmen, liest sie sich durch die Menüfolge in der Speisekarte, während in ihrem Kopf die Gedanken rotieren. Sie muss gleich ganz dringend telefonieren.

Rafael

Helle Flammen lodern am Rand des Feuerfasses, der Geruch von gegrilltem Halloumikäse und Bratwürsten verteilt sich in der Luft. Rafael sitzt auf einem niedrigen Campingstuhl, nur wenige Zentimeter über dem staubigen Boden. Ununterbrochen lässt er eine Bierflasche von einer Hand in die andere wandern, mit abwesendem Blick starrt er an Lotte vorbei ins Dunkle. An jedem der vergangenen zehn Tagen hatte er Maja Blumen und Briefe zukommen lassen, vergebens. Er verdiente es, ignoriert zu werden, es war die gerechte Strafe für seine Geltungssucht, er war bereit, sie zu erdulden.

Aber Annes Hilferuf, um das Wohnprojekt zu retten, hatte ihn aufgerüttelt. Maja durfte nicht an die IMMO verkaufen! Ausgerechnet der größte Investor und Spekulant im Kölner Wohnungsbau wollte sich das Projekt unter den Nagel reißen. Erst würde sich die Heuschrecke das gute Image zu eigen manchen, dann aber die Möbelmanufaktur und die Näherei zumachen. Anschließend werden die Wohnungen ganz allmählich zu normalen Sozialwohnungen umgemodelt, die ordentlichen Profit bringen. Das zu verhindern, dafür brauchte Anne ihn nicht an seine Wiedergutmachungspflicht zu erinnern.

Er solle Majas Vater finden und eine Familienwiedervereinigung organisieren. Damit wäre das Haus wieder ein Ankerpunkt für Maja und sie würde es dann doch behalten wollen. Im Gegensatz zu ihm hatte Lotte den Vorschlag sofort verstanden, irgendetwas mit einer emotionalen Bindung. Also würde er diesen siebzigjährigen Malte Sneijder auftreiben, in Utrecht vielleicht, woher seine Glückwunschkarte zu Majas neunzehntem Geburtstag kam. Wenn er nicht schon längst tot ist! Ein Plan, an recht dünnen Haaren herbeigezogen, aber eine bessere Idee hatte er auch nicht.

Rafael setzt den Blinker und biegt in eine kleine Nebenstraße ein. Wieder schüttelt er den Kopf, absurd, dass er, der aus dem eigenen Elternhaus geflüchtet ist, nun einen fremden, vor seinem Kind davongelaufenen Vater zurückholen soll. Vor einem typisch niederländischen Bungalow mit breitem Wohnzimmerfenster parkt er den VW-Bus, schließt ab. Der Rasen im Vorgarten ist kurz getrimmt, Schmuckgräser markieren die Grenze zum Nachbarn.

Es war überraschend einfach, Malte Sneijder aufzutreiben, der Name kam in dieser Schreibweise nur zweimal in Utrecht vor. Am Telefon hatte er dem alten Mann erklärt, er sei beauftragt, den Vater von Maja Sneijder zu finden.

»Ist sie verstorben?«, lautete die erschrockene Gegenfrage.

»Nein, Maja ist wohlauf«, hatte er erwidert, »aber die Situation ist kompliziert und schlecht am Telefon zu erklären.«

»Dann besuchen Sie mich«, antwortete Sneijder, »meine Adresse ist ...«

Er drückt den Klingelknopf. Ein grauhaariger, drahtiger Mann mit rotstoppeligen Barthaaren öffnet die Tür. Die wasserblauen Augen erinnern an Maja. Mit einem unsicheren Lächeln begrüßt er seinen Gast. Eine Weile halten seine schwieligen Pranken die Hand Rafaels fest, bevor er ihn mit einer Kopfbewegung ins Haus bittet. »Sie haben Maja nicht mitgebracht?«

Das Wohnzimmer ist gemütlich eingerichtet. Auf ein Zeichen des Hausherrn lassen sich beide auf den gegenüberstehenden Sesseln nieder. Im Coachtisch ist ein Schachbrett als Intarsie eingearbeitet. »Spielen Sie Schach?«, fragt Rafael.

»Wenn sich jemand als Spielpartner anbietet, immer gerne. Wollen Sie es wagen?« Erwartungsvoll sieht er Rafael an. Ja, das wäre eine gute Art, ins Gespräch zu kommen. Aus einer integrierten Tischschublade holt der alte Mann schlichte Schachfiguren heraus und postiert sie auf den Feldern.

Rafael zieht den weißen Bauern. Er berichtet vom Tod von Frau Knieps, von der Begegnung mit Maja und der Entwicklung des Projektes Zuflucht in der Berger Straße.

Während der schwarzen Spielzüge schildert Herr Sneijder, wie er als Tischler auf Schiffen angeheuert hat, um das Kontaktverbot zu seiner Tochter auszuhalten. Das weiße Pferd schlägt den schwarzen Läufer, Rafael erzählt vom missglückten Interview, dem unterschlagenen Brief und von verlorenem Vertrauen. Der schwarze König rochiert mit dem Turm, Malte Sneijder gesteht seine unendliche Scham, die ihm eine Kontaktaufnahme zu Maja selbst jetzt als Rentner unmöglich macht. Zug um Zug tauschen sie ihre Geschichten aus. Als nur noch wenige Figuren das Spielfeld bevölkern, gehen sie vom Kaffee zu Stärkerem über.

Maja

Der Aufzug ist penibel sauber, die Stoßfronten in hellem Holz, auf allen drei Seiten ein schmaler eingelassener Spiegelstreifen. Wann hat sich eigentlich der heutige Edelstahllook durchgesetzt? Ruckelnd hält die Kabine auf der fünften Etage, die Türen geben die Sicht auf eine elegante Glasfront mit den mattierten Lettern des Firmennamens frei: ›IMMO Wohnbaugesellschaft‹.

Lieblingspumps und Kostüm verwandeln mich in eine knallharte Geschäftsfrau. Ich klingle, eine Empfangsdame fragt freundlich nach meinem Namen. Der Weg zum Besprechungsraum führt entlang einer meterlangen Stadtansicht Kölns aus dem 18. Jahrhundert.

Maja Sneijder, zukünftige Millionärin. Ich werde die Werkstatt von Grund auf neu ausstatten und unsere Manufaktur zu Erfolg und Ansehen verhelfen, Tizita wird Designpreise erhalten und Mojo bis zur Rente mit Holz arbeiten ...

Die dicke, ledergepolsterte Tür zum Flur öffnet sich, Herr Schneidewind und ein anderer Anzugträger, mauves Hemd, graue Krawatte, teure Armbanduhr, betreten den Raum. Heute stimmen wir die Einzelheiten für den Kaufvertrag ab. Deshalb der Herr aus der Geschäftsführung. Das Gespräch plänkelt sich ein, Getränke werden angeboten, man tauscht Nettigkeiten.

Ich bin eine knallharte Geschäftsfrau.

»Ihr Kaufangebot ist sehr attraktiv, und ich bin geneigt, darauf einzugehen. Eine Frage habe ich bezüglich der Läden im Erdgeschoss, konkret geht es mir um die Schreinerei. Ich möchte die Werkstatt nach dem Verkauf gerne mieten oder pachten. Ich hoffe, Sie ermöglichen das.«

»Mmh. Ob eine Vermietung des Erdgeschosses außerhalb der Immo gewünscht wird, kann ich weder bejahen noch verneinen, ich zeichne nur für den Verkauf.« Der Anzugträger windet sich spürbar.

»Aber wir schaffen Beschäftigung mit der Möbelmanufaktur für die Leute im Haus. Das ist ein Bestandteil des integrativen Konzeptes.«

»Frau Sneijder, wir haben den Bedarf analysiert. Es besteht eine große Nachfrage nach Kindergartenplätzen durch die Neubauten in der Umgebung der Berger Straße. Das Management hat verlautbaren lassen, dass eine Kindertagesstätte im Erdgeschoss wünschenswert wäre. Ich bin überzeugt, das wird auch den Familien mit Kindern im Haus zugutekommen. Unser Kaufangebot gilt exklusiv für das ganze Gebäude. Ich hoffe, dass die Schreinerei kein Hinderungsgrund für die Kaufverhandlung ist! Sie können sich doch eine viel besser ausgestattete Werkstatt im Gewerbegebiet einrichten. Da kriegen Sie deutlich weniger Probleme mit Lärmimmissionen.«

Gereizt drücke ich die Tür zum Kiosk auf. Tolle Geschäftsfrau. Nichts habe ich erreicht. ›Ihre Entscheidung, Frau Sneijder‹ Wie ich es drehe, einen Haken gibt es immer. Das Angebot der IMMO bedeutet Geld *oder* Schreinerei. Sie wollen die Läden für ihre eigenen Vorhaben. Es ist zum

Schreien und Davonlaufen.

Hawar sieht mich erwartungsvoll an. »Hallo Maja, hück jitt et Babaganusch, Auberginenpaste, met Fladenbrot un Salat. Oder en Pilaw, wenn do leever jet Warmes wills.«

»Das ist nett, Hawar, aber ich habe keinen Hunger.«

»Dir jeht et nit juut, oder? Du iss nix mieh, un jede Ovend kaufst do he en frische Fläsch Rotwing, erus met d'r Sproch, wo drückt d'r Schoh?«

»Es ist eine Zwickmühle! Ich möchte unbedingt die Möbel-Manufaktur zum Laufen bringen. Es hat das Zeug zum Erfolg, dank der wunderbaren Ideen von Mojo, Tizita und Tayé. Aber Ich muss einen Tischler engagieren und in Werkzeuge investieren, das kostet Geld. Verkaufe ich an die IMMO, stehen wir auf der Straße. Selbst wenn ich woanders eine Lokalität finde, verliere ich diese Schreinerei! Es dreht sich alles im Kreis!«

Hawar schneidet ein Stück Kuchen ab und übergießt eine Tasse voll frischer Pfefferminze mit kochendem Wasser. Vorsichtig balanciert er das kleine Tablett zu meinem Tisch. »He Liebchen, leever ohne Kaffee hück, do bess vill ze nervös! Loß dir doch Zick, verkaufe kanns do immer noch. Hör mol Maja, en Loft, dat passt jar nit ze Dir! Wo wells do ze Meddach esse? Un wann dir mol Spülmaschinentabs oder en Ei för en Omelett fehlt, dann fragst do ding schnieken Nohbere? ›Keine Ahnung, wo das steht, das weiß nur meine Putzfrau‹.«

Ich muss lachen, die Kombination seines kehligen Akzents und des kölschen Wortschatzes ist unwiderstehlich.

Nachdenklich betrete ich die Werkstatt. Mojo grundiert im hinteren Bereich eine Kommode, die zum Waschtischschränkchen umgebaut wird. Daniel geht ihm zur Hand. Der Türgong erklingt, im Gegenlicht erscheint die Silhouette eines Mannes. Die Sonnenstrahlen tanzen auf den Staubpartikeln, ich muss niesen. Ein älterer Herr mit kurzgeschnittenen grauen Haaren kommt gemächlich auf mich zu, sein Oberkörper pendelt beim Gehen von einer Seite zur anderen.

»Guten Tag, wie kann ich Ihnen helfen?«

»Maja, bist du das?«

Woher kennt der Mann mit dem holländischen Akzent meinen Namen?

Perplex sehe ich ihn an. Geradewegs wie in einen Spiegel, in hellblaue Augen, irreal, eine Halluzination vielleicht. Ich flüstere: »Papa?«

Er nickt bedächtig. Sprachlos stehe ich da und starre ihn an. »Das ist unmöglich, jedes Jahr hast Du mir einen Geburtstagsgruß geschickt, bis zu meinem Neuzehnten und dann nichts mehr! Ich dachte, du wärst tot!«

»Ich habe kein einziges Jahr ausgelassen. Hast du die Briefe nicht erhalten? Ich war sicher, dass du dich nicht bei mir melden wolltest, das konnte ich gut verstehen.« Seine Stimme klingt erschöpft und traurig.

Meine Mutter hat mir Vaters Briefe vorenthalten, sie weggeworfen, was auch immer! Hatte sie denn meinen Brief gelesen? Ich muss Rafael darauf ansprechen.

»Ich bin froh, dir noch einmal begegnet zu sein, bevor ...«

Energisch greife ich seine riesigen Hände. »Das wär ja

noch schöner, das kommt gar nicht in Frage. Ich kann nicht glauben, dass du es bist!« Wieder und wieder scanne ich sein Gesicht, suche nach Übereinstimmung mit Bildern meiner Erinnerung. »Was machst du hier?«

»Rafael hat mich in Utrecht aufgestöbert und überredet, mitzukommen.«

»Rafael? Wieso, was hat er dir erzählt?«

»Oh, eine ganze Menge. Dass er sich bei der Presse um Kopf und Kragen geredet habe mit seinem Geschwätz. Und dass er verhindern wolle, dass eine gewisse Frau einen schlimmen Fehler begeht, indem sie eine wunderbare Hausgemeinschaft an einen Immobilienhai verkauft, bloß, weil das Haus ihr Erinnerungsschmerzen bereitet.«

Der alte Mann lächelt mir zu, die rotgrauen Bartstoppeln stellen sich an den Lachfältchen auf. Wie immer schon. Ich schlucke, mach zwei Schritte auf ihn zu, umarme ihn fest. Seine riesigen Hände drücken meine Schulterblätter ungeschickt, fast tapsig. Lange stehen wir da, ich bin wieder ein siebenjähriges Mädchen in den Armen ihres Vaters. Es müsste Jahre dauern, damit wir gemeinsam in der Gegenwart ankämen.

»Willst du mir die Möbel-Manufaktur zeigen? Ich habe gehört, ihr habt eine Marktnische gefunden!«

Malte Sneijder sieht man an, dass er lieber zupackt, als spricht. Die Zähne kriegt er zum Reden kaum auseinander.

Seine Hände hingegen gehen hin und her, fassen in der Schreinerei liebevoll jedes einzelne Werkzeug an, streichen über die Hobelbank. Mojo wird ganz ehrfürchtig, als er hört, dass dieser ehrwürdige Alte mein verschwundener Vater und Gründer der Werkstatt sei. Ich zeige Fotos der gebauten Möbel und Skizzen der Entwürfe. Ab und zu brummt er dazu. Wir haben keine Eile, lassen uns Zeit. Später beschließen wir, bei mir etwas zu essen. Aus dem Kiosk holen wir uns zwei Essensportionen, dazu Yoghurt und Früchte als Nachtisch und Kölsch für den Durst. Hawar, als wäre er mein Leibwächter, mustert meinen Begleiter kritisch. »Hawar Dilian, der Inhaber dieses Kioskes – Malte Sneijder, mein Vater.«

Der stämmige Mann gibt den Zugang zum Haus frei mit einem erstaunten »Ach, der Herr Papa!«

Wir steigen die vier Etagen hinauf, mein Vater begutachtet das frische Treppenhaus. »Sieht fast unverändert aus, als ob die Zeit stehengeblieben sei!«

»Und ich wundere mich jeden Tag über diese wahnsinnige Veränderung.«

Er kannte den desolaten Zustand vor der Renovierung nicht. Als er diese Treppe das letzte Mal hinunter ging, da stand das Gebäude erst neunzehn Jahre.

Vor meiner Wohnungstür steht eine Vase mit einer gelben und orangefarbenen Gerbera. Keine Karte dabei, diesmal. Zwei Mal brachte der Bote bereits Blumensträuße mit Schreiben von Rafael. Blumen wegzuwerfen, bringe ich nicht übers Herz, aber die Briefe ließ ich ungelesen zurückgehen.

In der Wohnung stelle ich die Blumenvase zu den anderen auf die Fensterbank, dann das Essen in die Mikrowelle. Ich öffne die Kölschflasche und schenke uns ein. Vater betrachtet das Einschulungsfoto am Türeingang.

»Lange ist das her und in meinen Gedanken bist du nie älter geworden!«

Der Ofen piepst, wir setzen uns an den Tisch, essen Reibekuchen mit Apfelkompott und Blutwurst. Montags gibt es kölsche Hausmannskost bei Dilian. Gewohnheiten.

Mit meinem Vater teile ich keine Gewohnheiten, nur blasse Erinnerungen. Er kennt weder meine Angst vor Abschlussprüfungen, noch die Freude, wenn sie überstanden sind. Er hat keine Ahnung, wie sehr ich meine Mutter hasste, als niemand zu mir stand, nachdem ich wochenlang fast taub war. Ist Verwandtschaft stärker als die soziale Heimat, Blut dicker als Wasser? Hat mein Vater wieder geheiratet, habe ich vielleicht Geschwister? Ist es indiskret, solche Fragen zu stellen? Wie tief wirkt Verwandtschaft, wozu berechtigt sie? Ineinander verwobene Bänder, trifft es dieses Bild? Unsicher bitte ich Malte Sneijder um Antworten. Er erzählt mir seine Geschichte aus der Perspektive des anderen Endes des Wollknäuels.

»Ein Mann geht fort, hofft, das stoppe den Streit mit der Mutter, zwischen dem das Kind sich verfängt. Er zieht zurück zu seinem Vater, pflegt ihn bis zum Tod. Es gibt Arbeit in den Niederlanden. Die Auseinandersetzung mit der Mutter um das Besuchsrecht eskaliert, sie erwirkt ein Verbot. Nichts hält den Mann mehr. Er wohnt so nahe bei der Tochter, nur zweieinhalb Autostunden, aber nie erhält er Rückmeldungen auf seine Geburtstagsbriefe, auch sonst ist Ruhe. Ein Schiff braucht Zimmerleute, es fährt weit weg, ohne Telefone und Briefkästen, die den Mann mit ihrem Schweigen und ihrer Leere mit Gleichgültigkeit strafen. Dass die Probleme in der

Ehe, der laute, Tage füllende Streit ein Symptom der Krankheit und keine bloße Laune der Exfrau war, erkannte er nicht. Wie konnte das Mädchen trotzdem groß werden, ein junger Mensch, der lacht? Schuldgefühle um so viel verlorene Zeit, die er nicht mit ihr verbracht hatte. Er verpasste den verrückten, zickigen Teenager, die Volljährigkeit. Er hatte nie Gelegenheit, eifersüchtig auf die Freunde seiner Tochter zu sein.«

Wir lachen beide. Der letzte Punkt war verzichtbar. Er hatte auch keine andere Erfahrung in diese Richtung, ich bin nach wie vor ein Einzelkind.

Das Telefon spielt ›Pink Panther‹, ich werfe einen Blick auf das Display. Die Immo. Sie drängeln, wollen einen Termin. Drei SMS habe ich heute nicht beantwortet, ich hatte keine Ruhe, in meinem Kalender nachzusehen.

»Tag Herr Schneidewind, Maja Sneijder.«

»Guten Tag, endlich erreiche ich Sie! Unsere vorbereiteten Verträge haben sie ja per Bote erhalten. Ich habe mehrere Termine beim Notar reserviert, und möchte gerne einen davon bestätigen. Ginge es morgen oder am Mittwochnachmittag gegen 16:00 Uhr? Oder ist Ihnen der Vormittag lieber?«

Schweißtropfen entstehen über meiner Nase. Die Kaufverträge habe ich studiert, konnte nichts Nachteiliges herauslesen, außer natürlich der Sache mit der Werkstatt. Ich seufze laut. Fragende Blicke meines Vaters.

»Herr Schneidewind, das geht mir etwas schnell. Ich brauche eine Lösung für die Schreinerei.«

»Ach, Frau Sneijder, wir sind Ihnen gerne behilflich, eine geeignete Immobilie zu finden. Viel moderner und effizienter als das olle Ding unter einem Wohnhaus. Ich habe da schon ein Objekt im Sinn.«

Es ist vielleicht eine Chance. Geldsorgen werden wegfallen. An einem anderen Ort das Manufaktur-Projekt starten! Nicht mehr dieses Haus sehen und an Rafael denken. Das hohe Gefühl zwischen Brustkorb und Schambein loswerden, das wie Hunger an mir nagt, doch weder mit Brot noch Schokolade zu stillen ist.

»Am Mittwoch um 16:00 Uhr passt mir perfekt. Muss ich irgendetwas mitbringen?«

»Ihr Ausweis und die Auszüge aus dem Grundbuch genügen. Dann bis übermorgen, Frau Sneijder, beim Notar.«

»Auf Wiedersehen.«

Ich hatte erwartet, dass sich mein Kummer nach einer Entscheidung besser anfühlt. Keine Erleichterung, nichts. Es braucht Zeit, und Malte Sneijder wird mir dabei helfen. Wir werden neue Erinnerungen schaffen, gemeinsame Erlebnisse. Ich habe den Vater wiedergefunden und unsere Manufaktur einen Handwerksmeister. Das hört sich nach Zukunft an!

»Du verkaufst das Haus und die Schreinerei?«

»Ich habe ein sehr gutes Angebot erhalten, so dass ich einen Betrieb im Gewerbegebiet mit der besten Ausstattung bestücken kann. Ich sehe das als Chance, noch einmal anzufangen. Willst du mir dabei zur Seite stehen? Du bist der Fachmann!«

Er zögert. Die Finger seiner rechten Hand kneten seine riesige linke Faust. »Das weiss ich nicht. Ich bin ein alter Mann, für Neues nicht mehr so offen wie junge Leute. Ich hatte nie eine andere Werkstatt als diese hier im Haus. Ich muss darüber nachdenken.«

Eine solche Antwort habe ich nicht erwartet. Wie egoistisch von mir! Ich habe ihn nicht gefragt, was er in Utrecht mit seiner Zeit anfängt, wofür sein Herz schlägt, ob er eine Passion hat. Wo wohnt er überhaupt hier in Köln? »Entschuldige, ich bin egoistisch! Du hast ein eigenes Leben, ich kann dich nicht einfach fragen, ob du hier bei irgendeinem Projekt mitmachst. Ich war sehr unhöflich, dich nicht einmal zu fragen, wo du übernachtest.«

»Das ist in Ordnung, Rafael hat mich eingeladen, sein Wohnzimmer ist ein prima Gästezimmer.« Er blickt zur Uhr an der Küchenwand, 21:00 Uhr, steht auf, nimmt seine Jacke vom Stuhl. Ausgerechnet bei Rafael. »Spät ist es schon geworden, Du musst früh aufstehen. Ich gehe jetzt mal. Können wir uns morgen noch einmal sehen?«

Ich schlucke. Natürlich fährt er wieder zurück. Was habe ich denn gedacht! »Ja, bitte lass uns zusammen zu Abend essen.«

Bevor er das Appartement verlässt, drücken wir uns fest.

Rafael

Rafael erwartet Malte Sneijder bereits an der Eingangstür, als er die Wohnung betritt. »Was hat sie gesagt? Sie wird doch nicht verkaufen?«

»Es hört sich so an, tut mir leid. Der Notartermin ist Mittwoch um 16:00 Uhr. Sie will die Manufaktur im Gewerbegebiet neu gründen. Hat mich gefragt, ob ich als Schreinermeister dabei bin. Im Betrieb in der Berger Straße könnte ich mir das sogar vorstellen, aber woanders ...« Die Stimme des alten Mannes klingt resigniert, seine Bewegungen erscheinen noch langsamer als sonst.

»Wieso tut sie das denn, ich verstehe das nicht. Sie hängt an der Schreinerei, das sieht jeder.«

Rafael läuft hektisch im Zimmer von einer Wand zur anderen, zerbeißt seine Barthaare an der Unterlippe. Malte sinkt auf das Sofa nieder.

»Ich kenne meine Tochter kaum, kann nur mutmaßen, dass sie Erinnerungen, die sie mit dem Haus verbindet, loswerden will. Schlechte Erinnerungen. An ihre Mutter, an mich und auch an dich, Rafael. Sie hat kein Glück mit diesem Gebäude.«

»Das können wir doch ändern. Ich brauche nur eine Gelegenheit, um Maja zu zeigen, dass es in unseren Möglichkeiten liegt, Situationen und auch Menschen zu verändern.«

»Du scheinst sie wirklich zu mögen. Also gut. Eine letzte Sache möchte ich noch ausprobieren. Begleitest du mich morgen in die Stadt? Wir gehen zur Handelskammer.«

Der Brunnen auf dem Börsenplatz ist trocken, die versetzt angeordneten offenen Rechteckmünder sprudeln erst ab zehn. Um Punkt acht, als die Handelskammer öffnet, sind Rafael und Malte zur Stelle. Im ersten Stock laufen sie direkt auf einen Automaten zu, an dem sie die Nummer 68 ziehen. Die Anzeigetafel ist schwarz. Eine Zahl erscheint ein paar Minuten später mit einem Pling, die 65, obwohl sie alleine im Raum sind. Ist wohl gestern nicht alles abgearbeitet worden. Gewissenhaft wird erst nach einer Wartefrist weitergedrückt. Als endlich die Zimmernummer zu ihrer Ziffer aufleuchtet, gehen die beiden Männer zum angegebenen Raum.

»Guten Tag, Malte Sneijder, ich brauche einen Auszug aus dem Computer mit meiner Gewerbeanmeldung. Ich möchte meine Tischlerei reaktivieren. Berger Straße 2.«

Er fischt in der Jackeninnentasche nach dem Ausweis und schiebt ihn dem Sachbearbeiter über den Tisch. Dieser prüft die Dokumente, tippt Namen und Adresse ein. Es dauert eine ganze Weile. Schließlich wird er fündig. »Da habe ich Sie! Tischlerei, gegründet vor fünfunddreißig Jahren. Nur eine Grundanmeldung ohne Aktivität, ich drucke es Ihnen aus. Darf ich sonst noch etwas für Sie tun?«

Rafael steht unbeteiligt daneben und blättert durch die ausgebreiteten Prospekte. Einer fesselt seine Aufmerksamkeit. Business-Angels für Flüchtlinge, ein Projekt der IHK-Stiftung. Informationen hier im Haus.

»Können Sie mir dazu etwas sagen?« Er zeigt dem Sachbearbeiter den Flyer. Der nickt. Frau Kreutzer sitze eine Etage höher, er rufe kurz durch.

»Sie haben Glück, sie kann die Herren sofort empfangen, Sie werden in Raum 212 erwartet«.

Auf der Stiftungsetage dämpft ein dicker Teppich die Geräusche. Das erzeugt sofort eine gediegenere Atmosphäre fern von alltäglichen Gewerbeanmeldungen. Die Sachbearbeiterin bittet an einen runden Tisch, bietet Kaffee und Wasser an. Rafael erklärt ihr die Idee hinter der Manufaktur für Gebraucht-Möbel als Bestandteil des partizipativen Wohnprojektes Berger Straße. Kaum fällt der Straßenname, merkt Frau Kreutzer auf. »Ich habe von dem Projekt gehört, Sie haben doch dieses Interview gegeben, vor zwei Wochen, und der junge Äthiopier hat den Blog über die Bauzeit veröffentlicht, nicht wahr? Äußerst interessant. Jetzt wollen Sie Migranten zu Schreinern ausbilden?«

Rafael stellt ihr Malte Sneijder vor, den pensionierten Tischler und Inhaber der alten Schreinerei, der seine Fähigkeiten für Neuankömmlinge zur Verfügung stellen würde. Zum Beispiel jungen Leuten eine Teilzeit-Lehre in der Werkstatt anzubieten, kombiniert mit Sprachkursen. Oder Kompetenzen überprüfen und bestätigen, für Menschen ohne Ausbildungsnachweise wie Mojo Boukari, der in seiner Heimat Agadez Tischlermeister war. Eine Unterstützung der Stiftung ermögliche es, Mitarbeitern einen Mindestlohn oder eine angemessene Ausbildungsvergütung zu zahlen. Die Manufaktur besetze eine Nische, sie wird nicht profitorientiert wirtschaften, ist in diesem Sinne keine Konkurrenz zu anderen Tischlereien. Zugleich sei die Produktion ressourcenschonend und öffne die Augen für die Wiederverwertbarkeit von Konsumgütern, habe also eine sozialpädagogische Seite.

Frau Kreutzer notiert fleißig mit, nickt ständig und scheint angetan von der langen Erklärung. Es höre sich vielversprechend an, das Pilotprojekt sei eine vorbildliche Referenz. Da möchte man als Stiftung gerne dafür sorgen, dass das Projekt sich weiter entwickle. Der Stiftungsrat tage Ende Juni. Wenn sie vorher eine Zusammenfassung des heutigen Gespräches als Tischvorlage für die Vorstands-Mitglieder bekäme ...

»Du hast mich jetzt als Teil des Projektes verkauft, habe ich das richtig verstanden?«, fragt Malte Rafael lachend, als sie auf dem Börsenplatz stehen. Schuldbewusst sieht Rafael ihn an.

»Oh, nein, entschuldige! Es ist mir wieder passiert, ich entscheide über fremde Köpfe, sobald es mir nützlich scheint. Ich stelle es richtig.« Er will zurück ins Gebäude, aber Malte hält ihn am Arm fest.

»Lass mal, in meiner Schreinerei ans Werk gehen, das könnte mir gefallen, ich bin dabei. Nur bestimme niemals so über Maja, schon als Kind hat sie das gehasst.«

Trocken und ironisch, das mag Rafael am alten Tischler, obwohl der letzte Satz ihn exakt daran erinnert, was er verbockt hat.

»Danke für den Hinweis, doch versuchen wir nicht im Moment, genau diesen Fehler wiedergutzumachen? Aber ich weiß jetzt, was ich tun könnte.«

»Oh, was hast du denn vor?«

»Ich fahre zum Gartencenter und sehe mich mal um. Auf irgendeinem Weg werde ich sie schon erreichen.«

»Na, dann drücke ich dir die Daumen und stecke bei dem da oben eine Kerze an.«

Malte Sneijder deutet gen Himmel und zwinkert Rafael verschwörerisch zu, bevor er Richtung Dom davon schlendert.

Maja

Dienstagnachmittag, Hausaufgabenhilfe für fünfzehn Kinder und Jugendliche der Übergangsklassen im Unterrichtsraum. Meine Fächer sind Bio und Mathe, aber am Ende ist alles Sprachunterricht. Die Gruppe ist stetig gewachsen, erst wollten wir den Schülern aus unserem Haus helfen, doch dann brachten sie auch ihre Freunde mit. Zusammen mit zwei weiteren Ehrenamtlichen, vermittelt von der Migrationsberatung, wechseln wir uns tageweise ab. Ich gebe gern Nachhilfe, weil ich mich nur um wenige Schüler zu kümmern brauche, es ist übersichtlich. Die Kinder zeigen schnelle Fortschritte, sie freuen sich über jede gelöste Aufgabe und sind unfassbar motiviert, die Schule zu besuchen. ›Maja, Maja‹, ruft es von verschiedenen Tischen. Ein Blick auf die Uhr, ein paar Fragen kann ich noch beantworten.

Fünf Minuten später klatsche ich in die Hände. »So meine Lieben, zusammenpacken, fertig für heute! Vielen Dank für eure Arbeit und Ausdauer. Ich wünsche euch einen schönen Abend.«

Ein paar Proteststimmen, schließlich gehen die Kinder plaudernd und lachend hinaus, es wird still. Ich packe meine Stifte ein, lösche das Licht und schließe den Raum. Ab zum Feierabendbier in den Kiosk.

An einem Tisch stehen Tizita, Tayé, Mojo und Nouria zusammen, sie sehen zu mir hin, scheinen auf mich zu warten. Hawar bringt mir ein Kölsch, bleibt dann neben mir. Ein unbehagliches Kribbeln steigt meinen Nacken hoch.

»Oje, Leute, was ist denn passiert, es macht mir Angst, wie ihr mich anguckt!«

Tayé beginnt: »Maja, bitte hör dir unsere Sorgen an. Wir möchten dich zu nichts überreden, denn unser Herz hängt sehr an dir. Aber wir befürchten, dass du gegen dein eigenes Wissen handeln könntest, weil du wütend und traurig bist. Du hast die Gelegenheit, dieses Haus für einen guten Preis zu verkaufen. Viele Chancen öffneten sich damit. Eine moderne Schreinerei, eine fantastische Luxuswohnung. Doch du wirst mit uns allen auch verlieren: Die Selbstorganisation des Hauses geht an eine Verwaltung. Es wird unmöglich sein, den Schulungsraum für Versammlungen oder Feste zu nutzen. Die neuesten Werkzeuge und perfekte Räume ersetzen niemals den Zauber der alten Tischlerei. Wir wollen dir dies zu bedenken geben.«

Von Tizita kommt nur ganz knapp, mit einem trockenen Schlucken: »Bitte, zieh nicht weg.«

Schon füllen sich meine Augen mit Wasser, ich beiße auf die Zähne. Genau diese Dinge gehen mir ständig durch den Kopf. Auch Anne redet täglich auf mich ein, neben diesen lieben warmen Menschen wohnen zu bleiben, ich käme auch so über den Liebeskummer hinweg. Plötzlich, ein Gedanke, mir wird schwindelig.

Die Sturheit meiner Mutter, ihre Paranoia, das fing bei ihr Mitte dreißig an! Dass ich Leute wegschicke, die es gut mit mir meinen, dass ich aus einer Gemeinschaft heraus will, die ich gerne mag, dass ich keine Entschuldigungen gelten lasse, das sind die ersten Symptome.

Hohl fühle ich mich an, ein Käfer nagt innen an mir, bis nur noch eine leere Schale von mir übrig ist. Ich kann kaum sprechen, also umarme ich alle ganz fest.

Hawar spendiert einen Mokka auf das Projekt Zuflucht

und brummt: »Liebchen, ohne ming Mittagsdesch wirst de doch verhungern. Triff een kluge Entscheidung!«

»Ich muss jetzt los, damit ich mich nicht verspäte. Ich danke euch allen sehr!« Mit feuchten Augen verschwinde ich ins Treppenhaus.

Malte wollte in einen Biergarten, und ich mag am liebsten den am Rheinufer, in Riehl am alten Freibad. Etwas erhöht über dem Deichweg träumt man dort den Schiffen nach, die den Strom passieren. Das Essen ist einfach, zwei Tagesgerichte, Kartoffelwedges mit Aioli, leckerer Salat, hausgemachter Kuchen und vom Inhaber selbstgebrautes Bier. Den Touch Ferienstimmung bringt die Berliner Weiße grün. Wann sonst trinkt man ein giftgrünes süßsaures Biergetränk mit einem Strohhalm aus einer breiten Schale? So sitzen wir also beide an dem blaugestrichenen Terrassentisch vor unseren Gläsern und sehen auf den Rhein.

Malte, so nenne ich meinen Vater, alles andere geht mir nicht über die Lippen, ich habe es versucht. Gibt es wie beim Spracherwerb ein gewisses Zeitfenster, in der man an Namen gewöhnt wird? Zum Glück ist es ihm recht.

Sich räuspernd drückt er mir einen Umschlag in die Hand. Ich entnehme den Papierbogen, es ist eine Bestätigung einer Gewerbeanmeldung der Handelskammer. Verblüfft starre ich ihn an. »Du hast die Schreinerei die ganzen Jahre nie abgemeldet?« Ich bin völlig perplex.

»War immer überzeugt, zurückzukehren. Dauerte bloß viel zu lange. Die Zeit macht vergesslich. Nur dank dieses jungen Mannes ist es dazu gekommen.«

»Das ist wahr, ich habe nicht einmal daran gedacht, gründlich nach dir zu suchen. Ich war zu feige. Bin Rafael dankbar, die Initiative ergriffen zu haben. Dass er dich aufgespürt und hergebracht hat, das ist ... ein Geschenk.«

»Willst du ihm nicht noch eine Chance geben? Er weiss, dass er in dem Interview Mist gebaut hat, es tut ihm wirklich leid.«

Tatsache ist, meine Wut ist weg. Ein normaler Mensch hätte nie so heftig wie ich reagiert. Nun sehe ich Rafael unter jedem Hut, an dem ich vorbeikomme, hinter jeder ähnlichen Figur im Gegenlicht, und mir wird flau im Magen. »Wirst du es mir sagen, wenn ich jemals so werde wie meine Mutter?«

Malte sieht mich prüfend an. »Denkst du an die Krankheit? Mädchen, was für Sorgen!« Behutsam tätscheln seine Pranken meine Hände. »Nichts dergleichen wird passieren. Die Stimmungsschwankungen deiner Mutter wären behandelbar gewesen, wenn sie es zugelassen hätte.« Er seufzt. »Ich war mir der Konsequenzen nie bewusst, du hast es ausgebadet, das werfe ich mir vor.«

Ein Kellner bringt unsere Bestellung an den Tisch. Schweigend essen wir. Unvermittelt legt mein Vater Gabel und Messer zur Seite, setzt sich aufrecht hin und sagt: »Ich habe es mir vierundzwanzig Stunden überlegt, ich beteilige mich an der Recycling-Möbel-Sache. Selbst in einer neuen Schreinerei, wenn du es so entscheidest.«

Was, er macht mit? Meine Seele schlägt einen Purzelbaum, nein, einen dreifachen Salto!

Ich springe vom Stuhl auf und möchte ihn vor Freude zerdrücken. Dann flüstere ich in sein Ohr: »Es ist noch nicht ganz entschieden, doch die Chancen für die IMMO sind gerade gesunken. Ich denke darüber nach, die Berger Straße zu behalten!«

Fälle ich Entscheidungen, bin ich Akteur statt Zuschauer im eigenen Leben, das ist erhebend. Andererseits empfinde ich Änderungen in meinem Alltag als eine Störung des normalen Tagesablaufs. Ist also ein Verharren beim Status quo keine Entscheidung?

Die Wahl treffen zwischen der Gegenwart in einem Haus mit Freunden und einer Zukunft mit viel Geld, einer luxuriösen Wohnung, einer möglicherweise großartigen Tischlerei im Gewerbegebiet. Was will ich überhaupt?

Den ganzen Tag schon übe ich für den Notar-Termin um 16:00. Beim Schwimmen in der Früh stellte ich mir die Argumente der Kaufleute als Wasser vor, durch das ich hindurch tauche. Im Büro sehe ich mich in einer Verhörzelle sitzen und wiederhole allen Befragungen zum Trotze immer nur ›Ich habe es mir anders überlegt. Ich verkaufe nicht.‹. Ich könnte anrufen, eine SMS schicken. Aber damit ich mich wirklich darauf einlasse, das Gebäude zu behalten, muss ich die Verhandlung höchstpersönlich durchstehen. Die IMMO geht davon aus, dass ich bei einer solch großen Summe keinen Rückzieher mache, dieses Überraschungsmoment werde ich ausnutzen.

Die Notariats-Kanzlei strömt statt Glamour eher Fünfzigerjahre-Wirtschaftswundercharme aus. Enger Flur, dunkelbraune Möbel, der Wartebereich besteht aus drei nebeneinander platzierten Stühlen. Herr Schneidewind und derselbe mausgraue Anzugträger, diesmal mit gelbem Hemd und schwarzer Krawatte, strecken mir ihre Hände zur Begrüßung entgegen. Eine Sekretärin bittet uns in einen Raum mit rundem Tisch. Ich warte auf den Notar.

Als alle vor den Kaufverträgen Platz genommen haben, klopfe ich auf den Papierstapel und spreche meinen Satz. – kein Verkauf, anders überlegt –. Erwartungsgemäß bricht ein Stimmengewirr über mich herein.»Haben Sie ein besseres Angebot erhalten? Überlegen Sie es sich noch einmal! Wir können beim Preis noch nachbessern. Ist es wegen der Schreinerei? Wir finden bestimmt eine Lösung, um einig zu werden. Das können Sie doch nicht machen!«

Ich sehe den Notar an und zucke mit den Schultern. Mühsam setzt er sich gegen die anschwellenden Stimmen durch.»Meine Herren, Frau Sneijder möchte offensichtlich nicht verkaufen, also sind wir dann wohl fertig hier.«

Ich verabschiede mich grußlos und verlasse die Kanzlei. Das Kopfsteinpflaster strahlt die Wärme des Tages zurück. Der Himmel über dem ehemaligen Dominikanerkloster ist dunstig blau, die Luft bereits etwas drückend.

Kopf- oder der Bauchentscheidung? Egal. Die Gegenwart, flüchtig, prekär, ist es wert, gelebt zu werden. Ich lasse mich also darauf ein, das Haus selbst zu bewohnen. Vorerst zumindest.

Ich genieße meine weit ausholenden Schritte, pfeife vor

mich hin. ›Das Große bleibt groß nicht, und klein nicht das Kleine‹, Brecht und Weil meinten andere Veränderungen, aber ich finde, es passt trotzdem. Nichts außer dem Wandel ist für die Ewigkeit. Anne hat mir Mut gemacht, das Leben als Projekt zu sehen.

Ein Projekt, eine Idee, wird im Verlaufe des Prozesses immer stärker an die realistischen Parameter angeglichen. Keine Entscheidung ist endgültig. Wenn notwendig, revidiere ich sie, und gehe erneut mit frischem Schwung über Start. Das Wissen dazu schöpfen wir aus unserer Erfahrung in der Vergangenheit und aus der Hoffnung für die Zukunft.

Rafael

Zwischen zwei Klienten sieht Rafael immer wieder nervös auf sein Handy, 17:00 Uhr, keine Meldung, nichts. Um 16:00 Uhr, hatte Malte Sneijder gesagt, sei der Notartermin. Bereits am frühen Nachmittag war er zurück nach Utrecht gefahren, um Maja die größtmögliche Entscheidungsfreiheit lassen. Auch Rafael solle sie nicht unter Druck setzen. Dabei ist der Verkauf zweitrangig, er wünscht sich nur einen plausiblen Grund, sie anzurufen. Eigentlich hat er auf ein kleines Entgegenkommen für das Auftreiben ihres Vaters gehofft. Vater und Tochter kommen gut miteinander klar, und obwohl der alte Mann wortkarg ist, hat er ihm doch erzählt, wie sehr sich Maja freute, dass er, Rafael, das Wiedersehen arrangiert hatte.

Der Schreiner würde auf jeden Fall als Business-Angel die Manufaktur begleiten. Wie absurd, diese Anträge bei der IHK an Maja vorbei zu stellen. Früher oder später muss sie wieder mit ihm zusammenarbeiten.

Wieso meldet sie sich nicht? Er reißt einen vollbeschriebenen Blockzettel ab, Reconciliation, Song for Maja, steht drauf und drumherum wirre Zeichen, Satzfetzen, Akkordfolgen und grafische Muster. Ständig kritzelte er alles voll, und jeder Schnipsel spricht von Maja.

›Plopp‹, endlich eine SMS. Von Anne. Enttäuscht öffnet er die Nachricht.

›Info von Maja, sie verkauft Berger Straße nicht! Bin erleichtert, danke für deinen Einsatz, der Vater war das Zünglein an der Waage. Lieber Gruß, Anne.‹

Angespannt zerbeißt er ein Barthaar an der Unterlippe. Das

war es jetzt, die ersehnte Entscheidung, so unspektakulär? Aber andererseits, was hat er erwartet, eine Party?

Er betrachtet den Zettel in seiner Hand. Party? Eine Idee entsteht vor seinem inneren Auge. Seine Finger erfragen ein paar Daten bei Google, die er notiert, während er vor sich hinsummt.

Maja

Ich sprinte die Treppe hinab, ein Versuch, die rasende Zeit einzuholen. Es ist die zweite Juliwoche, ich finde kaum Momente zum Innehalten, trotz der Schulferien.

Dass die Organisation unserer Gästezimmer auf der ersten Etage so viel Energie in Anspruch nehmen würde! Ab Mitte Juni waren alle Wohnungen vermietet, die Hauptarbeit damit getan. Die vier Einzelzimmer hingegen stehen den Übergangswohnheimen als Ausweichquartier in besonderen Fällen zur Verfügung, wenn es Mobbing gegen Einzelne gibt, zum Beispiel. Die Belegung ist dann nur kurz, eine bis zwei Wochen vielleicht. Fast täglich kommen Anrufe, ob Räume frei seien.

Tayé könnte einen Online-Belegungsplan erstellen, der uns die Absagen erspart. Ich werde ihn darum bitten.

Im Foyer, auf der großen Tafel bei den Briefkästen, notiere ich in Druckbuchstaben die Tätigkeiten neben die Zimmernummern. Bad putzen, Zimmer staubsaugen, Betten richten für die Neuankömmlinge. Jeder kann sich dafür eintragen. Das Konzept der Gästezimmer bringt bezahlte Beschäftigung für die Hausbewohner.

Aber die Koordination mit den Heimen ist umständlich. Diese Absprachen waren Rafaels Aufgabe, jetzt, wo er weg ist, fehlen mir seine Kenntnisse der Verwaltungsstrukturen.

Mann, er könnte uns echt Zeit sparen. Vor einer Woche habe ich mich dazu durchgerungen, ihn anzurufen, doch ich habe ihn nicht erreicht. Das Handy tot. Im Büro sagte mir Vera, seine Chefin, er sei im Urlaub.

Ich dachte, ich bräuchte nur meine eigene Sturheit zu überwinden, und alles, was ich mir wünschte, würde geschehen. Grauschwarze Gedankenfetzen kriechen hoch. Ich schüttle sie ab.

Nicht grübeln!

Kribbelig laufe ich um den Kiosk herum zur Schreinerei. Die Tür steht auf, ein kühler morgendlicher Luftzug kommt mir durch die Werkstatt entgegen, die Anlieferungstür zum Hof ist offen. Dahinter begutachtet Mojo Altmöbel.

Sorgfältig fährt er mit seinen knochigen Fingern über die Eckverbindungen eines Schränkchens, prüft die Einspannung der gedrechselten Beine.

»Morgen, Mojo!«

»Guten Morgen, guck mal, solide Qualité hier. Brauchen wir nichts zu reparieren.«

An der Hauswand steht Tizita auf einer kleinen Leiter, sie hantiert mit einem dunklen Stoff. Ich winke ihr zu. »Morgen Tizita, was machst du heute?«

»Hallo Maja, ich bespanne einen Hintergrund für unsere Archiv-Fotos der alten Möbel. Frühmorgens ist das Licht am besten, ich fotografiere die neu eingetroffenen Teile. Bei meinen letzten Entwürfen habe ich mit Fotocollagen experimentiert, hast du die Bilder gesehen?«

»Nein, noch nicht, wo finde ich sie?«

»Sie liegen auf der Ablage, neben dem Bestellungskorb.«

»Seh ich mir an. Weißt du, ob Tayé gleich runterkommt, ich wollte ein paar Dinge mit ihm besprechen?«

»Bestimmt ist er bald da.«

Ich gehe zurück in die Tischlerei. Rechts stehen die lauten, Staub produzierenden Maschinen, diesen Teil wollen wir abtrennen. Die fertigen Möbelstücke sollen bis zur Abholung vorne im Fenster zur Straße ausgestellt werden. Die Produktion beginnt gerade erst, wir werben mit Fotos der in den Wohnungen eingebauten Möbel. Order kommen über den Internetshop, bisher wurden fünf Kinderbetten mit Unterbaukommoden, drei Telefonbänke und vier Schwanenhalslampen bestellt. Anfragen für das Aufpolstern von alten Sesseln mit knalligen Sechzigerjahre-Stoffen haben wir auch erhalten, aber uns fehlen im Moment die Nähmaschinen.

Vom Schreibtisch aus überblicke ich den gesamten Raum. Der Tisch ist aufgeräumt, weder Telefon noch Computer, eine leere Fläche, die erst mit meinem Handy und Laptop zur Arbeitsstätte wird. Alles funktioniert mobil, mit Bordmitteln, improvisiert. Ein Projekt.

»Guten Morgen!«

»Oh, Tayé, hallo.« Überrascht tauche ich aus meinen Gedanken auf. Er steht vor mir, das Notebook aufgeklappt. Seine Augen strahlen, er zieht einen Stuhl heran, richtet das Display so, dass ich sehe, ohne geblendet zu werden.

»Darf ich dir das überarbeitete Store-Konzept zeigen? Es ist easy, in fünf Schritten zur Bestellung. Ich habe viele Online-Shops analysiert. Was bei Häkelmützen klappt, geht auch bei Möbeln. Jeder kann sich sein eigenes Unikat konfigurieren.«

»Tayé, ich bin gespannt, was du gezaubert hast, leg los!«

Über die Vergangenheit mag er nie sprechen, die ganze Energie bündelt er auf das Studium und auf Virtuelles, dauernd ist er auf Blogs unterwegs, schreibt für Online-Medien, durchaus Politisches. Die Computertastatur ist sein Schlüssel zur Welt.

»Hier, der Shop: Schritt 1: Der Kunde klickt auf Fotobeispiele fertiger Möbel oder auf Kollagenentwürfe von Tizita, um die Art des Gewünschten festzulegen.

Schritt 2: Er wählt Farben und Stoffe aus.

Schritt 3: Er lädt Fotos hoch, von den Möbeln, die er abgeben möchte.

Schritt 4: Wir machen ein konkretes Angebot.

Schritt 5: Der Kunde unterschreibt den Kaufvertrag. Dann fangen wir an zu bauen. Na, was sagst du? Ist doch einfach.«

Ich gehe wieder zurück zur Auswahl. Wie Schmuckstücke werden die verwandelten Möbel präsentiert, es kitzelt in den Fingerspitzen, sie anzuklicken. Bei der Farbauswahl wird die Änderung gleich mit einem entsprechenden Bild belegt, der Tisch kann holzfarben, vergoldet oder blau sein. Selbst eine Bemalung mit zarten naturalistischen Blumenzeichnungen wie aus einem Buch von Lenné hat Tizita als Vorschlag eingebracht.

»Tayé, das ist großartig, gute Arbeit.« Ich drücke ihm die Hand.

»Wann gehen wir online? Dein Vater meinte, die IHK könnte das Programm im August starten.«

»Erst wenn die Gelder für die Lüftung frei werden, können wir den Betrieb aufnehmen. Sonst kriegen wir Ärger mit dem Arbeitsschutz. Spätestens im September wird es so weit sein.«

Gähnend lehne ich mich auf dem Stuhl zurück. Seit ein paar Wochen verkneife ich mir meinen Frühstücksespresso, der Stress ist mir auf den Magen geschlagen, vom Kaffee wird mir übel. Aber wach werde ich so nie, ich könnte ständig wegdösen.

»Anne, geh schon dran!« Ungeduldig sehe ich dem grün blinkenden Telefonsymbol beim Wählen zu. Auf dem kleinen Tischlein vor mir liegen zwei aufgerissene Verpackungen Chipstüten, Limoflaschen und leere Kekspackungen. Unruhig hibbele ich auf dem Sofa hin und her.

»Hi Maja, wie geht's?«

»Na, endlich nimmst du ab! Und stellst die falsche Frage, es geht gar nicht! Ich bin schwanger!« Auf der Gegenseite bleibt es stumm. »Anne, sag etwas!« Meine Hände zittern, als ich noch einmal die Anzeigebalken der Tests mit der Grafik der Gebrauchsanweisung vergleiche.

»Bist du dir sicher?«

»Ja, zwei positive Streifen und Brüste wie Luftkissen. Außerdem kann ich Kaffee nicht einmal mehr riechen, deshalb habe ich den Test gemacht.«

»Rafael?«

»Ja, natürlich Rafael! Es gab eine Kondompanne, dachte mir nichts dabei. So 'n Driss.«

»Was machst du denn jetzt, willst du es behalten?«

Annes Stimme klingt so überlegt, als ob ich für eine solche Situation einen Plan in der Schublade gelagert hätte. Ich klammere mich an das große Sofakissen, drücke es fest an mich.

»Keine Ahnung. Ich wollte immer Kinder, nur nicht so ... spontan. Und eigentlich auch nicht alleine. Ich zweifle, ob ich eine gute Mutter für ein Kind abgebe, woher soll ich das können? Ich muss nachdenken.«

»Du musst es Rafael sagen!«

»Irgendwann. Ich will ihn da nicht mit reinziehen, das bleibt erstmal unter uns, bitte.«

Anne lacht ironisch. »Wie lange denkst du, kannst du das verheimlichen? Im Ernst, sprich mit ihm, alles andere ist unfair. Er versucht seit Wochen, dich zu erreichen. So viel Anhänglichkeit und Ausdauer hätte ich ihm gar nicht zugetraut. Scheint sich wirklich etwas aus dir zu machen! Und du magst ihn doch auch.«

»Du redest mit ihm? Versprich mir, dass du nichts sagst!«

»Wenn du im Gegenzug einwilligst, dich bald mit ihm auszusprechen.«

Annes Tonfall ist entschieden. Ich seufze. Schon wieder Entscheidungen, Konfrontationen. Für meine Ruhe gebe ich ihr mein Wort.

Ein Samstag im Juli. Das Fahrrad liegt neben meiner Decke, im Lenkerkorb steckt eine Flasche Wasser. Die Uferwiesen atmen warme Luftschwaden aus, die mich ganz benommen machen. Insekten brummen in den unterschiedlichsten Tonlagen. Der Rhein bildet eine offene Schneise. Zu beiden Seiten Pappelwäldchen, die Blätter rauschen beim kleinsten Windhauch, Wolken, die vorüberziehen. Eine melancholische Landschaft, sie tröstet mich an einsamen Wochenenden.

Wochen-Ende, welch negative Bezeichnung! Glück und Gegenwart kann ich nie festhalten. Fünf Tage verliebt, wie auf Zucker, anschließend Entzugserscheinungen. Ein solches Ende schmerzt jahrelang! Ist das die Krankheit, die in mir lauert? Keine Menschen zu würdigen, allen das Leben zur Hölle zu machen und sie zu verjagen? Meine Ängste, meine Ticks, das sind doch Anzeichen! Und nun ein Kind.

Ich trinke einen Schluck, lege mich auf den Rücken. Mit geschlossenen Augen höre ich dem Insektensummen zu.

Andererseits, keine Panikattacke seit Wochen, weder fremde Geräusche im Gebäude, noch exotische Kochgerüche erschrecken mich. Inzwischen schätze ich selbst das ausführliche Begrüßen mit Namen und Handschlag bei den Begegnungen mit meinen Wohnungsnachbarn. Es ist eine ehrliche Geste, womit wir uns vergewissern, ob es dem anderen gut geht. Jeder Bewohner in diesem Haus trägt einen Schaden mit sich, Schreien und Knallen lässt nicht nur mich zusammenzucken. Im Haus versteht jeder eine solche Reaktion beim anderen. Meine Abneigung gegen Menschenmengen zum Beispiel teilen einige. Nennt man sein Gegenüber beim Namen, wirkt das wie ein Zauber, es verwandelt beängstigende Fremde in Bekannte und Freunde.

Abina erzählte mir, ihr Glück sei messbar daran, dass die Familie seit dem Einzug gesund sei. Im Flüchtlingsheim war ständig Durchzug, dazu das kalte Essen, ohne eigenen Herd. Die Kinder litten häufig an Mittelohrentzündung, sie und

Daniel liefen mit Triefnase herum.

Messbares Glück ... Ich wünsche mir ein Instrument mit einer Skala, das dem ewigen Kritiker im Hirn mitteilt, dass ich einem Gefühl vertrauen kann. Aufgehoben sein, von etwas angerührt werden, eine Stimme aus meinem Inneren, warm aufglühend, alles echt und gegenwärtig, ein Körper in meiner Mitte, der sich formt. Das Gerät würde mir das Glück bestätigen.

Nächste Woche löse ich mein Versprechen ein und informiere Rafael.

Ich rappele mich auf, falte die Decke zusammen, Zeit für den Nachhauseweg. Fünfundzwanzig Kilometer auf dem Rheindeich Richtung Sonne fahren. Heute Nacht wollen wir uns das Feuerwerk der Kölner Lichter am Rhein gemeinsam ansehen. Vorher zu Abend essen in unserem Refectoire, es gilt, noch einiges vorzubereiten.

Rafael

Der Dachdeckeraufzug fährt langsam quietschend mit einem üppigen Baumspalier nach oben. »Stopp!«, ruft Rafael, und schiebt den Transport-Rolli bis an die Dachkante. Rasch löst er die Befestigungsgurte. »Auf drei!«

Mojo, Daniel und Rafik suchen einen Anpack an dem ein mal ein Meter fünfzig großen Pflanzkübel. Mit einem Ruck wuchten sie ihn gemeinsam mit Rafael auf den Rolluntersatz. Kollektives Stöhnen. »Los, weiter, wir haben es gleich.«

Vorsichtig manövrieren sie den Baum über die ausgelegten Holzplanken zur Giebelwand. »Drehen, mehr nach links!«

Rafael kneift die Augen zusammen, kontrolliert den Gesamteindruck. Rechts und links der Terrassentür stehen zwei fast drei Meter hohe Spalierbäume. An beiden gehen sechs waagrechte Äste wechselständig vom Stamm ab. Der Eindruck einer Spiegelung wird nur durch kleine Unregelmäßigkeiten verhindert. Zwei Wochen lang hatte er mit sämtlichen Baumschulen telefoniert, bis er diese ausgewachsenen Apfel- und Birnenspaliere gefunden hatte.

»Danke, Leute, das ist gut!« Zufrieden betrachtet er das Gesamtbild. Das grafische Muster der Spaliere teilt den schmucklosen Giebel nun in drei Flächen. Über der Tür zur Gemeinschaftsküche hängt als ein lebendes Bild ein mit dunkelgrünen Gräsern bewachsenes quadratisches Feld. Aus der Mitte heraus zeichnen großlappige dunkelrote Blätter darin eine Spirale. Nach langer Recherche hatte er eine Firma für vertikale Pflanzsysteme entdeckt, und ein solches Element bestellt. Ein Gärtner hatte ihn beraten, mit welchen Pflanzen er den grafischen Effekt erzeugen konnte. Zweihundertfünfundzwanzig einzelne Setzlinge! Dass er je die Geduld aufbringen würde, etwas so sorgfältig nach einer Vorlage auszuführen! Der Wasseranschluss und die Aufhängung an der Wand waren im Vergleich ein Kinderspiel. Rafik und Daniel hatten die Installation vorbereitet, sobald Maja heute Morgen das Haus verlassen hatte.

Mojo kommt auf ihn zu, die Leiter und einen Eimer mit Werkzeugen in der Hand. »Die Blumenkübel stehen alle wieder an Ort und Stelle, wir sind fertig.«

Rafael blickt sich noch einmal um, dann folgt er den anderen in die Küche, schließt die Tür. Der Schreiner schiebt eine türhohe Holztafel von innen dagegen, verkeilt sie seitlich mit Holzklötzen in der Öffnung. Nur durch das Oberlicht dringen jetzt noch Sonnenstrahlen herein.

Im Raum werden die ersten Vorbereitungen für das Abendessen getroffen. Nouria hat die Zutaten für das Hauptgericht auf einem der Tische ausgebreitet und gibt Anordnungen an die Helfer, was zu waschen und zu schneiden sei. Rafael bleibt bei Elias und Momo stehen und sieht ihnen beim Zwiebelschälen zu.

»Mach, dass du wegkommst, sie kann jeden Moment eintreffen.« Nouria scheucht ihn mit energischer Handbewegung auf.

»Ich bin unheimlich nervös. Meinst du, es wird ihr gefallen?« Er beißt sich auf die Oberlippe. »Ihr vergesst nicht, mich anzusimsen, wenn ihr aus dem Haus geht?«

»Alles wie besprochen, inschallah.«

Er verlässt die Gemeinschaftsküche, springt die Treppe hinunter und überquert die Straße.

Maja

Schon beim Betreten des Hauseingangs höre ich ein fröhliches Stimmengemurmel. Schnell stelle ich mein Rad in den Abstellraum und eile die Stufen hoch. Noch vor dem Umziehen und Duschen treibt mich die Neugier in unsere Küche. An allen Tischen wird Gemüse geschnippelt, Nouria steht am Herd, sie rührt in zwei großen Töpfen gleichzeitig. Tizita und Tayé kneten Teig, vor ihnen mehrere mit Backpapier ausgelegte Bleche. Sie winken mir zu. Die Deckenlichter brennen, der Raum wirkt wie mitten in der Nacht.

»Wieso ist es so dunkel hier? Was ist passiert?« Irritiert sehe ich zu der verrammelten Terrassentür.

Nouria dreht sich um. »Es tut mir leid, Maja, die Jungs, sie haben beim Fußballspielen die Glastür zerschossen. Aber der Glaser hat die Tür sofort abgeholt, er wird sie heute Abend noch repariert zurückbringen. Deshalb die Holzplatte in der Öffnung. Wir müssen leider drinnen essen. Frische Luft kriegen wir ja anschließend beim Feuerwerk.«

Ihr Deutsch wird jeden Tag besser, und selbst wenn sie etwas Wichtiges zu besprechen hat, fällt sie nicht mehr ins Englische.

Enttäuscht sehe ich zur Terrasse, ich hatte mich auf ein Abendessen unter freiem Himmel gefreut. Doch was soll ich den Kindern oder ihren Eltern Vorwürfe machen! Ich zucke mit den Schultern.

»Bin gleich zurück, muss noch duschen!« Dann renne ich zu meiner Wohnung hoch. Die kleine Niza kommt mir entgegen, konzentriert hüpft sie mit geschlossenen Beinen von Stufe zu Stufe.

»Tante Maja, es gibt Pizza und Feuerknaller!«

Pizza und Feuerknaller – summend wiederholt sie die beiden Wörter bei jedem Sprung. Lächelnd streiche ich ihr kurz über den Kopf.

Kinder.

Augenblicklich wird mir flau im Magen, mein Versprechen fällt mir ein. Nächste Woche, spätestens Mittwoch, werde ich Rafael anrufen.

Vor dem Badezimmer lasse ich achtlos die Kleider zu Boden fallen, verschwinde in der Dusche. Langsam drehe ich das Wasser immer heißer auf, bis zum Anschlag, dann kippe ich den Hebel ruckartig auf eiskalt. Meine ganze Selbstbeherrschung muss ich aufwenden, um unter dem Strahl stehen zu bleiben, ohne aufzuschreien. Als ich aus der Wanne steige, brennt jede einzelne Hautpore. Ich wickle mich in ein großes Handtuch.

Nicht grübeln! Pizza und Feuerknaller, Pizza und Feuerknaller, murmle ich vor mich hin.

Ich werfe mir ein schlichtes Kleid über, selbst um Mitternacht beim Feuerwerk werde ich nichts Wärmeres brauchen. Dazu die blauen Sandalen, fertig. Plötzlich habe ich es sehr eilig, wieder zu den anderen zu kommen.

Ein Duft von Thymian und Oregano steigt mir in die Nase, als ich in den Gemeinschaftsraum trete. Ohne die Lüftung durch die Terrassentür ist es in der Küche stickig heiß. Die Tische sind eingedeckt, die Kinder spielen erwartungsvoll mit dem Besteck. Tayé verteilt die Wasserkaraffen, Sirupflaschen stehen bereit. Alles ist fertig. Mein schlechtes Gewissen meldet sich. »Es tut mir leid, ich hatte mich für die Vorbereitungen verspätet! Ich spüle nachher.«

Rafik lächelt: »Okay, Maja, wir nehmen dich beim Wort. Du wartest dann nach dem Abendessen mit Mojo noch kurz auf den Glaser. Er hat versprochen, die Tür heute zurückzubringen. Ohne Fahrräder brauchen wir sowieso länger bis zum Rheinufer. Wir treffen uns später an der Bastei.«

Bald füllt eine freundliche Stille den Raum, alle widmen sich ihrer Pizza. Der Teigrand ist knusprig. Wie schön, jemanden zu haben, der so lecker kocht. Ich lächle Nouria über den Tisch hinweg zu. Kochen ist so chaotisch, kaum kontrollierbar, es lag mir noch nie. Gutes Essen schätze ich umso mehr.

Im Pulk verlassen die Kinder das Refectoire, die Erwachsenen folgen allmählich. Ich sortiere das Geschirr in die Spülmaschine, Mojo wischt die Tische ab. Hoffentlich lässt der Glaser nicht allzulange auf sich warten. Vereinzelte Rufe im Treppenhaus, dann Stille.

Es klingelt um Punkt 20:00 Uhr. Dieser Handwerker ist ja ungewöhnlich pünktlich. Ich rücke das Besteck in der Maschine zurecht, starte das Gerät. Mojo drückt den Türöffner. Aus dem Augenwinkel sehe ich ihn an der Verbretterung der Balkontür schrauben. Er schiebt das Brett zur Seite, erstaunlicherweise ist das Fenster völlig intakt. Er öffnet die Tür, steigt über die Schwelle, geht hinaus. Verblüfft lasse ich das Handtuch fallen, folge ihm. Was ist hier los? Auf der Terrasse ist ein Pavillon über einem blauen Sofa aufgebaut. Wohin ist Mojo verschwunden? Ich drehe mich um. Vor mir steht Rafael.

»Hallo«, sage ich, völlig überrumpelt.

»Hallo Maja!« Sein tiefer Bass raubt mir den letzten Rest Fassung. Verständnislos starre ich ihn an.

»Ich möchte dir etwas zeigen, komm mit!«

Widerstandslos lasse ich mich zu dem Sofa unter dem hellen Zelt führen, sinke ich auf die Sitzfläche. Fragend sehe ich Rafael an. Er zeigt auf das Haus, rechts und links neben der Terrassentür stehen zwei Obstspaliere, riesengroß und üppig behängt mit Äpfeln und Birnen. Ich schnappe nach Luft. »Wie sind die hierher gekommen?«

»Sie sind für dich. Gefallen sie dir?«

»Ja, schon! Aber was ...«

»Pscht!« Er zieht seitlich des Sofas sein Saxophon hervor. »Ich bin nicht besonders gut im Entschuldigen. In den letzten Wochen hatte ich das Gefühl, mich selbst aus der Welt ausgestoßen zu haben. Nun hoffe ich, dass diese Musik, die ich für dich geschrieben habe, die Grenzen zwischen uns wieder auflösen kann.«

Ohne einen Kommentar abzuwarten, beginnt er zu spielen. Im tiefsten Bass beklagt sich das Instrument, eine spöttische Melodielinie liegt in einer höheren Tonlage darüber. Ein Dialog entsteht, ein Streit, schließlich eine Übernahme des Themas von beiden Stimmen. Meine Augen wandern über die bepflanzte Spirale an der Giebelfassade, werden in die Mitte des Wirbels hineingezogen. Zuversicht verbreitet die Melodie, unerschütterlich. Am Ende des Stückes sind zwei Stränge miteinander verschlungen. Entspannt klingen die letzten Töne aus. Rafael setzt das Sax ab, lässt sich neben mir nieder.

»Entschuldigung angenommen«, nuschele ich nach einer

Weile, kurz bevor das Schweigen anfängt, peinlich zu werden. »Auch ich muss dir etwas mitteilen.« Unbehaglich rutsche ich hin und her. Jetzt bloß nicht rumdrucksen, sonst werde ich es nie aussprechen. »Die Kondompanne ... ich bin schwanger. Ich werde das Kind bekommen. Aber keine Angst, ich erwarte nichts von dir, ich möchte nur, dass du es weißt.«

Rafael beugt sich vor, fängt meinen gesenkten Blick mit weit geöffneten Augen. »Was sagst du da? Wir erwarten ein Kind! Wie wunderbar!« Er strahlt über sein ganzes Gesicht.

Verstört sehe ich ihn an. Diese Reaktion kommt unerwartet. Mit einem WIR hatte ich nicht gerechnet. »Das kommt nicht in Frage, das geht nicht, du hast keine Ahnung, worauf du dich einlässt, das darf ich nicht zulassen!«

»Moment mal, ein Kind braucht einen Vater! Ich hatte selbst keinen, der anwesend war. Ich habe mir geschworen, meinem Kind niemals so etwas zuzumuten.«

»Es wird einen Großvater haben, den besten!«

»Du stillst Deine persönliche Vater-Sehnsucht und nimmst von vorne herein unserem Kind den eigenen Vater! Das wird nicht passieren.«

Das war keine Frage, sondern eine Feststellung. Eine absurde Feststellung, die sofort meinen Widerspruchsgeist weckte.

»Was willst du sagen?«

»Wir sollten heiraten!« Rafaels Augen sehen durch mich hindurch, seltsam sanft und entschieden gleichzeitig.

Ich schnappe nach Luft. »Jetzt spinnst du völlig! Du bist doch der totale Anti-Familien-Mensch. Und ich besitze definitiv nicht die richtigen Voraussetzungen.«

Rafael betrachtet mich schweigend, weder verärgert noch

genervt. Lächelnd sagt er: »Ich will bei dir sein, in dieser Gegenwart, mich mit dir austauschen, dich in die Arme nehmen. Lass es uns eine gemeinsame Zeit als Projekt betrachten, um einen Rahmen für ein Leben zu bilden. Nur auf ein paar Jahre ausgelegt, es kann dann fortgesetzt oder beendet werden. Ein überschaubares Risiko bei einem Optimum an mittelfristiger Zukunft.«

Nachdenklich sehe ich ihn an. Eine Art Zeitvertrag? Ich kenne Rafael kaum, habe mich in kurzer Zeit verliebt und wurde verletzt. Kann ich mich überhaupt auf Gefühle einlassen? Andererseits, was habe ich zu verlieren? Ich werde sowieso neue Gewohnheiten annehmen müssen.

»Ich weiß nicht, ob das funktioniert ...«

»Bis die Zukunft eintrifft, können wir es versuchen.«

Ein sanfter Kuss öffnet meine Lippen, sein Bart kitzelt an meiner Wange. Tief atme ich die Gegenwart ein.

– Epilog –

Maja

Sorgfältig stopfe ich die letzten Gläser aus dem Schrank mit Handtüchern aus und lege sie auf die anderen im Karton. Omas Anrichte ist nun leer. Bett und Matratze stehen senkrecht an der Wand, Bücher und Kleider sind in Kisten verpackt, der Kleiderschrank auseinandergebaut. Wieder steht ein Umzug an. Die Türklingel schellt, gleichzeitig klopft es. Mein Vater. Beschwingt öffne ich.

»Hallo Engelchen, herzlichen Glückwunsch!«

Er drückt mich fest, seine Bartstoppeln piksen.

»Dankeschön! Du bist früh dran!«

»Liebe Maja, ich kann es kaum erwarten, meiner Tochter nach so vielen Jahren persönlich zum Geburtstag zu gratulieren! Nur sag mir: Wieso ziehst du ausgerechnet heute um?«

»Ach, weißt du, ich feiere meinen Geburtstag nicht, nie. Hat sich so ergeben. Und am Wochenende umzuziehen ist praktisch, alle Leute haben Zeit!«

Er sieht sich im Appartement um und schüttelt missbilligend den Kopf.

»Ich wollte dir beim Einpacken helfen, du sollst nicht alles alleine machen!«

»Ich kriege jede Hilfe, die ich brauche, keine Sorge. Ich bin schwanger, nicht krank! Momo und Elias kommen gleich, um anzupacken. Sie werden auch deine Sachen hochschleppen. Hast du es dir wirklich gut überlegt, nach Köln zurückzuziehen?«

»Machst du Witze? Ich habe so viele Jahre weit weg von meiner Tochter gelebt, die restlichen verbringe ich gerne in deiner Nähe. Und die Gelegenheit mit dem Wohnungstausch ist doch perfekt.«

Auf der zweiten Etage wurde Ende Januar eine Familienwohnung frei. Die sechsköpfige Roma-Familie musste nach Mazedonien zurück, im Rahmen einer verstärkten Rückführung von abgelehnten Asylbewerbern in sichere Länder. Bei so jungen Kindern habe eine Integration noch nicht stattgefunden, meinte die Behörde. Wir konnten nichts dagegen tun.

Trotz Familienzuwachs wollte ich nicht aus dem Haus ausziehen, und beantragte, die größere Wohnung nutzen zu dürfen. Ich wohne in diesem Gebäude mit Fremden, die in einem halben Jahr zu Freunden geworden sind. Rafael zieht tatsächlich bei mir ein, auch wenn wir erst mal nicht heiraten. Ich freue mich darauf, mit ihm zusammen zu sein, mit ihm kann ich die Gegenwart spüren und die Angst vor Veränderungen aushalten.

– Veränderungen – für meine Mieter sind sie viel tiefgreifender. Alle versuchen, nach den Ereignissen, die sie aus dem Normalen herausgeschleudert haben, in einen gewöhnlichen Alltag einzutauchen und das persönliche Leben zum Gelingen zu führen.

Die Kinder im Haus sprechen bereits ein rheinisch eingefärbtes Hochdeutsch. Sie besuchen nun Klassen in den Regelschulen. Auch die Erwachsenen unterhalten sich heute auf Deutsch, mehr oder weniger eloquent natürlich.

Daniel Aworon hat einen Vertrag als Pfleger in der Uniklinik unterschrieben, in fünfzehn Monaten kann er ein Anpassungsjahr als Mediziner absolvieren. Nach Abschluss einer Prüfung darf er als Arzt in Deutschland praktizieren.

Seine Frau Abina arbeitet als Praktikantin in einer offenen Ganztagsschule und beginnt anschließend eine Ausbildung als Erzieherin.

Dank Annes Kontakten arbeiten Rafik, Ilia, Momo und Elias in ihren erlernten Berufen, als Elektriker, Fliesenleger und Maurer.

Nouria, unsere Küchenfee, führt zusammen mit Hawars Schwester im Erdgeschoss ein Restaurant-on-demand für geschlossene Gesellschaften, für festliche Dinner, Kindergeburtstage oder Leichenschmäuse. Außerdem liefern sie als Caterer in Privathäuser.

Tizita studiert Design an der Kunsthochschule in Düsseldorf. Für unsere Manufaktur entwirft sie Möbelstücke, Gebrauchsgegenstände und Schmuck aus den angelieferten Teilen.

Ihr Bruder Tayé hat das Journalismusstudium abgeschlossen. Er bloggt weiterhin zu Themen, die ihn interessieren. Sein Traum ist ein Praktikum bei einer Zeitung. Er betreut den Online-Shop und bewirbt den Laden über Social Media.

Mojo Boukari ist unser Mann für das Praktische. Er sorgt dafür, dass die Entwürfe auch als Möbel funktionieren. Sein deutscher Gesellenbrief hängt eingerahmt in der Schreinerei, mit Hilfe meines Vaters hat er die Prüfung für Tischler bei der Handelskammer abgelegt und bestanden.

Auf der dritten Etage wohnt eine fünfköpfige Familie aus Afghanistan. Sie brauchen viel Unterstützung, Eltern und Kinder müssen zuerst die Sprache und die Schrift lernen, um dann eine Ausbildung zu beginnen.

Die Fluktuation in den Einzelzimmern ist größer als erwartet, nach kurzer Zeit ziehen die Flüchtlinge bereits wieder um, oft, um bei Verwandten in anderen Städten zu wohnen. Aber für jeden Neuankömmling stehen die Hausbewohner mit nachbarschaftlichem Rat zur Verfügung. Im Restaurant oder in der Werkstatt gibt es Arbeit, die den Tag strukturieren hilft.

Im Keller entsteht zurzeit ein Musikproberaum, Rafaels Band wurde obdachlos, und die Räume standen leer. Ein paar Jungs aus dem Haus sind schon ganz heiß darauf, sich am Schlagzeug zu versuchen.

Es klingelt, Mojo und Elias sind da, um meine Kisten zwei Etagen tiefer zu tragen.